David Leavitt

SPÄTE EINSICHTEN

Roman

Aus dem amerikanischen Englisch
von Georg Deggerich

Atlantik

Die Originalausgabe erschien 2013 unter dem Titel
The Two Hotel Francforts im Verlag Bloomsbury USA, New York.

*Atlantik Bücher erscheinen im
Hoffmann und Campe Verlag, Hamburg.*

1. Auflage 2017
Copyright © 2013 by David Leavitt
Für die deutschsprachige Ausgabe
Copyright © 2015 by Hoffmann und Campe Verlag, Hamburg
Zitatnachweise:
Noël Coward, *World Weary*
Copyright © NC Aventales AG 1928, by permission of
Alan Brodie Representation Ltd., *www.alanbrodie.com*
Colette, Claudine in Paris. Aus dem Französischen von Lida Winiewicz,
Paul Zsolnay Verlag, Wien 1957
www.hoca.de   www.atlantik-verlag.de
Umschlaggestaltung: glanegger.com, München
Umschlagillustration: John Rawlings, June (1947), © Condé Nast Archive
Satz: Dörlemann Satz, Lemförde
Gesetzt aus der Albertina
Druck und Bindung: C.H.Beck, Nördlingen
Printed in Germany
ISBN: 978-3-455-00043-6

Ein Unternehmen der
GANSKE VERLAGSGRUPPE

In Erinnerung an meinen Vater,
Harold Leavitt

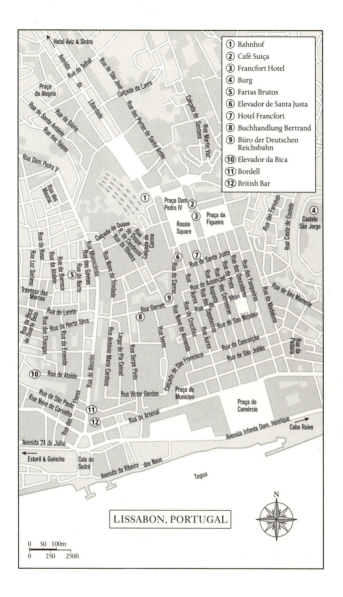

IRGENDWO

1

Wir trafen die Frelengs in Lissabon, im Café Suiça. Das war im Juni 1940, als wir alle in Lissabon auf das Schiff warteten, das uns retten und nach New York bringen sollte. Mit »uns« meine ich natürlich jene Amerikaner, die zumeist viele Jahre im Ausland gelebt hatten und für die der Gedanke an eine Rückkehr nach Hause äußerst bitter war. Es mag kleinlich klingen, von unserer Notlage zu sprechen, die nichts war im Vergleich zur Situation der wahren Flüchtlinge, der Europäer, der Juden, der europäischen Juden. Dennoch sorgten wir uns zu der Zeit mehr um das, was wir verloren, als um die, welche noch mehr verloren.

Julia und ich waren seit einer knappen Woche in Lissabon. Ich stamme aus Indianapolis; sie war am Central Park West aufgewachsen, hatte aber ihre ganze Jugend über von einer Wohnung in Paris geträumt. Nun, ich hatte ihr diesen Traum erfüllt – zumindest teilweise. Was heißen soll, wir hatten diese Wohnung. Wir hatten das Mobiliar. Trotzdem war meine Julia nie zufrieden. Immer hatte ich das Gefühl, ich sei das Teil, das nicht passte.

In jenem Sommer jedenfalls zwang uns Hitlers Einmarsch

in Frankreich, unseren Pariser Wohnsitz aufzugeben. Hals über Kopf flohen wir nach Lissabon, um dort auf das Eintreffen der *SS Manhattan* zu warten, die das Außenministerium requiriert und entsandt hatte, um gestrandete Amerikaner zurückzuholen. Zu der Zeit verkehrten nur vier Dampfer – die *Excalibur*, die *Excambion*, die *Exeter* und die *Exochorda* – regelmäßig zwischen Europa und New York. Einem Scherz nach hießen sie so, weil sie *Ex*-Europäer ins *Exil* brachten. Jedes Schiff konnte etwa 125 Personen aufnehmen, im Gegensatz zu den 1200 Passagieren auf der *Manhattan*; und so wenig wie für eines der Wasserflugzeuge, die einmal in der Woche auf dem Tejo starteten, war auf einem dieser Schiffe ein Platz zu bekommen – weder für Geld noch für gute Worte –, es sei denn, man war Diplomat oder eine prominente Persönlichkeit.

Und so saßen wir bis zur Ankunft der *Manhattan* noch etwa eine Woche in Lissabon fest, was mir nur recht war, da wir ziemlich aufregende Tage hinter uns hatten, nachdem wir auf der Fahrt durch Frankreich immer wieder Granaten und Mörserbeschuss ausweichen mussten und anschließend an der spanischen Grenze einem Spießrutenlauf mit den spanischen Grenzbeamten ausgesetzt waren, die fest entschlossen waren, in ihren Verhörmethoden die Nazis noch zu übertreffen. Lissabon war eine Stadt im Frieden, was bedeutete, dass alles, woran in Frankreich und Spanien Knappheit herrschte, in Fülle vorhanden war: Fleisch, Zigaretten, Gin. Das einzige Problem waren die vielen Menschen. Es war beinahe unmöglich, ein Hotelzimmer zu bekommen. Die Leute verbrachten ganze Nächte beim Spiel im Casino von Estoril und schliefen tagsüber am Strand. Wir allerdings hatten Glück – wir fanden ein Zimmer, noch dazu ein sehr komfortables. Für mich war alles in Ordnung.

Nicht jedoch für Julia. Sie hasste Portugal. Sie hasste die Rufe der Fischweiber und den Geruch des Stockfischs. Sie hasste die Kinder, die sie mit Lotterielosen bedrängten. Sie hasste die reichen Flüchtlinge, die Zimmer in besseren Hotels hatten, genau wie die armen Flüchtlinge, die gar kein Zimmer hatten, und die geheimnisvolle Frau auf unserer Etage, die fast den ganzen Tag in ihrer Zimmertür stand und auf den dunklen Flur hinausspähte. »Wie Messalina, die auf Silius wartet«, sagte Julia. Was sie aber am meisten hasste – noch mehr als alles andere –, war der Gedanke an Heimkehr.

Oh, wie sehr sie sich dagegen sträubte! Schon seit Beginn des Krieges. Zuerst hatte sie mich zu überzeugen versucht, in Paris zu bleiben; dann, als die ersten Bomben auf Paris fielen, nach Südfrankreich zu gehen; und dann, als Mussolini verlauten ließ, in Südfrankreich einzumarschieren, mit dem Schiff nach England zu fahren, was uns durch das Neutralitätsgesetz von 1939 untersagt war (und was sie Roosevelt nie verzieh). Und jetzt wollte sie in Portugal bleiben. Portugal! Ich sollte erwähnen – ich *kann* es erwähnen, da Julia tot ist und mich nicht daran hindern kann –, dass meine Frau Jüdin war, ein Umstand, den sie lieber verschwieg. Und es stimmt, in Portugal gab es keinen nennenswerten Antisemitismus, schlicht und einfach, weil es dort keine Juden gab. Die Inquisition hatte sich dieses kleinen Problems angenommen. Und so hatte sie beschlossen, dass dieses Land, in dem sie es nur widerwillig zwei Wochen aushielt, perfekt geeignet sei, um hier das Ende des Krieges abzuwarten. Denn bei unserer Ankunft in Paris vor fünfzehn Jahren hatte sie geschworen, nie wieder nach Hause zurückzukehren, solange sie lebte. Nun, sie hat recht behalten.

Und so befanden wir uns an diesem Morgen im Suiça – jenem Café Suiça, das wir Ausländer von allen Cafés in Lissabon zu unserem Treffpunkt auserkoren hatten. Wir saßen im Freien, frühstückten und sahen dem Verkehr um das Oval des Rossio-Platzes zu. Julia redete über ihre Absicht, sich in Portugal niederzulassen, während ich meinen Kaffee trank und ein zweites jener köstlichen kleinen Creme-Törtchen aß, die eine Spezialität des Suiça sind, und sie mit einem speziellen Miniaturkartenspiel eine ihrer ständigen Patiencen legte. Klatschend schlugen die Karten auf den Tisch, als sie mir zum hundertsten Mal ihren verrückten Plan auseinandersetzte, eine Wohnung oder eine Villa in Estoril anzumieten, und ich ihr zum hundertsten Mal erklärte, das sei unsinnig, weil Hitler jederzeit ein Bündnis mit Franco schmieden könne und Portugal dann unweigerlich von den Achsenmächten geschluckt werde. Schon komisch, dass sie zuletzt recht behalten sollte und ich falschlag! Wir wären in Portugal vollkommen sicher gewesen. Aber jetzt kann sie mir das nicht mehr unter die Nase reiben.

In diesem Moment flog ein großer Schwarm Tauben vorbei, so tief, dass ich mich ducken musste. Dabei stieß ich ihre Karten vom Tisch.

»Lass nur, ich hebe sie auf«, sagte ich zu Julia, doch als ich mich herabbeugte, rutschte mir die Brille von der Nase. Ein vorbeieilender Kellner, ganz damit beschäftigt, ein Tablett mit Kaffeetassen zu balancieren, stieß die Brille über den Bürgersteig geradewegs vor Edward Frelengs Füße. Er war es, der darauftrat.

»Oh, verdammt«, sagte er und hob die Reste des Gestells auf. »Wem gehört die?«

»Mir«, sagte ich von unten herauf, immer noch dabei, die Karten einzusammeln. Es war kein leichtes Unterfangen, da ein plötzlicher Windstoß – vielleicht verursacht von den Tauben – sie über den ganzen Bürgersteig verteilt hatte.

»Warten Sie, ich helfe Ihnen«, sagte Edward und kniete sich neben mich.

»Danke«, sagte ich. Als sie sahen, dass zwei allein es nicht schaffen würden, kamen uns mehrere männliche Gäste und einige Kellner zu Hilfe. Wie ein Arbeitskommando lasen wir die Karten auf und jagten denjenigen hinterher, die der Wind fortgeweht hatte, während Julia uns in einer Art unbeteiligter Starre dabei zusah. Natürlich begriff ich – vielleicht als Einziger –, wie viel auf dem Spiel stand. Gingen vier oder fünf Karten verloren, wäre dies bedauerlich. Fehlte aber nur eine einzige, wäre es eine Katastrophe.

Wie durch ein Wunder wurden alle Karten gefunden, worauf alle an der Suche Beteiligten spontan applaudierten.

»Danke«, sagte ich noch einmal zu Edward.

»Wieso danken Sie mir?«, erwiderte er. »Ich habe Ihre Brille zertreten.«

»Es war nicht Ihre Schuld.«

»Nein, es waren die Tauben«, sagte Iris Freleng, zwei Tische weiter.

»Irgendein Dummkopf hat sie wohl gefüttert«, sagte Edward. »Diese Vögel sind wirklich unverfroren. Die Einheimischen nennen sie die Piranhas der Lüfte.«

»Tatsächlich?«

»Würde mich nicht wundern. Das Wort ist portugiesisch.«

»Ist es sehr schlimm?«, fragte Iris.

»Ich glaube nicht«, sagte Julia. »Nur ein paar Knicke in den Ecken.«

»Ich meinte die Brille Ihres Mannes. Dennoch, das freut mich. Ich habe noch nie so winzige Karten gesehen.«

»Es sind besondere Patience-Karten«, sagte ich. »Meine Frau ist Spezialistin für Patiencen.«

»Ich bin überhaupt keine Spezialistin«, sagte Julia.

»Sie spielt mit zwei Kartenspielen, deshalb müssen die Karten so klein sein. Man bräuchte sonst einen ganzen Esstisch.«

»Wie interessant«, sagte Iris. »Ich habe mich nie mit Kartenspielen beschäftigt.«

»Ich bin keine Spezialistin«, wiederholte Julia und legte die Karten zurück in ihre Schachtel aus Krokodilleder, auf die in goldenen Lettern das Wort »Patience« geprägt war.

»Natürlich ersetzen wir Ihnen den Schaden«, sagte Edward. »Die Brille.«

»Schon gut«, sagte ich. »Ich habe noch eine Ersatzbrille im Hotel.«

»Was für ein Glück«, sagte er. »Ich meine, dass Sie ein Hotel haben.«

Dann bat uns Iris an ihren Tisch. Nach den ganzen Umständen, die Edward verursacht hatte, sagte sie, müssten sie uns wenigstens zu einem Kaffee einladen.

»Oder einem Drink«, fügte Edward hinzu.

Ich sah Julia an. Ihr Gesicht war ausdruckslos. »Sehr nett von Ihnen«, sagte ich. Aber als ich aufstand, stolperte ich auf dem kurzen Weg zu ihrem Tisch.

»Immer mit der Ruhe«, sagte Edward und hielt mich am Arm fest.

Wir setzten uns, stellten einander vor und blickten uns gegenseitig an. Dem Augenschein nach waren die Frelengs etwa in unserem Alter – Anfang vierzig. Iris trug ihr Haar unter einem Schal. Sie sprach mit britischem Akzent, während Edward jenen gleichförmigen amerikanischen Akzent hatte, der sich keiner Region zuordnen lässt. Seine Stimme klang gleichzeitig weich und bestimmt, wie das Geräusch von Autoreifen auf nassem Kies.

Sie fragten uns, wo wir herkämen, und wir sagten, aus Paris. Und sie?

»Oh, wir waren schon überall«, sagte Iris. »Nizza, Bordighera, Biarritz. Vor ein paar Jahren sind wir dann in ein Haus in Pyla gezogen. Ein kleines Fischerdorf in der Nähe von Arcachon.«

»Da es nicht weit bis zur spanischen Grenze war, dachten wir, wir könnten bis zur letzten Minute bleiben«, sagte Edward. »Aber als es dann so weit war, mussten wir innerhalb von fünf Stunden alles packen und verschwinden.«

»Und außerdem«, sagte Iris, »lief mein Pass – wie könnte es auch anders sein? – an diesem Tag ab. Genau am selben Tag! Mit meinem amerikanischen Visum. Also mussten wir in Bordeaux beim britischen Konsulat einen neuen Pass beantragen und dann beim amerikanischen Konsulat ein neues Visum, und anschließend noch zum spanischen Konsulat und zum portugiesischen Konsulat.«

»Wir waren auch in Bordeaux«, sagte Julia. »Der Manager im Splendide hat die Sessel in der Lobby halbstundenweise vermietet.«

»In der Unterkunft vom Roten Kreuz waren Hunde nicht zugelassen.«

Plötzlich sprang Julia mit einem Schrei auf.

»Was ist los?«, fragte ich und sprang ebenfalls auf.

»Irgendetwas leckt an meinem Bein.«

»Keine Angst, das ist bloß Daisy«, sagte Iris und zog einen Drahthaar-Foxterrier unter dem Tisch hervor. »Feuchtigkeitscreme gefällt dir, was, Daisy?«

»Ich habe mich zu Tode erschrocken«, sagte Julia. »Beißt er?«

»Sie ist fünfzehn«, sagte Edward. »Ich glaube, ihre bissigen Zeiten sind vorbei.«

Verspätet ging Julia auf, dass sie gerade alle Aufmerksamkeit auf sich zog, und sie setzte sich rasch wieder hin.

»Sie müssen meine Frau entschuldigen«, sagte ich. »Sie ist keine Hunde gewohnt.«

»Heißt das, Sie sind ohne Hund groß geworden?«, fragte Iris.

»Wir hatten einen Pudel, aber der gehörte mehr meinem Bruder.«

»Das Besondere an Hunden«, sagte Edward, »ist ja, dass man sie als Welpen bekommt, und ehe man sich versieht, sind sie so alt wie man selbst, und dann sind sie wirklich alt. So als würde man dabei zusehen, wie aus den eigenen Kindern Großeltern werden.«

»Daisy war in ihren Glanzzeiten eine echte Schönheit«, sagte Iris. »Sie hätte ein Champion sein können, wenn sie nicht diese Ringelrute hätte.«

»Was ist eine Ringelrute?«, fragte ich.

»Das heißt, der Schwanz ist zu stark gebogen«, sagte Edward.

»Armes Ding.« Iris nahm die Hündin auf ihren Schoß. »Du hast gedacht, du verbringst deinen Lebensabend in einem kleinen Haus am Meer, nicht wahr? Genau wie wir.«

Tränen traten in Iris' Augen.

»Nun muss ich *meine* Frau entschuldigen«, sagte Edward. »Das alles setzt ihr mehr zu, als sie zugeben mag. Es ist natürlich für alle schlimm. Sie, zum Beispiel ...«

»Wir?«, sagte ich. »Ach, wir hatten Glück.«

»Und worin soll das, bitte schön, bestehen?«, sagte Julia.

»Nun, wir haben es doch heil bis hierher geschafft, oder nicht? Ein Schiff ist zu unserer Rettung unterwegs. Und wenn man bedenkt, was einige dieser armen Teufel zahlen würden für einen Platz auf dem Schiff ...«

»Tut mir leid, aber ich sehe nicht, warum es für sie schlimmer sein soll, ihre Heimat zu verlassen«, sagte Julia.

»Aber natürlich ist es das«, sagte Iris. »Wir haben schließlich einen bestimmten Ort, an den wir gehen können, oder? Ihnen aber bleibt einzig das Exil, wenn sie denn ein Land finden, das bereit ist, sie aufzunehmen.«

»Aber auch für uns ist es das Exil«, sagte Julia. »Frankreich war auch unsere Heimat.«

»Wir sind bloß Zugereiste«, sagte Iris. »Touristen, die ein paar Jahre oder Jahrzehnte geblieben sind.«

»Nun übertreibst du aber«, sagte Edward. »Denk nur an die alte Dame, der wir vor einigen Tagen begegnet sind, Mrs Thorpe. Fünfzig Jahre lang hat sie in Cannes gelebt. Sie hat keine Verwandten oder Freunde in Amerika, kein Geld, niemanden, zu dem sie gehen könnte.«

»Immer noch besser als im Konzentrationslager«, sagte Iris, wobei Julia leicht zusammenzuckte. »Nein, eigentlich ist Daisy hier die einzige echte Europäerin. Wissen Sie, was die Leute mich immer wieder fragen? Ob sie ein Schnauzer ist! Stell dir vor, sie halten dich für eine Hunnin!«

»Daisy ist englischer Abstammung, wurde aber in Toulouse geboren«, sagte Edward. »Das Ergebnis einer morganatischen Ehe zwischen einem britischen Champion und einer französischen Promenadenmischung.«

»Champion Harrowhill Hunters Moon«, sagte Iris.

Daisy hatte ihre Vorderpfoten auf die Tischplatte gelegt. Vorsichtig zog sie ein Brötchen vom Teller und knabberte daran.

»Da fällt mir ein«, sagte Iris, »dass wir um elf einen Termin beim Tierarzt haben. Nichts Ernstes«, fügte sie an Julia gewandt hinzu, die sich so weit es ging zurücklehnte, »ihr Stuhl ist in letzter Zeit nicht besonders fest. Vielleicht hat sie Würmer. Es gibt Würmer, die sehen aus wie Reiskörner. Allerdings hat sie auch Reis gefressen.«

Julia wurde leichenblass.

»Aber, Darling«, sagte Edward, »meinst du nicht, wir sollten zuerst Mr Winters zu seinem Hotel begleiten, damit er seine Ersatzbrille holen kann?«

»Oh, natürlich«, sagte Iris. »Wie unhöflich von mir.«

»Bitte, machen Sie sich keine Sorgen«, sagte ich. »Ich komme schon zurecht.«

»Unsinn«, sagte Julia. »Ohne Brille bist du blind wie eine Fledermaus.«

»In welchem Hotel sind Sie?«, fragte Edward.

»Im Francfort«, antworteten Julia und ich wie aus einem Mund.

»Das ist lustig«, sagte Iris. »Wir auch.«

»Es muss das andere sein«, sagte Edward. »Sonst wären wir uns schon begegnet.«

»Das andere?«

»Es gibt zwei – das Hotel Francfort in der Nähe des Aufzugs, und das Francfort Hotel gleich hier neben dem Café.«

»Wir sind in dem beim Aufzug«, sagte ich.

»Das ist das elegantere. Ein beliebter Spruch bei den Ausländern lautet: ›Da flieht man vor den Deutschen, und dann landet man ausgerechnet in einem Hotel namens Francfort.‹«

Iris sah auf die Uhr. »Weißt du was, Eddie«, sagte sie, »warum gehst du nicht mit Mr Winters zurück zum Hotel …«

»Der Einäugige führt den Blinden, wie?«

»… und vielleicht kann Mrs Winters mich zum Tierarzt begleiten?«

»Ich?«

»Nur, wenn es Ihnen nichts ausmacht. Es würde mich sehr freuen. Allein wegen der Gesellschaft. Um ehrlich zu sein, bin ich es leid, meine ganze Zeit mit Eddie zu verbringen. Nichts für ungut, Darling.«

»Schon in Ordnung.«

»Aber ich kann überhaupt nicht mit Hunden umgehen«, sagte Julia. Sie sah mich hilfesuchend an.

»Klingt nach einem guten Vorschlag«, sagte ich.

»Ich kümmere mich um die Rechnung«, sagte Edward.

»Wie konntest du nur?«, signalisierte Julia mir mit den Lippen. Aber ich tat so, als würde ich es nicht sehen.

Schließlich war ich ja blind wie eine Fledermaus.

2

Wir setzten Iris, Julia und Daisy in ein Taxi. Julia stieg zuerst ein. Dann reichte Iris ihr den Hund. Ich sah erst jetzt, wie groß Iris war, besonders verglichen mit Julia, die nur 1,55 Meter maß. Damit Iris ins Taxi passte, musste sie sich einklappen wie ein Taschenmesser.

Edward hielt mit ausgestrecktem Arm den Verkehr an und führte mich über die Straße. Mir war beinahe schwindlig vor Erleichterung und Dankbarkeit – ihm, aber auch Iris gegenüber – für den großen Gefallen, mir Julia eine Weile abzunehmen. Die letzten Wochen waren anstrengend gewesen, und Julia hatte, gelinde gesagt, wenig getan, die Situation zu verbessern. Allein sie zum Essen zu bewegen war eine Qual. Zu Hause aß sie nicht viel, aber jetzt aß sie praktisch gar nichts mehr. Unserem Zimmer im Francfort konnte sie nichts abgewinnen, obwohl es paradiesisch war, verglichen mit vielen Orten, an denen wir auf unserer Reise geschlafen hatten: schmutzige Hotels, Scheunen, eine Nacht auf dem Boden eines französischen Postamts auf dem Land, mehrere Nächte im Wagen. Ich will damit nicht sagen, dass Julia nicht mit widrigen Umständen umzugehen wusste. Im Gegenteil, ich habe nicht den geringsten Zweifel, hätte sie die Reise gerne unternommen, hätte sie bereitwillig jede Art von Unannehmlichkeiten hingenommen. Aber sie hatte diese Reise nicht gern unternommen, und deshalb waren jedes Bett, jede Mahlzeit und jede Toilette eine Zumutung.

»Ob die beiden wohl gemeinsam essen gehen?«, fragte ich Edward. »Ich meine, unsere Frauen?« Ich hoffte, Iris hätte mehr Glück als ich und würde Julia dazu bringen, einmal vernünftig zu essen und mir so noch weitere freie Stunden verschaffen.

»Warum denn nicht«, sagte Edward. Er fasste mich am Arm, als wäre ich tatsächlich blind. »Ich weiß ja nicht, wie gut Sie die Stadt kennen ...«

»Nicht sonderlich gut.«

»Dann werde ich ein wenig Fremdenführer spielen. Wir befinden uns hier in der Baixa. Das Wohnviertel auf den Hügeln vor uns ist der Bairro Alto. Auf den Hügeln hinter uns liegt das Viertel Alfama. Dort ist auch die Burg. In den Gärten stolzieren weiße Pfauen umher. Wir überqueren jetzt den Rossio. Natürlich ist das nicht der offizielle Name. Offiziell heißt er Praça Dom oder so ähnlich. Die große Statue da drüben auf dem Podest, das ist Dom soundso höchstpersönlich. Oh, und hier noch ein wenig heimische Folklore. Können Sie das Mosaik am Boden erkennen? Es bildet ein Wellenmuster. Das soll einen nautischen Effekt ergeben und an Portugals Herrschaft über die Weltmeere erinnern. Als zahlreiche Engländer sich im vergangenen Jahrhundert in Lissabon niederließen, nannten sie den Rossio ›Platz des hohen Seegangs‹, weil sie seekrank wurden, wenn sie ihn nach einer durchzechten Nacht überquerten. Vorsicht!«

Wenn er mich nicht festgehalten hätte, wäre ich gestürzt.

»Sie scheinen die Stadt gut zu kennen«, sagte ich. »Waren Sie schon öfter hier?«

»Zum ersten Mal. Ich bin vor zweiundsiebzig Stunden angekommen. Also ein echter Lissabon-Kenner.«

»Jedenfalls ein größerer Kenner als ich nach einer Woche.« Wieder stolperte ich und stieß gegen seine Seite.

»Sie sehen rein gar nichts, oder?«

»Nun ja, ich kann Umrisse erkennen. Farben, Formen. Da drüben ist ein großer gelber Wurm. Und daneben ein hüpfender Ball. Und rotierende Kreisel.«

»Der Wurm ist eine Straßenbahn. Der Ball ist ein Hund. Die Kreisel sind Kinder.« Er fasste mich noch fester am Arm. »Wenn ich darüber nachdenke, frage ich mich, ob es nicht in meinem eigenen Interesse wäre, dafür zu sorgen, dass Sie Ihre Ersatzbrille *nicht* bekommen.«

»Wieso das?«

»Weil Sie ohne sie mein Gefangener sind. Sie sind völlig in meiner Macht.«

Er boxte mir leicht auf den Bizeps. Ich musste unwillkürlich lachen.

»Was ist so lustig?«

»Ich weiß nicht ... Ich vermute, es ist bloß, weil alles so seltsam aussieht.«

»Und wie sieht es aus?«

»Als ob der Wind alles durchschüttelte. Selbst die festen Gegenstände. Die Buchstaben auf den Schildern – wie ein Schriftzug am Himmel, der sich gerade auflöst.«

»Und ich? Wie sehe ich aus?«

»Oh, Sie sehe ich genau. Ich bin kurzsichtig, nicht weitsichtig.«

»Ja, aber wie?«

Plötzlich blieb er stehen. Er fasste mich am Kinn und drehte mein Gesicht zu sich. Aus der Nähe traten seine Züge gegen den verschwommenen Hintergrund noch schärfer hervor. Eine zackige Narbe verlief längs über das Kinn. Seine Nasenflügel bebten, die schmalen grünen Augen zwinkerten einmal ... zweimal ...

»Sie sehen«, sagte ich, »– nun ja, gut aus.«

Offenbar war die Antwort komischer, als ich beabsichtigt hatte, denn er lachte und schlug mir auf den Rücken. Wir setzten unseren Weg fort. »Ein seltsames Wort, ›kurzsichtig‹«, sagte er. »Ich meine, von jemandem zu sagen, er sei kurzsichtig – ist das nicht so, als würde man von einem Mann ohne Arme sagen, er habe zwei Beine? Oder von jemandem, der keinen Fisch isst, er sei Fleischesser? Wenn wir immer so redeten, wie könnten wir einander je wirklich etwas sagen? Und doch reden wir die ganze Zeit so.«

Ich wusste nicht, was ich darauf antworten sollte – was seine These vermutlich nur bestätigte –, also schwieg ich. Wir hatten inzwischen die andere Seite des Rossio erreicht, wo sich die protzigeren Cafés befanden, das Brasileira, das Chave d'Ouro, das Nicola. Edward hielt mich noch immer am Arm fest. Er führte mich weniger, als dass er mich zog, so wie man einen Hund an der Leine zieht. Nicht, dass es mich gestört hätte. Es war sogar angenehm, nachdem ich so viele Wochen die Bürde getragen hatte, Julia eine Schulter zum Anlehnen zu geben. Und Edwards Schulter war – wie soll ich das sagen? – vertrauenerweckend. Zum Teil lag das an seiner Größe. Ich bin 1,73 Meter groß – achtzehn Zentimeter größer als meine Frau, aber auch achtzehn Zentimeter kleiner als Edward, dessen Statur besonders in Portugal auffiel, wo die wenigsten Männer größer als 1,65 oder 1,67 Meter sind. Aber das war nicht der einzige Grund. Er hatte die Eigenschaft gewisser Hunde, die zielstrebig wirken, auch wenn sie es gar nicht sind.

Er fragte mich nach meinem Beruf, und ich erzählte ihm davon. (Ich arbeitete damals für General Motors. Ich war Verkaufsleiter für Buick in Frankreich – das heißt, bis zum Einmarsch der Deutschen.)

»Dann gehen Sie also einer geregelten Arbeit nach«, sagte er. »Das ist erfrischend. Ich kann mich nicht erinnern, wann ich zuletzt einem Angestellten begegnet bin, abgesehen von Kellnern und Hotelmanagern. Selbstredend bin ich auch keiner.«

»Nein?«

Er schüttelte den Kopf. »Ich war niemals fest angestellt. Warten Sie, das stimmt nicht. Als ich sechzehn war, habe ich in einem Geschäft ausgeholfen. Ich habe Matetee, selbstgemachte Marmelade und Bücher über Okkultismus verkauft. Aber ich habe nie Geld dafür bekommen. Sie schulden mir immer noch sieben Dollar.«

»Wo war das?«

»In Kalifornien, in der theosophischen Gemeinde, in der meine Mutter lebt. Vielleicht sollte ich besser sagen, in der theosophischen Gemeinde, die von meiner Mutter lebt.«

Ich wusste nicht, was Theosophie war. »Und wo wollen Sie hin, wenn Sie zurück in Amerika sind?«

»Nach New York natürlich. Wohin sonst?«

»Sind Sie aus New York?«

»Ich habe in New York gelebt. Ich habe keine festen Wurzeln. Mein Vater stammte aus Ungarn, aber zur Zeit meiner Geburt hatte er das Land schon lange verlassen. Meine Mutter – nun, technisch gesehen ist sie Polin, aber sie ist in England aufgewachsen. Was bedeutet, dass die beiden in einer Fremdsprache miteinander reden mussten. Angesichts der Tatsache, dass meine Mutter ausgezeichnet Englisch, aber nur schlechtes Französisch spricht und mein Vater ausgezeichnet Französisch, aber nur schlechtes Englisch sprach – wundert es da, dass ich bis zu meinem fünften Lebensjahr kein Wort sprach?«

»Aber Ihr Englisch ist perfekt.«

»Reine Glückssache. Ich hatte eine Großtante, die in New York lebte. Sie nahm mich unter ihre Fittiche. Dank ihr bekam ich eine Schulbildung.«

»Wo?«

»Harvard, dann Heidelberg – nur kurz –, zuletzt Cambridge für meine Doktorarbeit, die ich nie abgeschlossen habe. Dort habe ich Iris kennengelernt, in Cambridge. Und Sie?«

»Oh, nur ein kleines College in Indiana. Wabash College. Wahrscheinlich haben Sie noch nie davon gehört.«

»Doch, habe ich. Ich weiß im Augenblick nur nicht genau, in welchem Zusammenhang.«

Wir näherten uns dem Francfort – unserem Francfort. Wie ich höre, wurde das Hotel vor einigen Jahren geschlossen. Es lag an der Rua Santa Justa, am Fuß des berühmten Elevador de Santa Justa, von dessen Aussichtsplattform man einen einmaligen Blick auf die Stadt, die Hafenanlagen und die fernen Hügel hat, in deren Schatten in klaren Nächten die Lichter von Estoril und Sintra glitzern. Das Francfort hatte eine Drehtür. Ich habe schon immer ein Faible für Drehtüren gehabt, das spiegelnde Glas und den Schwung der Drehung, und dafür, dass man, wenn man hineintritt, einen kurzen Moment lang eingesperrt ist, wie in einem Sarg, gefangen in einer Glaskabine. Und jetzt war ich in einem Abteil der Drehtür und Edward in dem dahinter, von wo er mich mit solcher Wucht vorwärtsschob, dass ich auf der anderen Seite hinausstolperte, als wäre ich betrunken. In der gefliesten Lobby gab es kleine möblierte Inseln, jede mit einem eigenen Teppich oder eigener Matte. Die Vorhänge waren zum Schutz vor der Sonne zugezogen. Im künstlichen Zwielicht glitzerten die Ohrringe der Frauen wie Münzen; die glühenden Punkte der Zigaretten hätten Fackellichter sein können.

»Nun schau sich das einer an!«, sagte Edward. »Eine richtige Hotellobby! Unser Francfort hat keine Lobby, nur einen schäbigen kleinen Empfang. Oh, und Sie haben auch einen Wintergarten.«

»Im Sommer lässt sich mit einem Wintergarten nicht viel anfangen«, sagte ich, als wäre das etwas, wofür man sich schämen müsste. »Nun, vielen Dank, dass Sie mich unversehrt zurückgebracht haben. Hier finde ich mich jetzt allein zurecht.«

»Unsinn, womöglich brechen Sie sich auf dem Weg durch einen dunklen Flur noch das Genick. Warten Sie einen Moment.«

Er lief zum Empfang, wo er etwa fünf Minuten mit Senhor Costa, dem Hotelmanager, plauderte, in einem flüssigen Alltagsfranzösisch, dem ich nicht folgen konnte. Obwohl ich fünfzehn Jahre in Frankreich gelebt hatte, hatte ich durch meine Anstellung bei einer amerikanischen Firma die Sprache nie vernünftig gelernt. Julia ebenso wenig. Was uns beiden peinlich war.

Als er zurückkam, hielt er den Schlüssel zu unserem Zimmer in der Hand. »Entschuldigung. Ich wollte ihn nur bitten, meinen Namen zu notieren, falls ein Zimmer frei wird … Oh, ein Lift! Was gäben wir nicht für einen Lift, zumal unser Zimmer im obersten Stockwerk liegt.«

»Ja, aber es ist ein sehr alter Lift«, sagte ich, als wir hineingingen. »Er ist ständig defekt.«

»Pst!« Edward legte einen Finger an die Lippen. »So etwas dürfen Sie nicht sagen, sonst hört er Sie noch.« Worauf der Lift, wie zur Bestätigung, bebte und ruckelte, ein Sprung nach oben machte, einige lange Sekunden in der Luft zu schweben schien, bevor er sich mit lautem Ächzen in die zweite Etage schleppte. »Sehen Sie? Bei Autos ist es genauso. Man darf sie nicht loben, sonst bleiben sie stehen. Aber als jemand aus der Branche wissen Sie das natürlich.«

»Ich rede gewöhnlich nicht mit meinen Wagen.«

»Sehr klug von Ihnen. Sie sind auch nicht sonderlich unterhaltsam.«

Wieder fasste er meinen Arm. Er führte mich den Flur entlang – er und Messalina nickten sich wie zwei alte Bekannte zu – bis zu meiner Tür, die er aufschloss, als wäre es seine eigene. Sonnenlicht fiel durch den Vorhangspalt. »Das ist wirklich hübsch«, sagte er, während er seinen Blick durch unser kleines Zimmer mit dem schmalen Bett, den kunstvollen Bodenfliesen und dem einzigen Stuhl schweifen ließ, über dessen Lehne Julia einen ihrer Slips geworfen hatte. Tiegel und Gläser, die Salben und Cremes, denen meine Frau vertraute, um ihr jugendliches Aussehen zu erhalten, standen verstreut auf dem Toilettentisch. »Unglaublich, Sie haben sogar ein eigenes Bad!«

»Leider ja.«

»Wieso leider. Seien Sie froh darüber. Darf ich?« Er schob die Tür einen Spalt auf. An einer Leine, die Julia über der Badewanne gespannt hatte, hing Unterwäsche.

»Entschuldigen Sie die Unordnung«, sagte ich. Aber Edward hörte nicht zu. Zuerst drehte er den Hahn für kaltes, danach den für heißes Wasser auf. Dann zog er den Stöpsel aus der Wanne. Anschließend fuhr er mit den Fingern über einen von Julias Slips.

»Seide«, sagte er. »Mit handgearbeiteter Spitze. Sehr schön.«
Ich war verblüfft. War das ein Kompliment? Und wenn ja, wem galt es?

»Julia hat schon immer großen Wert auf ihre Kleidung gelegt«, sagte ich.

»Sie hat schmale Hüften«, sagte er und schob eine Hand durch den Beinausschnitt. »Iris ist kräftiger gebaut. Rubenshaft – wenn Rubens je schottische Bauernmädchen gemalt hätte. Natürlich würde sie so etwas nie anziehen. Sie trägt einfache weiße Baumwollschlüpfer. Schulmädchenschlüpfer.« Er lächelte mich an. »Gefällt Ihnen so etwas? Also, eine erwachsene Frau in einem Schlüpfer für kleine Mädchen?«

»Ich weiß nicht. Ich habe noch nie darüber nachgedacht.«

»Ach, kommen Sie. Natürlich haben Sie das.« Er trat einen Schritt näher. »Schulmädchenschlüpfer an einer Frau mit Kurven. Der Effekt kann ziemlich aufregend sein.«

»Entschuldigen Sie.« Ich verließ das Badezimmer, ging zum Fenster und öffnete es.

»Alles in Ordnung?«

»Ja. Ich brauchte nur etwas frische Luft.«

Er stand jetzt hinter mir, seine Hände lagen auf meinen Schultern. »Ah, welch ein Wohlgeruch. Ein typischer Lissabon-Geruch. Wäsche auf der Leine, Fischeingeweide, der Rauch von Kohlenfeuern ... Und was ist das? Hören Sie!«

Abgesehen vom Quietschen eines Fensterladens, der sich gelöst haben musste, war einzig der Klang eines Klaviers zu hören – vermutlich ein Kind, das ein Intermezzo von Brahms übte.

»Ach, der Junge«, sagte ich. »Das übt er schon seit unserer Ankunft, aber er bleibt immer an derselben Stelle hängen. Moment, gleich kommt sie.« Tatsächlich gelangte der Pianist, nachdem er die ersten Takte gespielt hatte, an die schwierige Stelle, blieb hängen, begann wieder von vorn. »Jeden Tag das Gleiche. Nach einer Weile geht es einem ganz schön an die Nerven.«

»Immer noch besser als Verkehrslärm. Unser Zimmer geht auf einen Marktplatz. Wenn wir das Fenster schließen, ersticken wir vor Hitze. Und wenn wir es öffnen, finden wir vor lauter Lärm keinen Schlaf. Vom Gestank ganz zu schweigen.«

»Merkwürdig, dass beide Hotels den gleichen Namen haben.«

»Nicht wahr? Ich habe mich umgehört. Ursprünglich hatten sie denselben Besitzer. Als er starb, vermachte er ein Hotel dem einen und das zweite dem anderen Sohn, aber die Brüder wollten sich gegenseitig mit Renovierungen ausstechen, bis sie schließlich beide bankrottgingen und verkaufen mussten. Und obwohl beide Hotels seit Jahren nichts mehr miteinander zu tun haben, lebt die Feindschaft bis heute fort, wie aus eigenem Antrieb. Das Problem ist, dass niemand außerhalb von Lissabon weiß, dass es *zwei* Hotel Francforts gibt – oder sagt man Hotels Francfort?«

»Ich bin mir nicht sicher.«

»Sagen wir Hotel Francforts. Und da niemand außerhalb Lissabons weiß, dass es zwei davon gibt, kommt die Hälfte der an die Gäste des einen Hotels adressierten Briefe beim anderen an, wo sie oft genug im Abfall landen.«

»Tatsächlich?«

»Ich habe es selbst erlebt. Es ist eine Katastrophe für die Flüchtlinge, die auf den entscheidenden Brief warten. Darf ich?« Er zog den Stuhl unter dem Toilettentisch hervor und setzte sich. Ich wandte mich zu ihm um. Seine Beine waren weit genug gespreizt, dass die Wölbung im Schritt hervortrat.

»Setzen Sie sich«, sagte er.

Da es keine andere Sitzgelegenheit gab, setzte ich mich auf das Bett. Er legte seine Hände auf den Hinterkopf und ließ sich auf dem Stuhl ein wenig tiefer gleiten. Seine Beine, die an den Knöcheln übereinandergeschlagen waren, schoben sich so weit nach vorn, dass sich unsere Schuhspitzen berührten.

»Pete«, sagte er. »Darf ich Ihnen eine Frage stellen?«

»Natürlich.«

»Habe ich Sie vorhin gekränkt mit dem Gerede über die Unterwäsche Ihrer Frau?«

»Mich gekränkt? Nein.«

»Aber ich habe Sie schockiert.« Er zog seine Knie an und beugte sich vor. »Sie müssen mir verzeihen. Die vielen Jahre in Hotels haben meine Manieren verdorben.«

»Ich dachte, Sie hätten ein Haus.«

»Jetzt schon. Früher, in den Jahren unserer Wanderschaft, wie ich diese Zeit nenne, haben wir in Hotels gelebt. In dutzenden. Jeden Abend nach dem Essen gingen die Damen in den Salon, und die Herren zogen sich mit ihren Zigarren ins Raucherzimmer zurück, um einander schmutzige Geschichten zu erzählen. Europäische Hotels sind in dieser Hinsicht sehr altmodisch. Aber damit hatten Sie vermutlich nie etwas zu tun.«

»Nein, das stimmt so nicht.«

»Schon gut. Ich finde das erfrischend.«

»Aber ich bin nicht unbeleckt. Wie sollte ich auch? Mein Leben lang habe ich in Autosalons gearbeitet. Autoverkäufer sind nicht eben Mauerblümchen. Man hört jede Menge scharfer Geschichten.«

»Ach ja? Erzählen Sie mir eine.«

»Mir fällt gerade keine ein.«

»Also gut. Verkaufen Sie mir einen Wagen. Ich würde gerne einen Wagen von Ihnen kaufen.«

»Ich kann Ihnen *meinen* Wagen verkaufen. Ein Schmuckstück – ein sechssitziger Buick Limited Touring Sedan von 1939, kaum gefahren, nur einmal, von Paris nach Lissabon.«

»Sie sind die Strecke mit dem Auto gefahren? Wie war das?«

»Auf der Straße nach Bordeaux ging es nur im Schritttempo vorwärts. Da waren Bauern mit Eselskarren, Landarbeiter, die ihre Mütter in Kinderwagen schoben, und Pferde bis obenhin bepackt mit allem möglichen Zeug – Nachttöpfe, Melkschemel und Hühnerkisten. Und mittendrin die Packards und Hispano-Suizas, laut hupend, damit es ein wenig schneller ging. Alle paar Stunden kam uns ein Militärkonvoi entgegen, der nach Paris wollte, aber da die Straße keinen Randstreifen hatte, endete alles in einem heillosen Durcheinander ... Und ich dachte, Frankreich ist verloren.«

»Mein Gott!«

»Und Julia weigerte sich, in die Felder zu gehen. Alle anderen Frauen, selbst die aus den Limousinen, hatten keine Skrupel, ihre Pelzmäntel zu heben und sich hinzuhocken. Aber nicht Julia.«

»Wir sind mit dem Zug gefahren«, sagte Edward. »Neun Stunden standen wir im Sud-Express vor Salamanca, ohne Licht und bei strömendem Regen. Bis zur portugiesischen Grenze regnete es ununterbrochen. Erst bei der Einreise kam die Sonne hervor. Und zwar just in dem Moment, als wir zu Fuß die Grenze überquerten. Wenn das keine aufdringliche Symbolik ist.« Plötzlich schnippte er mit den Fingern. »Jetzt weiß ich wieder, woher ich Wabash kenne. ›The Wabash Cannonball‹. Wie geht der Song noch? An irgendeinem See vorbei, und irgendeinem Wasserfall ...«

»Auf der langen Reise mit dem Wabash Cannonball.«

»Ein Zug, oder?«

»Es gibt zahllose Geschichten darüber. Er soll siebenhundert Waggons lang gewesen sein. Und die Lokomotive war so schnell, dass man noch vor der Abreise ankam.«

»Lustig, dass Sie das erwähnen«, sagte er, »weil ich als kleiner Junge immer, wenn ich zu meiner Großmutter nach Kalifornien fuhr, ein ganz bestimmtes Ritual hatte. Ich ging den fahrenden Zug der Länge nach ab, von vorne nach hinten, gegen die Fahrtrichtung, bis zum Dienstwagen am Schluss. Und dann in umgekehrter Richtung zurück zur Lokomotive. Ich konnte gar nicht anders. Wie wenn man nicht auf eine Plattenfuge treten darf … Ich hatte das ganz vergessen, bis ich vor einigen Tagen während der Fahrt mit dem Sud-Express genau das Gleiche tat. Nur fuhr der Zug so langsam, dass ich meine Schritte seiner Geschwindigkeit anpassen und genauso schnell rückwärts laufen konnte, wie er vorwärts fuhr. In jedem Fenster erschien deshalb das gleiche Bild. Ein matschiges Feld, eine Ziege … Also, wenn *der* Zug siebenhundert Waggons gehabt hätte …« Er setzte die Füße nebeneinander, schlug die Beine in umgekehrter Reihenfolge übereinander und streckte sie ein wenig. Jetzt hielten wir unsere Füße wie geöffnete Scheren gegeneinander.

Keiner von uns bewegte sich. Der lose Fensterladen schlug gegen die Wand. Der Klavierschüler patzte wieder an derselben Stelle.

»Oh, Ihre Brille«, sagte Edward. »Sie sind immer noch ohne Brille.«

Dabei hatte ich meine Brille völlig vergessen.

3

Es dauerte zehn Minuten, bis ich meine Brille gefunden hatte. Während Edward verwundert daneben stand, durchwühlte ich meinen Koffer, Julias Koffer, unseren gemeinsamen Schrankkoffer, den Gasmaskenhalter, in dem wir unser Geld und unsere Papiere verwahrten, bis ich sie schließlich in meinem Kulturbeutel fand: eine alte Schildplattbrille, die Gläser ein wenig verkratzt.

Kaum hatte ich sie aufgesetzt, wurde mir schwindelig. »Alles in Ordnung?«, fragte Edward und streckte seine Hand aus, um mich festzuhalten.

Seine Wimpern waren jetzt gestochen scharf wie Nadeln, die Narbe am Kinn blutrot, als wäre sie ganz frisch.

»Geht schon«, sagte ich. »Ich muss mich nur kurz daran gewöhnen. Die Sehstärke ist ein bisschen schwächer als bei meiner anderen Brille.«

»Ich habe nie eine Brille getragen. Darf ich sie kurz aufsetzen?«

Ich reichte sie ihm und war erleichtert, dass seine Gestalt wieder unscharf wurde.

Er setzte die Brille auf und schwankte theatralisch.

»Mein Gott, ich sehe überhaupt nichts.«

»Ihre Augen sind ja auch in Ordnung.«

»1,5 Dioptrin. Mehr als perfekt. Ich frage mich oft, warum es keine Brillen für Leute gibt, die zu *gut* sehen. Ich meine, so klar, dass es wehtut – ist das nicht auch eine Art Handikap? Eine Art von ... Täuschung?« Er nahm die Brille ab, wischte mit dem Hemdzipfel darüber und gab sie mir wieder. »Nun, mir hat diese kleine Komödie der Irrungen gefallen. Vielen Dank dafür.«

»Sollte ich nicht besser Ihnen danken?«

»Warum? Weil ich Ihre Brille zerstört habe?«

»Nein ... Weil Sie mich zurückgebracht haben.«

»Das Mindeste, was ich tun konnte.« Er ging zur Tür, drehte den Knauf und wandte sich um. »Übrigens, hätten Sie Lust, heute Abend mit uns zu essen? Sie und Ihre Frau?«

Sein Angebot klang unverbindlich in meinen Ohren, und ebenso unverbindlich antwortete ich, das hänge von Julia ab. Womöglich sei sie zu müde.

»Lassen wir es also darauf ankommen. Sie wissen ja jetzt, wo Sie mich finden.«

»Im anderen Francfort.«

»Das hier ist das andere Francfort. Oder vielleicht auch beide. Also, auf Wiedersehen.«

Wir gaben uns die Hand, und er ging. Ich blieb neben der Tür stehen, bis ich seine Schritte nicht mehr hören konnte. Jetzt, da ich mich an die Brille gewöhnte, fiel mir plötzlich auf, wie sehr unser Zimmer einem Serail glich. Nicht nur wegen der Gläser und Tiegel auf dem Toilettentisch, sondern auch wegen Julias Morgenmänteln, ihrer Negligés, ihres ganz eigenen Geruchs nach Zigaretten, Gesichtspuder und Jicky von Guerlain. Aber es roch auch nach Edward, durchdringend, wie nach einem Hund. Damit sie nichts davon merkte, riss ich das Fenster auf. Der lose Fensterladen war inzwischen festgemacht worden, und der Klavierschüler hatte eine Pause eingelegt. Unten auf der Straße saß eine alte Frau auf einem Stuhl und schälte Kartoffeln.

Ich ging ins Bad und entkleidete mich. Was ich im Spiegel sah, beeindruckte mich nicht: ein angelsächsisches Durchschnittsgesicht mit plumpen, kartoffelähnlichen Wangen. Abgesehen von den granatapfelroten Brustwarzen war mein Oberkörper flach wie ein Feld. Der Gürtel hatte einen pinkfarbenen Streifen auf dem Bauch hinterlassen, als ob ein Traktor darübergefahren wäre … Ein Rumpf wie der Mittlere Westen. Eine große Ebene. Wie vielgestaltig war dagegen allein die Landschaft von Edwards Gesicht! Besonders die Narbe faszinierte mich. Hatte er nicht etwas von Heidelberg gesagt? Irgendwo hatte ich gelesen, dass die Studenten an deutschen Universitäten Degenkämpfe als Initiationsritual ausfochten. Gesichtswunden galten als Ehrenabzeichen und wurden liebevoll mit abgestandenem Wasser gewaschen. War das die Geschichte hinter Edwards Narbe? Wie auch immer, ich wollte sie lesen. Ich wollte Edward lesen.

Es war Mittagszeit. Ich verspürte einen Heißhunger, zog mich an und ging hinunter ins Hotelrestaurant. Unterwegs gab ich meinen Schlüssel an der Rezeption ab, falls Julia zurückkommen sollte. Es waren nur wenige Tische besetzt, weil man in Lissabon gewöhnlich spät zu Mittag aß. Ich bestellte ein Omelett. Es wurde auf spanische Art mit Kartoffelwürfeln serviert. Ich verschlang das Omelett. Anschließend aß ich ein Cremetörtchen, drei Aprikosen und eine Banane. Zuletzt trank ich noch zwei *Garotos*, einen portugiesischen Espresso mit Milch, gefolgt von zwei Gläsern *Aguardente*, einem portugiesischen Schnaps. Dann ging ich zurück in die Lobby. Unser Zimmerschlüssel hing nicht mehr am Haken. Mein Magen rumorte. Ich ermahnte mich, in Zukunft langsamer zu essen. Meine Verdauung war nicht mehr, was sie einmal gewesen war.

Um mich nicht wieder dem Aufzug auszusetzen, nahm ich die Treppe. Ich klopfte an unsere Tür.

»Wer ist da?«, rief Julia von drinnen.

»Ich bin's.«

Die Tür ging schnappend auf. Ohne einen Kuss oder ein Wort der Begrüßung ging sie zurück zum Toilettentisch, wo sie eine Patience gelegt hatte, nahm eine halbgerauchte Zigarette aus dem Aschenbecher, zog daran und legte sie zurück.

»Seit wann bist du wieder da?«, fragte ich.

»Seit zwanzig Minuten«, sagte sie.

»Und, wie war's?«

»Was?«

»Dein Ausflug. Hast du dich gut amüsiert?«

Sie drehte sich um und starrte mich an. »Amüsiert? Machst du Witze? Nachdem wir kilometerweit mit dem Taxi in irgendeinen gottverlassenen Slum gefahren sind … Dazu der schmutzige Hund mit dem widerlichen Atem … Und dann noch einmal eine Stunde beim Tierarzt warten, bei brütender Hitze und mit dem noch dampfenden Hundekot zwischen uns … Und du fragst, ob ich mich amüsiert habe?«

»Tut mir leid. Ich habe nicht gewusst …«

»Das Schlimmste kommt noch – du weißt ja, sie ist Britin. Ich meine, sie hat einen britischen Pass. Sie hätten also in Bordeaux das Schiff besteigen können, wenn sie gewollt hätten, das Schiff, das Churchill zur Rettung der gestrandeten Briten geschickt hatte. Sie hätten an Bord gehen können und wären heute schon in London. Aber sie haben es nicht getan. Und warum? Wegen des Hundes.«

»Tatsächlich?«

»Ja! Genau! Das ist der einzige Grund! Sie wollen gar nicht unbedingt nach New York. Das hat sie mir selbst gesagt. Ob New York oder London, das sei ihnen egal. Sie sagt, sie seien Nomaden. Dennoch haben sie die Chance, nach England zu reisen, nicht ergriffen und stattdessen die Tortur auf sich genommen, alle möglichen Visa zu besorgen und quer durch Spanien hierherzukommen, und all das nur, weil der Hund bei der Einreise in England unter Quarantäne gestellt worden wäre. Ein fünfzehn Jahre alter Hund! Was sagst du dazu?«

»Nun – sie müssen das Tier sehr lieben.«

»Natürlich, ich verstehe ja, dass ein Hund für einige Frauen ein Kinderersatz ist. Aber wenn man die Umstände bedenkt ...«

»Aber Julia, dass sie nicht nach England gegangen sind, heißt nicht, dass wir es hätten tun können. Das weißt du ganz genau. Man hätte uns nicht an Bord gelassen.«

»Das sagst du ständig. Aber du hast es nicht einmal versucht. Woher weißt du dann so genau, dass sie uns abgewiesen hätten?«

»Sie kennen die Vorschriften genauso gut wie wir.«

»Selbst wenn wir dem Kapitän Geld angeboten hätten?«

»Einem englischen Kapitän? Ich bitte dich.«

Da ihre Patience nicht aufging, sammelte sie die Karten wieder ein. »Es kommt mir nur so ungerecht vor, dass sie eine Chance ausschlagen, für die ich über Leichen gehen würde. Und das aus einem ganz und gar lächerlichen Grund.«

»Für *dich* mag er lächerlich sein ...«

»Zeig mir einen Menschen in Lissabon, der bestreitet, dass es lächerlich ist, wegen eines fünfzehn Jahre alten Hundes nicht nach England zu reisen.«

Ich antwortete nicht darauf. Ich öffnete das Fenster, das sie geschlossen hatte.

»Das Zimmer ist ein einziges Durcheinander«, sagte ich. »Es riecht muffig.«

»Das Zimmermädchen ist nicht da gewesen. Die Mädchen hier sind zu nichts zu gebrauchen. Sie machen bloß die Betten und wechseln die Handtücher, und das auch nur, wenn sie Lust haben. Sie heben nicht einmal die Kleider vom Boden auf.«

»Und du kannst deine Kleider nicht selbst aufheben?«

»Warum sollte ich? Warum? Wir sind noch eine Woche hier. Allerhöchstens zehn Tage. Ich verabscheue dieses Hotel. Ich verabscheue diese ganze Stadt.«

»Heute Morgen hast du noch gesagt, dass du hierbleiben willst.«

»Ja, ich würde lieber hierbleiben, als zurück nach New York zu gehen, wenn ich wählen könnte. Mir bleibt nur keine Wahl. Sieht ganz so aus, als wäre ich die Sklavin meines Mannes.«

»Ganz und gar nicht. Du kannst tun und lassen, was immer du willst.«

»Wie meinst du das? Soll ich mich alleine durchschlagen?«

»Sei nicht albern.«

»Nein, ich glaube, genauso hast du es gemeint. Und weißt du was? Das ist eine großartige Idee. Tatsächlich sehe ich keinen Grund, warum ich nicht sofort packen sollte, zumal du meine Angewohnheiten ja anscheinend unerträglich findest.«

»Das habe ich nie gesagt.«

»Mach dir keine Sorgen. Bald bin ich weg, und du kannst das Zimmer so sauber halten, wie du möchtest.«

»Julia, bitte!«

»Entschuldige.« Sie stand auf, schob mich zur Seite, nahm ihren Koffer vom Schrank und fing an, die im Zimmer verstreuten Kleidungsstücke, die Tiegel und Gläser, die Patience-Karten und sogar die feuchte Unterwäsche aus dem Bad hineinzuwerfen.

»Julia, das ist doch verrückt. Du kannst nicht alleine hierbleiben. Wovon willst du leben?«

»Ich besorge mir einen Job.«

»Aber du hast keine Papiere. Und ohne Papiere kannst du nicht arbeiten. Außerdem bist du hier nicht sicher.«

»Ich fühle mich hier aber vollkommen sicher.«

»Im Augenblick, ja. Aber wie lange noch? Versteh doch, es kann sehr gefährlich werden, auch für uns. Besonders, wenn wir in den Krieg eintreten. Und dann ist da noch der Umstand, dass du …«

»Was? Nur zu. Sag es.«

»Also gut. Dass du Jüdin bist.«

»Und wie sollen sie das herausfinden? Im Pass steht dein Name. Winters ist kein jüdischer Name.«

»Ja, aber Julia, in Deutschland müssen die Leute *beweisen*, dass sie nicht jüdisch sind. Das kann auch hier passieren, wenn Portugal sich auf die andere Seite schlägt. Bitte, Liebling«, ich griff nach ihrer Hand, mit der sie im Schrank rumwühlte, »bitte, sei vernünftig!«

Sie ließ fallen, was immer sie gerade in der Hand gehalten hatte, und ich ließ ihre Hand los. Sie setzte sich auf die Bettkante und begann zu weinen. »Es ist ungerecht. Als ich nach Paris gegangen bin, habe ich zu meiner Familie gesagt, ich würde nie mehr nach New York zurückkehren, und es war mir ernst damit. Und jetzt haben sie die Chance, auf die sie die ganzen Jahre über gewartet haben, nämlich mich auszulachen und zu sagen: ›Siehst du, wir haben's ja immer gewusst.‹«

»Aber du musst sie doch gar nicht treffen.«

»Machst du Witze? Sie werden am Pier auf uns warten, wenn wir die Landungsbrücke runterkommen.«

»Und wie sollen sie von unserer Ankunft erfahren?«

»Meine Mutter wird es wissen. Sie weiß über alles Bescheid, was ich tue.«

Ich setzte mich neben sie und legte meinen Arm über ihre glühenden schmalen Schulterblätter. »Das werde ich nicht zulassen«, sagte ich. »Ich habe dir von Anfang an gesagt, dass ich auf dich aufpassen werde, Julia. Ich werde dich beschützen. Wir werden keine einzige Nacht in New York verbringen, wenn du das nicht willst. Wir können vom Pier mit dem Taxi direkt bis Grand Central fahren. Dort steigen wir in den Zug nach Chicago und besuchen meinen Bruder.«

»Harry hat mich nie gemocht. Er war gegen unsere Heirat.«

»Das ist eine Ewigkeit her. Er vermisst uns.«

»Ich würde mich dort nicht wohlfühlen. Ich fühle mich nirgends wohl, außer in Europa. Als wir in New York ausliefen, habe ich geschworen, hier begraben zu werden – erinnerst du dich –, und das war nicht bloß dahergesagt.«

»Das wirst du auch, Julia. Ganz bestimmt.« Sie sah zu mir auf. »Nein, so meine ich das nicht. Ich meine: Wenn der Krieg vorbei ist, kommen wir zurück. Wir machen da weiter, wo wir aufgehört haben. Es ist ja nur noch ein Sprung bis New York, jetzt, wo die Klipper fliegen.«

»Ich wünschte, es gäbe überhaupt keine Flüge. Keine Schiffe, keine Wasserflugzeuge, keine Möglichkeit, den Atlantik zu überqueren.«

Ich küsste sie auf die Wange »So denkst du heute«, sagte ich. »Vertrau mir, wenn wir die vergangenen Wochen hinter uns gelassen haben, sieht die Zukunft wieder freundlicher aus.«

»Wir werden sehen.«

Sie stand auf und ging ins Badezimmer. Ich hörte, wie Wasser ins Waschbecken lief.

»Ach, was ich noch fragen wollte«, sagte ich durch die halbgeöffnete Tür, »was hältst du von ihr – abgesehen von dem Hund?«

»Von wem? Iris? Sie ist verrückt, aber das sind solche Leute ja meistens.«

»Solche Leute?«

»Schriftsteller. Hat er dir das nicht gesagt? Sie sind Xavier Legrand. Du weißt schon, die Kriminalromane. Den ersten haben sie zum Spaß geschrieben und ihn an einen amerikanischen Verlag geschickt, aus reiner Neugierde. Sie haben behauptet, der Autor sei ihr Nachbar, ein pensionierter französischer Polizeikommissar, und sie hätten das Buch übersetzt. Nun, bei den ersten drei Büchern klappte die Tarnung, aber dann hat ein französischer Verleger nach den Originalen geforscht. Was natürlich ins Leere führte, weil es gar keine Originale gab – die Bücher waren auf Englisch geschrieben –, sodass sie ihre Tarnung aufgeben mussten. Aber niemand schien sich daran zu stören. Inzwischen ist es ein offenes Geheimnis, dass hinter Xavier Legrand ein im Ausland lebendes amerikanisches Paar steckt. Sie sind damit übrigens ziemlich erfolgreich. Nicht, dass sie das Geld nötig hätten …«

»Sind sie reich?«

»Das hat sie natürlich nicht gesagt. Solche Leute reden nie offen über Geld – aber die Art und Weise, wie sie *nicht* darüber reden, ist verräterisch.«

Sie kam aus dem Bad und trocknete ihr Gesicht ab. Dass wir nicht zu »solchen Leuten« gehörten, dass ich arbeiten musste und dass wir ohne meinen Job nicht in Frankreich hätten leben können – all das war immer ein wunder Punkt für sie gewesen. Ich komme aus einer soliden Mittelklassefamilie – mein Vater betrieb eine Schmelzhütte –, was mich, in vielerlei Hinsicht, zu einem ungeeigneten Partner für Julia machte. Sie hätte einen Mann wie Edward gebraucht, einen Mann, der Geld wie Heu hatte und nicht dafür arbeiten musste. Doch als wir uns kennenlernten, war kein solcher Mann in Reichweite, oder zumindest keiner, der ihr geben konnte, was sie sich vorstellte: ein Apartment in Paris. Ich will nicht über unsere Verhältnisse klagen. Wir haben mehr als komfortabel gelebt, Julia und ich. In all den Jahren unserer Ehe habe ich ihr nie einen Wunsch abschlagen müssen. Aber wir waren nicht reich. Fast alles, was ich verdiente, gaben wir aus. Die wenigen Francs, die wir gespart hatten, waren nach dem Einmarsch der Deutschen kaum noch etwas wert. Wären da nicht die drei Hundertdollarscheine gewesen (ein Geschenk meines Bruders Harry), die ich in einem Moment kluger Voraussicht in meiner Sockenschublade versteckt hatte – ich weiß nicht, wie wir in Lissabon hätten überleben sollen. Vermutlich hätte Julia ihren Schmuck verkaufen müssen.

Schließlich setzte sie sich wieder an den Toilettentisch und mischte ihre Karten.

»Er hat gefragt, ob wir heute Abend mit ihnen essen wollen«, sagte ich nach einer kurzen Pause. »Edward, meine ich.«

»Und was hast du gesagt?«

»Dass es von dir abhängt. Ob dir danach ist.« Ich holte Luft und ließ einige Sekunden verstreichen. »Was meinst du?«

»Warum nicht? Essen muss der Mensch ja schließlich.«

»Du bist also einverstanden?«

»Überrascht dich das? Eines kann man sicherlich nicht über sie sagen: dass sie Langeweiler sind. Und was wäre die Alternative? Ein weiteres tristes Abendessen hier im Hotel? Nein danke.«

»Also gut, ich rufe an und sage ihnen, dass wir dabei sind. Oder besser noch, ich gehe im Hotel vorbei und hinterlasse eine Nachricht. Ja, wahrscheinlich ist das besser.«

»Was soll ich anziehen?«

»Warum kaufst du dir nicht ein neues Kleid?«

»In Lissabon? Ich bitte dich.« Aber der Klang ihrer Stimme verriet mir, dass sie es ernsthaft in Erwägung zog.

»Also, ich gehe jetzt«, sagte ich. »Ich bin in etwa einer halben Stunde wieder zurück. Und« – ich stand bereits in der Tür – »vergiss nicht, Liebling, dass England so sicher auch nicht ist. Immerhin sind die Lebensmittel rationiert. Und jeden Tag können die ersten Bomben fallen.«

»Und jeden Tag können U-Boote vor Long Island landen«, sagte Julia.

»Du hast recht«, sagte ich. »Jeden Tag können U-Boote vor Long Island landen.«

4

Wer Julia in diesem Sommer, dem Sommer des Jahres 1940, begegnet wäre, hätte sie für eine ernste Frau gehalten, elegant und unterernährt und herb. Sie war dreiundvierzig, sah aber aus wie fünfunddreißig, mit glatter blasser Haut, einem braunen Bubikopf und großen Augen wie die eines nachtaktiven Beuteltiers. Sie kleidete sich konservativ. Lanvin oder Chanel, nicht Schiaparelli. Tweed, Baumwolle oder schwarze Seide, nicht meerschaumgrüner Chiffon. Nichts an ihrem Aussehen suggerierte Erotik, Reizbarkeit oder Verletzlichkeit. Aber sie steckte voller Überraschungen.

Das erste Mal waren wir uns begegnet … Nun ja, die Sache ist die: Ich kann mich partout nicht mehr erinnern, wo genau wir uns zuerst begegnet sind, nur dass es bei einem Empfang im Anschluss an irgendeinen öffentlichen Vortrag, ein Konzert oder eine Dichterlesung war. Denn im New York der Zwanzigerjahre waren öffentliche Vorträge, Konzerte und Dichterlesungen größtenteils die Domäne der Rastlosen und Verlorenen, zu deren Mitgliedern ich zählte. Ich war damals fünfundzwanzig und arbeitete bei einer Oldsmobile-Vertretung am Broadway, ein Job, den ich meinem Bruder Harry verdankte, der zwar zwei Jahre jünger als ich, aber bereits die Karriereleiter bei General Motors hochgeklettert war. Wie viele jüngste Geschwister betrachtete es Harry als seine Pflicht, sich um seine älteren Brüder zu kümmern, die er beide für Taugenichtse hielt. Nun, unser Bruder George war tatsächlich ein Taugenichts. Er ist es bis heute. Mir fehlte bloß ein Ziel. Nach meinem Abschluss am Wabash College war ich wieder zu meinen Eltern gezogen, deren Ehe gerade auseinanderbrach. Mein Vater hatte eine andere Frau, und meine Mutter wusste davon. An den meisten Abenden betrank sie sich am Küchentisch bis zur Besinnungslosigkeit. Eines Nachmittags rief mein Vater mich in sein Arbeitszimmer und sagte: »Es ist mir egal, ob du mich hasst, solange du dich um deine Mutter kümmerst.« Schneller hätte er mich nicht aus dem Haus jagen können! Ich schrieb also meinem Bruder Harry, und der besorgte mir den Job in New York. Ich glaube, er verstand, dass es gut für mich war, aus Indianapolis herauszukommen und mein eigenes Geld zu verdienen. Was meine Mutter anging – auch dieser Aufgabe stellte er sich. So sind sie, die Letztgeborenen. Es war ein Opfer, für das er mich in späteren Jahren bei jeder Gelegenheit bestrafte.

Und so fand ich mich als Autoverkäufer in New York wieder, und es war tatsächlich gut für mich, fern von Indianapolis zu sein, und großartig zu entdecken, dass ich in der Lage war, mein eigenes Geld zu verdienen. Doch ich war immer noch ziellos, hatte nur wenige Freunde, was der Grund dafür war, dass ich an den meisten Abenden zu den genannten öffentlichen Vorträgen, Konzerten und Dichterlesungen ging. Und bei einer dieser Veranstaltungen traf ich Julia, die ebenfalls regelmäßig dabei war, allerdings aus anderen Gründen. Obwohl sie einer reichen Familie entstammte, hatte sie nur sehr wenig

Geld zur Verfügung. Sie lebte mit ihrer verwitweten Mutter, die sie an der kurzen Leine hielt.

Einige Informationen zum Hintergrund: Julias Vorfahren waren bayerische Juden. Ihr Geburtsname war Loewi. Kurz nach 1850 waren ihr Großvater und zwei seiner Brüder von Fürth nach New York ausgewandert, wo sie eine Manufaktur für stoffbezogene Knöpfe gründeten. Von stoffbezogenen Knöpfen sattelten sie um auf Hopfen, und von Hopfen auf Konsumartikel. In New York, das habe ich inzwischen gelernt, unternehmen die deutschen Juden große Anstrengungen, um sich von ihren Jiddisch sprechenden Cousins und Cousinen zu distanzieren, die größtenteils zu Anfang des Jahrhunderts vor Armut und Pogromen nach Amerika flohen. Nun, die deutschen Juden – Julias Juden, wenn man so will – waren zu der Zeit längst etabliert. Am Central Park West hatten sie ihre eigene Fifth Avenue. Sie hatten sogar ihren eigenen Klub, den Harmonie Club, mitten im Herzen von Manhattan, und, was noch aufschlussreicher ist, direkt gegenüber vom Metropolitan Club, seinem nichtjüdischen Pendant, von dem er sich nur durch das auffällige Fehlen der Weihnachtsdekoration im Dezember unterschied. Ein polnischer Jude hatte ungefähr die gleiche Chance, in den Harmonie Club aufgenommen zu werden wie irgendein Jude, Mitglied im Metropolitan Club zu werden – und daran störte sich niemand. Wie sollte eine Einwanderergruppe ihre Verwurzelung anders demonstrieren als durch die Macht, andere auszuschließen? Als junges Mädchen besuchte Julia deutsch-jüdische Tanzabende. Ihre Brüder nahmen an deutsch-jüdischen Ruderwettbewerben auf dem Hudson teil. Zwar gab es immer Tanzabende oder Regatten, von denen sie ausgeschlossen waren, was ihnen durchaus bewusst war, gleichwohl wurde auch über *ihre* Tanzabende und *ihre* Regatten auf der Gesellschaftsseite der *New York Times* berichtet. Beispiele für Rebellen und Ausreißer gab es in der Familiengeschichte nur wenige. Ein Onkel von Julia, frischgebackener Anwalt und Harvard-Absolvent, schoss sich in seinem Büro an einem Wintermorgen 1903 in den Kopf. Man vermutete, dass er homosexuell war. Ein anderer Onkel ließ sich in Haiti nieder, wo er einen Staatsstreich gegen Präsident Hyppolite zu organisieren versuchte und kurzerhand deportiert wurde, woraufhin er den Rest seines Lebens größtenteils damit verbrachte, Prozesse gegen die US-Regierung zu führen. Schließlich war da noch Tante Rosalie. Vor dem Krieg hatte sie mit ihrem Mann, Onkel Edgar, ein Schiff nach Frankreich bestiegen. Sie waren unterwegs nach Wien, wo Edgar, der unter Diabetes litt, einen Spezialisten konsultieren wollte, doch auf halber Strecke über den Atlantik fiel er ins Koma und starb. Er wurde auf See bestattet. Man ging davon aus, dass Rosalie in Trauer zurückkehren würde. Stattdessen mietete sie eine Villa in Cannes und heiratete einen schwedischen Tennislehrer. Angesichts Julias eigener Lebensgeschichte könnte man meinen, sie hätte ihre Tante bewundert, aber tatsächlich fürchtete und verachtete sie sie. Nun, vielleicht fürchten und verachten wir gerade diejenigen Verwandten, deren Existenz uns vor Augen führt, dass wir eben doch nicht einzigartig sind.

Wie Harry war Julia das jüngste Kind der Familie. Ich selbst bin der Älteste. Ich bin von Natur aus unersättlich, impulsiv und gleichgültig allem weltlichen Erfolg gegenüber – das genaue Gegenteil von Harry, der zielstrebig, enthaltsam und geschäftstüchtig ist, und dazu auf stoische, humorlose Weise aufopferungsvoll. Er selbst sagt von sich, alles, was er in seinem Leben gemacht habe, sei nicht bloß zum Wohl anderer geschehen, sondern mit dem Verzicht auf größere oder kleinere Freuden verbunden gewesen (obwohl, ehrlich gesagt, so wie ich das sehe, Selbstaufopferung das Einzige ist, was ihm tatsächlich Freude bereitet). Das ist bei Letztgeborenen häufig der Fall. Er weiß, dass er ein Produkt der mittleren Lebensjahre und ihrer Enttäuschungen ist und dass deshalb nur wenige Babyfotos von ihm existieren und er so oft allein gelassen wurde oder, schlimmer noch, der Gnade seiner Geschwister ausgeliefert war, die ihn quälten. Der Letztgeborene muss lernen, sich alleine durchzuschlagen. Ihm bleibt keine andere Wahl. Und Julias Fall war noch schlimmer, weil zum Handicap, das jüngste Kind zu sein, auch noch der Umstand hinzukam, dass sie eine Tochter war, in einer Welt, die Söhne vorzog. Daher ihre Unnachgiebigkeit, der düstere Blick auf die Zukunft und die Verbissenheit, die zu ihren hervorstechenden Eigenschaften zählten.

Natürlich sah ich nichts davon bei unserer ersten Begegnung. Vielmehr sah ich ein zugleich flinkes und scheues Geschöpf, wie die zierlichen Rehe, die man manchmal in den Florida Keys aufscheucht. Gleich an unserem ersten Abend bat sie mich, mit auf mein Zimmer zu kommen – und es war eine Offenbarung. Ich verstand, dass ich in Ermangelung eines drängenden Wunsches oder Ziels mein Leben lang nach einem Zweck außerhalb meiner selbst gesucht hatte, der mich gewissermaßen huckepack tragen würde. Es hätte eine Religion oder eine politische Partei sein können, oder auch eine Sammlung musikalischer Instrumente aus Schuhcremedosen. Stattdessen war es Julia. Ich bewunderte sie, ich wollte sie, und selbst wenn ich sie kaum kannte – was machte das schon? Muss man etwas wirklich kennen, um davon verzaubert zu sein? (Vermutlich schon. Aber überzeugen Sie mal einen jungen Menschen davon.) Natürlich gab es Warnsignale, die ich hätte beachten sollen. Sie belog mich über ihr Alter. Sie sagte, sie sei vierundzwanzig, obwohl sie neunundzwanzig war, drei Jahre älter als ich. Außerdem hatte sie keine Freunde, oder zumindest niemanden, dem sie mich jemals vorstellte. Was ihre Familie anging, sagte sie, sie verachte sie und bleibe nur bei ihrer Mutter, bis sie sich die Flucht leisten könne. Ihre Verwandten seien primitiv, wohingegen sie die Kunst schätzte. Sie hatte Unterricht in Malerei, Töpfern und Gesang genommen und sich an einem Roman versucht. Aber keines ihrer Bilder stellte sie zufrieden, die Töpfe fielen von der Töpferscheibe, und das Singen gab sie auf, als ihr Lehrer sagte, sie müsse das Rauchen sein lassen. Und bei dem Roman schrieb sie immer wieder das erste Kapitel um. Nach einem Jahr hatte sie neunhundert Seiten geschrieben, lauter erste Kapitel.

Nun hatte sie die fixe Idee, nach Paris zu gehen. Nur in Paris, glaubte sie, könne der in New York vereitelte künstlerische Impuls Wurzeln fassen und aufblühen. Ich fragte sie, wie oft sie schon in Paris gewesen sei, und sie sagte, kein einziges Mal. Für den Sommer 1914 war eine Reise mit ihren Schwestern geplant, aber der Krieg war dazwischengekommen. (Was sie dem Krieg nie verzieh.) Glücklicherweise hatte sie zu dieser Zeit eine französische Gouvernante, eine ältlich wirkende junge Frau, die ihr abends aus *Les Malheurs de Sophie* der Comtesse de Ségur vorlas, das Buch, von dem aus geheimnisvollen Gründen so viele junge Mädchen dieser Zeit entzückt waren. Sophie, sagte Julia, habe ihr die allerersten Vorstellungen eines Daseins als Französin vermittelt, wie auch die Überzeugung, dazu bestimmt zu sein, in Paris zu leben – eine Überzeugung, die mit ihr wuchs und von Sophies Missgeschicken auf die von Colettes Romanheldin Claudine überging, die ihre Gouvernante streng missbilligte und die darum nur umso verlockender waren. Ich habe Julias Exemplar von *Claudine in Paris* hier vor mir liegen. Die Seiten sind spröde und aufgequollen, denn sie hatte die Angewohnheit, in der Badewanne zu lesen. Viele Passagen sind unterstrichen, darunter auch die folgende:

»Wir sitzen an einem kleinen Tisch, im Schatten eines Pfeilers. Zu meiner Rechten versichert mir ein von einem lärmenden Fries nackter Bacchantinnen gekrönter Spiegel, dass ich keine Tintenflecken auf den Wangen habe, dass mein Hut ordentlich sitzt und meine Augen auf einen überroten Mund niederblicken. Färbt ihn Durst? Oder das Fieber? Renaud, der mir gegenübersitzt, hat unstete Hände und feuchte Schläfen.

Ein Tablett Krebse wird vorübergetragen, von einer Duftwolke gefolgt. Ich stöhne, leise und gierig.«

Heute frage ich mich, was für Julia stärker war, die Sehnsucht nach Renaud oder nach den Krebsen. Ich vermute, die nach den Krebsen. Denn wenn sie einen Franzosen gewollt hätte, hätte sie zweifellos einen gefunden. Sie hätte vielleicht etwas warten müssen, aber sie hätte einen finden können. Nur hätte ein Franzose mehr von ihr verlangt und ihr im Gegenzug weniger gegeben. Er hätte sie vielleicht betrogen. Er hätte vielleicht die Begeisterung für Krebse gestört. Ich will damit nicht sagen, Julia sei korrupt gewesen; nur war sie, wie die meisten Letztgeborenen, äußerst pragmatisch. Was sie brauchte, war ein Ehemann, der ihr so hörig war, dass er alles tat, um sie glücklich zu machen, aber auch so träge, dass sie nicht an seiner Treue zweifeln musste. Und eben dieses Bild erfüllte ich haargenau.

Wir verlobten uns also, und sie bedrängte mich mit der Idee, nach Paris zu gehen, der ich keineswegs abgeneigt war. Ganz im Gegenteil, ihr leidenschaftlicher Wunsch weckte in mir einen ebenso leidenschaftlichen Wunsch – den Wunsch, ihren Wunsch zu erfüllen. In meinem ganzen Leben war ich nie einem so zähen Willen oder einer so intensiven Sehnsucht begegnet. Vielleicht wecken Gurus in ihren Jüngern ein ähnliches Gefühl wie es eine willensstarke Frau in einem Mann vermag, der zwar eine große Begeisterungsfähigkeit besitzt, aber kein besonderes Streben oder Ziel hat, auf die er sie richten könnte. Ich schrieb also einen Brief an Harry mit der Frage, ob er mir einen Job im Pariser Büro von General Motors oder bei einem Pariser Autohaus vermitteln könne. Verständlicherweise war seine Reaktion argwöhnisch. Ob eine Frau im Spiel sei?, wollte er wissen. Ich antwortete, dem sei so, worauf er in den nächsten Zug von Detroit nach New York stieg, um Nachforschungen anzustellen. Unser gemeinsames Dinner zu dritt war, wie man sich vorstellen kann, kein großer Erfolg. Julia und Harry mussten einander als Letztgeborene erkannt haben, denn sie begegneten einander von Anfang an mit Misstrauen. Er stellte ihr alle möglichen Fragen, für die ich weder den Mut noch die Unverfrorenheit besessen hätte, und brachte dabei zwei Fakten ans Licht, die sie bisher vor mir verborgen hatte. Erstens, dass sie Jüdin war. Und zweitens, dass sie geschieden war. Dass sie Jüdin war, überraschte mich nicht. Dass sie geschieden war, war zugegebenermaßen ein ziemlicher Schlag. Nachdem wir Harry in ein Taxi gesetzt hatten, gab es eine tränenreiche Szene. Sie sagte, sie habe mir ihr Jüdischsein verschwiegen, falls ich religiöse Vorbehalte gehabt hätte, und von ihrem ersten Ehemann habe sie nichts erzählt, damit ich sie als geschiedene Frau nicht geringer achte. Das alles lag so weit zurück, als sie noch sehr jung gewesen war. Sein Name war Valentine Breslau gewesen. Sie hatten sich nicht geliebt. Die Verbindung war von ihren Eltern arrangiert worden, die die Geschäftsbeziehung zwischen den Familien festigen wollten. Valentine hatte ihr versprochen, die Flitterwochen mit ihr in Paris zu verbringen. Stattdessen fuhren sie in die Pocono Mountains nach Pennsylvania. Er verlangte »widerliche« Dinge von ihr, und als sie sich weigerte, ging er zu Prostituierten. Sechs Monate lang ertrug sie seine Grobheiten, bis sie es nicht mehr aushielt und zu ihren Eltern zurückkehrte. Er flehte sie an zurückzukommen. Sie weigerte sich. Ihre Eltern flehten sie an zurückzugehen. Sie stellte sich taub. Ihr Vater war in dieser Sache ein »Unmensch« gewesen, sagte sie, er habe sich mehr um das Scheitern der Geschäftsbeziehung durch eine Scheidung gesorgt als um das Wohl seiner eigenen Tochter. Wenig später erlitt er einen Herzinfarkt und starb. Als Julia mir davon erzählte, brach sie in Tränen aus. Ich nahm sie in die Arme und versprach, ich würde alles wiedergutmachen, selbst die Sache mit ihrer Mutter. Julia war überzeugt davon, ihre Mutter habe parapsychologische Kräfte. Sie könne Julias Gedanken lesen. Zum Beweis erzählte sie diese Geschichte: Eines Nachmittags, kurz nach der Scheidung, hatte sie eine heftige Auseinandersetzung mit Mrs Loewi gehabt, an deren Ende Julia aus der elterlichen Wohnung gestürmt war und geschworen hatte, nie wieder zurückzukehren. Einige Stunden fuhr sie mit dem Taxi kreuz und quer durch die Stadt. Dann beschloss sie, ein Hotelzimmer zu nehmen. Das betreffende Hotel, so versicherte sie mir, war nicht sonderlich bekannt, und es gibt weiß Gott Tausende Hotels in New York. Und doch schien der Direktor sie erwartet zu haben, kannte ihren Namen und sagte, er habe kein freies Zimmer mehr. Entsetzt war sie in ein anderes Hotel geflohen, aber auch hier erwartete der Direktor sie bereits, kannte ihren Namen und erklärte, er habe kein freies Zimmer.

Julia interpretierte die Episode folgendermaßen: Ihre Mutter, die vorhergesehen hatte, welche Hotels sie aufsuchen würde –

und zwar noch bevor Julia dort eintraf –, hatte beide Manager angerufen und sie gewarnt, dass ihre Tochter unterwegs zu ihnen sei, aber die Rechnung nicht bezahlen könne.

Ich lachte und sagte, das sei Unsinn.

Julia fand das gar nicht komisch.

»Vielleicht beschäftigt sie Spione«, sagte ich.

»Die braucht sie nicht«, sagte Julia.

Ich beschloss, ihrer Mutter einen Besuch abzustatten. Ich würde Mrs Loewi sagen, dass ich ihre Tochter heiraten würde, komme, was wolle. Ich würde sie heiraten, auch ohne ihren Segen, und auch, wenn sie sie enterben sollten. Julia erzählte ich nichts von meinem Plan. Ich wusste, sie würde es mir ausreden wollen. In der Wohnung der Loewis geleitete mich ein älterer Diener ins Esszimmer. Obwohl der Raum auf den Central Park hinausging, waren die Vorhänge zugezogen, wie um zu zeigen, dass man es sich leisten konnte, die großartige Aussicht zu ignorieren. Der Esstisch war lang, mit kunstvollen und unbequemen Stühlen. Mrs Loewi erwartete mich, eine überaus altmodische Erscheinung, deren Umgangsformen wie ihre Kleidung aus dem letzten Jahrhundert stammten. Sie saß am Kopf des Tisches. Ich direkt zu ihrer rechten Seite. Wir tranken Tee. Während meiner Rede hielt sie ihre fleischigen Hände gefaltet vor sich. Ihr Gesicht war regungslos. Schließlich hatte ich zu Ende gesprochen. Ein paar Sekunden vergingen, und dann sagte sie diesen einen klaren Satz: »Ich bitte Sie, es sich noch einmal zu überlegen.« Das war alles. Ihre Stimme war höher, als ich erwartet hatte, weniger streng, eher mädchenhaft. Ich wartete. Aber das war alles. Ich war irritiert. Ich hatte Einwände erwartet, Drohungen, zumindest den Versuch einer Bestechung, den ich ritterlich abgewehrt hätte, und stattdessen kam nur dieser eine kurze, vollkommen leidenschaftslose Ratschlag, als wäre sie dazu verpflichtet. Schließlich stand ich auf. Auch sie erhob sich. Sie war sogar noch kleiner als Julia, wenn auch kräftiger. Sie ging mir vielleicht bis zum Ellbogen. Sie begleitete mich zur Tür, wo sie mir die Hand gab. Das erste und einzige Mal blickte ich ihr in die Augen. Und was sah ich dort? Mitgefühl. Erleichterung. Einen Funken Verschlagenheit.

Im Vorraum rief ich den Aufzug. Auf dem Weg nach unten sah mich der Fahrstuhlführer auf eine Art an, die ich als unverschämt empfand. In der Lobby schob mich der Empfangsportier in die Drehtür und gab ihr einen so festen Stoß, dass ich auf die Straße hinausstolperte. Hätte mich nicht ein Passant festgehalten, wäre ich gestürzt. Ich war mir sicher, er hatte es mit Absicht getan. Allerdings ging ich nicht zurück, um ihm einen Kinnhaken zu geben. Stattdessen eilte ich davon, nach Süden zu meiner Wohnung, wo Julia auf mich wartete.

Damals zweifelte ich zum ersten und einzigen Mal an meiner künftigen Frau. Ich zweifelte so sehr an ihr, dass ich mich fürchtete – ich meine, der Zweifel ängstigte mich, nicht der Gedanke, der ihn auslöste: dass sie eine Lügnerin und Betrügerin sein könnte. Es sind ja niemals die Fakten, oder? Immer ist es der Zweifel ... Und deshalb übersehen wir jedes Warnsignal, wie grell es auch sein mag, anstatt uns von unserem Ziel ablenken zu lassen – und das macht uns alle zu Lügnern und Betrügern.

Als ich das Apartment erreichte, stand meine Julia da, aufgewühlt von Zorn und Panik und auf das Schlimmste gefasst. Auf irgendeine Weise, vielleicht durch den Portier oder den Hausdiener, musste sie von meinem Vorhaben erfahren haben. »Welche Lügen hat sie dir über mich erzählt?«, fragte sie. Als Antwort verschloss ich ihren Mund mit meinen Lippen.

Ich versicherte ihr, es sei ohne Bedeutung, alles werde gut. Inzwischen hatte Harry einen Posten in Paris für mich aufgetrieben – mit unguten Gefühlen, wie er betonte. Er traute Julia nicht. Sie irritiere ihn. Außerdem solle ich nicht denken, der Job in Paris sei ein Spaziergang. Die Anstellung war auf Probe. Mein dortiger Chef werde Harry direkt von meinen Fortschritten berichten. Harry warnte mich, er habe »einige Chips einlösen« müssen, um mir den Job zu verschaffen, und wenn ich versagte, müsse er die Konsequenzen tragen. Das Schicksal meines kleinen Bruders lag in meinen Händen und meines in seinen. »Und glaube ja nicht, ich würde nicht auch gerne nach Paris verschwinden«, fügte er hinzu. »Aber irgendwer muss sich um Mama kümmern.« Einige Tage später heirateten Julia und ich auf dem Standesamt. Am nächsten Morgen schifften wir uns auf der *Aquitania* nach Frankreich ein. Von Bord schickte sie ihrer Familie das berühmte Telegramm, in dem sie gelobte, nie mehr einen Fuß auf amerikanischen Boden zu setzen.

Ich wünschte, sagen zu können, Paris erfüllte Julias Erwartungen. Leider tat es das nicht, und vielleicht tut es das nie für diejenigen, die bestimmte Erwartungen an die Stadt haben. Ich selbst hatte keinerlei Erwartungen und war dort glücklich. Mein Job gefiel mir. Autos interessierten mich, und ich genoss den besonderen Reiz, ein amerikanisches Geschäft in einer europäischen Stadt zu betreiben, ein Thema, von dem ich im Scherz sagte, ich könne ein ganzes Buch darüber schreiben, was ich eines Tages vielleicht auch tue. Croissants zum Frühstück, Steak au poivre zu Mittag, ein Glas Cointreau nach der Arbeit, und dann nach Hause zu Julia, meiner Julia, schön und leidenschaftlich und bebend vor Unruhe. Ihr künstlerisches Schicksal hatte sich nicht erfüllt. Stattdessen war sie eine Dame von Welt geworden, träge und ein wenig eitel, die ihre Tage damit verbrachte, in Boutiquen zu stöbern, die *Vogue* zu lesen und sich mit Innenarchitekten zu beratschlagen, im endlosen Bemühen, unser Apartment mit ihren Kindheitsphantasien in Übereinstimmung zu bringen. Nicht ein Mal in all den Jahren unserer Ehe hatte sie auch nur Augen für einen anderen Mann, das kann ich versichern, obwohl sie die Blicke vieler Männer anzog. Vielleicht war sie ein Snob. Einen übermäßig großen Teil ihrer Zeit verbrachte sie mit dem Legen von Patiencen. Heute weiß ich, dass ihre Energie nur für Anfänge reichte. Sie konnte nur erste Kapitel schreiben. Die Mitte, die endlose Mitte, überwältigte sie. Außerdem war ihre Familie, trotz der großen Entfernung, immer in ihrer Nähe. Ständig begegnete sie ihrer Verwandten – in Cafés, Restaurants und auf der Straße. Wir konnten etwa an einem sonnigen Sonntagnachmittag im Café de la Paix sitzen, ich sah von der Speisekarte auf, und plötzlich war sie fort. Wie vom Erdboden verschluckt. Einige Minuten später kam sie zurück, die Augen hinter einer dunklen Sonnenbrille verborgen. »Da drüben sitzt Tante Sophie«, flüsterte sie dann. Oder: »Das ist mein Cousin Hugo.« Oder: »Das ist Tante Louise, sie macht hier wohl Ferien« – für mich das Zeichen, die Rechnung zu verlangen, ganz gleich, ob wir bereits gegessen hatten oder nicht. Ich habe nicht die leiseste Ahnung, wie viele dieser Phantasmen tatsächlich die Leute waren, für die Julia sie hielt. Trotzdem gab ich ihr stets nach. Was blieb mir anderes übrig? Denn bei ihrem Anblick wurde sie kreidebleich, und nachher im Taxi schlug ihr Herz so heftig, dass ich es fühlen konnte. Ich wollte sie glücklich machen – sie glücklich zu machen, war meine Berufung, und in den meisten Fällen gelang es mir auch. Zumindest glaubte ich das. Natürlich war ich ein Dummkopf.

Blind vor Sattheit, zufrieden in meinem männlichen Stolz, ihr jeden Wunsch erfüllen zu können, erkannte ich nicht, was selbst für sie offensichtlich war: All diese Wünsche waren Schall und Rauch; ihre Erfüllung war Schall und Rauch – bis der Morgen kam, an dem ich erwachte und feststellte, dass die Last, für sie zu sorgen, mich erdrückte. Ich war mein Bruder geworden.

5

Vor dem Essen ging ich zu Bertrand, der Buchhandlung auf der Rua Garrett. Ich wollte nachsehen, ob sie Bücher von Xavier Legrand dahatten, und so war es auch. Ich kaufte eins mit dem Titel *Der ehrbare Ausweg*. Dem Klappentext nach erzählte es die Geschichte eines französischen Politikers, der am Tag vor seiner Verhaftung wegen des Mords an einem Erpresser tot in seinem Büro aufgefunden wird, offensichtlich ein Selbstmord. Es sieht also nach einer glasklaren Sache aus, wie man so schön sagt, bis der Held des Romans, Inspektor Voss von der Pariser Sûreté, auftaucht und nicht nur den Selbstmord in Zweifel zieht, sondern auch die Ermordung des Erpressers. Damit hat der gute Inspektor nicht nur einen, sondern gleich zwei Morde am Hals.

Ich nahm das Buch am Abend mit ins Suiça. Ich wollte Edward bitten, es für mich zu signieren. Aber sobald ich ihn sah, überlegte ich es mir anders und knöpfte die Jackentasche zu, in der das Buch steckte. Die Frelengs hatten bereits einen Tisch auf dem Bürgersteig in Beschlag genommen. Als wir uns näherten, stand Edward auf und winkte. Er hatte sich seit unserem letzten Treffen rasiert und zwei kleine Schnittwunden an der Wange. Iris hatte den Schal abgenommen und die Haare zu einem losen Knoten zusammengesteckt. Aus irgendeinem Grund hatte ich angenommen, ihre Haare seien braun. Stattdessen waren sie glänzend rot. Sie hatte einen Bauernrock an und eine Häkelbluse, die ihr das Aussehen einer edwardischen Dichterin gaben. Soweit ich sehen konnte, trug sie kein Make-up, was Julia womöglich verlegen machte. Trotz ihrer anfänglichen Unlust war sie zuletzt doch losgegangen und hatte sich ein neues schwarzes Kleid gekauft. Dazu trug sie ihre Perlenkette und das eine Paar Schuhe, das sie bislang beiseitegelegt hatte, falls sich ein Anlass ergeben sollte, für den sie makellose Schuhe brauchte. Von der Creme, die sie aufgetragen hatte, glänzte ihr Gesicht, als wäre es poliert.

Kaum hatten wir uns gesetzt, als Daisy, die zu Edwards Füßen lag, sich schon grummelnd erhob, zu Julia trottete und anfing, ihr den Knöchel zu lecken.

»Daisy, bitte«, sagte Edward.

»Seien Sie ihr nicht böse«, sagte Iris. »Sie leckt in letzter Zeit an allem. Schuhe, Decken, schmutzige Socken.«

»Das stimmt«, sagte Edward. »Selbst wenn sie die Treppe hinaufsteigt, leckt sie an jeder einzelnen Stufe, vermutlich um sich zu vergewissern, dass sie auch wirklich existiert.«

»Daisy, Schluss jetzt, lass Julia in Ruhe!«, sagte Iris.

»Schon gut.« Julia streckte die Hand aus, um Daisy über den Kopf zu streicheln – und sie beiseitezuschieben.

»Wir waren nie in Pyla«, sagte ich. »Wie ist es dort?«

»Ein typisches kleines Fischerdorf«, sagte Edward. »Mit einer Handvoll Hotels, die zuletzt von lauter Belgiern besetzt waren.«

»Die dorthin geflohen waren«, sagte Iris.

»Und Ihr Haus?«

»Rustikal. Im Winter brannte stets der Kamin.«

»Wir haben es vor allem wegen Daisy genommen«, sagte Edward. »Sie hat ihre ganze Jugend in Hotels verbracht, ohne Auslauf, abgesehen von Hotelfluren, wo sie dann von Zimmermädchen gejagt wurde. Auf ihre alten Tage hatte sie verdient, das zu tun, wofür sie gezüchtet wurde, nämlich Igel aus ihren Löchern zu scheuchen und sich in Fischkadavern zu wälzen.«

»Daisy hat eine besondere Vorliebe für Fischkadaver«, sagte Iris. »Jeden Nachmittag ging Edward mit ihr am Strand spazieren, und wenn irgendwo ein toter Fisch herumlag, rannte Daisy todsicher dorthin.«

»Tatsächlich?«

»Wir hatten eine bezaubernde Köchin, Céleste, die alle möglichen Leckerbissen für sie zubereitete, nur um nachher beleidigt zu mir zu kommen und zu sagen: ›Madame, j'ai préparé pour le chien un ragoût de bœuf, eh bien, il va dans le jardin manger les crottes de chat. Comme si c'était des bonbons!‹«

»Darf ich sie auf den Schoß nehmen?«, fragte ich.

»Eine ausgezeichnete Idee«, sagte Julia.

Ich hob den Hund hoch, was Julia die Möglichkeit gab, ihre Beine unter den Stuhl zu schieben. Daisys Schnauze war nur wenige Zentimeter von meinem Gesicht entfernt. Ihre Augen waren trübe, die Zähne bräunlich gelb. Ohne viel Aufhebens drehte sie sich zweimal um sich selbst, rollte sich zu einer Kugel und schlief ein.

So verstohlen wie möglich tauchte Julia ihre Serviette ins Wasserglas und wischte damit über den Knöchel, an dem Daisy geleckt hatte.

»Und Sie?«, fragte Iris. »Wo in Paris haben Sie gewohnt?«

Julia zuckte angesichts der Vergangenheitsform zusammen. »Im Sechzehnten«, sagte sie. »Auf der Rue de la Pompe.«

»Oh, die Gegend kenne ich. So … bürgerlich. Wie war Ihre Wohnung?«

»Nun, wissen Sie, typisch für Paris. *Parquet, moulures, cheminée,* wie man so sagt.«

»Wir haben sie renovieren lassen«, sagte ich.

»Die ursprüngliche Einrichtung war Empire«, sagte Julia. »Elegant, aber klobig. Aber dann habe ich diesen wunderbaren Innenarchitekten entdeckt, ein echtes Genie, und jetzt erkennt man die Wohnung kaum wieder.«

»Ach, ja? Was hat er gemacht?«

»Zuerst hat er die Tapeten abgezogen und die Wände weiß gestrichen. Dann hat er die Holzvertäfelung abgeschliffen, bis sie praktisch wieder ganz natürlich aussah. Den großen Aubusson hat er durch einen schlichten Wollteppich ersetzt, und vor den Kamin hat er ein weißes Ledersofa gestellt, und zwei Lehnsessel, die an den Seiten mit Ziegenhaut bezogen waren, und einen mit Chagrin bespannten Tisch …«

»Was ist Chagrin?«, fragte Edward.

»Fischleder«, sagte ich.

»Haifischleder«, korrigierte Julia. »Und ein paar Louis-XV.-Stücke, um das Ganze abzurunden. Und nichts an den Wänden. Völlig kahl. Das ist sein Markenzeichen.«

»Und ein Paravent, um das Klavier zu verstecken«, sagte ich. »Ich weiß auch nicht, was er gegen Klaviere hat.«

»Vielleicht zwang ihn seine Mutter, Brahms zu spielen«, sagte Edward und zwinkerte mir zu.

»Die Renovierung war so aufwendig, dass wir zwei Monate in ein Hotel ziehen mussten«, sagte Julia. »Erst letzten November ist alles fertig geworden.« Mit dem trockenen Ende ihrer Serviette tupfte sie sich die Augen.

»Es gibt sogar Fotos«, sagte ich. »Sie sind in der *Vogue* abgedruckt. Der amerikanischen *Vogue*. In der Februar-Ausgabe.«

»Der März-Ausgabe.«

»Wirklich?«, sagte Iris. »Es muss sehr schmerzhaft für Sie gewesen sein, all das zurückzulassen.«

»Das war es«, sagte Julia.

»Haben Sie jemanden, der auf die Wohnung aufpasst?«, fragte Edward.

»Unsere Concierge«, sagte Julia.

»Wenn sie noch in Paris ist«, sagte ich. »Ich vermute, sie ist inzwischen auch gegangen.«

»Selbstverständlich ist sie noch in Paris«, sagte Julia. »Nicht alle haben Paris verlassen. Einige Franzosen empfinden es als ihre patriotische Pflicht zu bleiben.«

»Und Ihr Innenarchitekt?«

»Ich hoffe zu seinem eigenen Wohl, dass er gegangen ist«, sagte ich, »denn er ist Jude und …« Ich wollte »schwul« sagen, hielt mich aber gerade noch zurück. »Wir haben ihn bislang noch nicht in Lissabon gesehen. Ich fürchte, er hat es nicht rechtzeitig geschafft.«

»Jean hat Freunde in Marseille«, sagte Julia. »Vermutlich ist er bei ihnen.«

»Oder in Portugal, wenngleich in *résidence forcée*«, sagte Edward. »Dieser Zeitungsreporter – von der *Chicago Tribune*, glaube ich – hat uns vorhin erst davon erzählt.«

Nach Auskunft des Reporters, fuhr Edward fort, hatte die portugiesische Geheimpolizei vor zwei Tagen den regulären Bahnverkehr zwischen Vilar Formoso an der spanischen Grenze und Lissabon eingestellt. Nur britische und amerikanische Staatsbürger durften noch zur Hauptstadt weiterreisen. Und Flüchtlinge, die sowohl ein gültiges Visum für ein nichteuropäisches Land als auch ein Ticket für die Überfahrt nach Afrika oder Amerika hatten. »Wovon es nicht mehr als fünf geben dürfte.«

»Und alle anderen?«

»Hier kommt die *résidence forcée* ins Spiel. Hauptsächlich handelt es sich dabei um Seebäder und Kurorte mit jeder Menge Hotels, die normalerweise gut gefüllt sind, aber jetzt im Krieg leer stehen. Dorthin werden die Flüchtlinge gebracht, und dort müssen sie bleiben.«

»*Résidence forcée*«, sagte Iris spöttisch. »Ein vornehmer Ausdruck für Konzentrationslager.«

»Bei Lichte besehen, ist das ein genialer Schachzug«, sagte Edward. »Denn wenn Salazar die Flüchtlinge tatsächlich in Konzentrationslager stecken würde, müsste *er* die Zeche bezahlen. So aber müssen *sie* die Zeche bezahlen.«

»Aber wenn sie nicht nach Lissabon dürfen, wie sollen sie da im Konsulat ihre Visa bekommen?«

»Genau. Das ist das Problem. Und obendrein wird nur ein kleiner Teil überhaupt ein Visum bekommen.«

»Sie haben vollkommen recht, Sir«, sagte ein älterer, kahlköpfiger Herr am Nebentisch. »Mir wurde heute ein Visum verweigert. Und genauso meiner Frau.«

Er war sehr dünn und trug einen guten Anzug, der sichtlich seit Wochen nicht mehr gereinigt worden war. Neben ihm saß eine Frau von schmaler Statur und majestätischer Haltung. Sie trug riesige Diamantenohrringe, ihr Pelzmantel hing über der Stuhllehne.

»Wir kommen aus Antwerpen«, sagte der Mann. »Von Berufs wegen bin ich, wie sagt man noch gleich, *comptable*. Wir stammen zwar aus Lettland, haben aber die letzten zwanzig Jahre in Belgien verbracht. Fünfzehn Jahre davon als belgische Staatsbürger. Unsere Kinder sind Belgier, unsere Söhne haben sich zur belgischen Armee gemeldet. Doch als die Bomben kamen, blieb uns nur die Flucht. Von der Grenze fuhren wir nach Paris, von Paris nach Bordeaux, wie alle anderen, eine Matratze aufs Dach gebunden – aber wozu ist eine Matratze schon gut, Sir? Überall entlang der Straße sahen wir Wagen mit zersplitterten Scheiben, voller Leichen, nur die Matratzen obendrauf waren völlig unversehrt. Man hätte auf ihnen schlafen können.

In Bordeaux haben wir schließlich Visa bekommen. Dann sind wir über die Grenze nach Spanien und durch Spanien hindurch, in unseren Köpfen nur der eine Gedanke: Lissabon, unsere Hoffnung. Ja, Lissabon, der Hafen der Freiheit. Und als wir endlich ankommen, was finden wir? Freiheit? Pah! Eine Schimäre! Eine Lüge! Der amerikanische Konsul sagt: ›Also, Fischbein, ich brauche den Visumsantrag in fünffacher Ausfertigung, zwei Kopien der Geburtsurkunde, eine beglaubigte Steuerurkunde und das Gleiche für Madame.‹ ›Aber, Sir‹, sage ich, ›als die Deutschen kamen, blieben uns ganze zwei Stunden, da haben wir nicht an die Steuerbescheinigung gedacht.‹ ›Nun, das tut mir leid, Fischbein‹, sagt er. ›Oh, und Sie müssen auch ein Papier Ihrer Bank vorlegen, dass Sie über ausreichende Mittel verfügen, und ein Affidavit von zwei Einwohnern aus den Vereinigten Staaten.‹ ›Aber das ist unmöglich‹, sage ich. ›Die Deutschen haben die Bank übernommen, unsere Einlagen wurden konfisziert, mein Unternehmen wurde beschlagnahmt.‹ ›Ach, das bedauere ich aufrichtig‹, sagt er, ›aber so will es das Gesetz. Mir sind die Hände gebunden.‹ – ›Ja, gewiss‹, sage ich, ›das Gesetz in Friedenszeiten, aber jetzt herrscht Krieg –

Sie müssen das Gesetz ändern.‹ – ›Aber, Sir‹, sagt er, ›für jedes Land gibt es eine Quote, die Quote für Belgien ist 492.‹ Vierhundertzweiundneunzig, ganz genau, während die Quote für England 34 007 beträgt.«

»Woher haben Sie diese Zahlen?«, fragte Edward.

»Ich habe sie selbst ausgerechnet.« Er zog ein Stück Florpostpapier mit dem Signet des Suiça aus der Tasche. »Sehen Sie, Sir, Ihrem Außenministerium zufolge bemisst sich das Einwanderungskontingent jedes europäischen Landes nach dem prozentualen Anteil der aus eben diesem Land stammenden Bürger an der Bevölkerung der USA, gemessen am Zensus von 1910, mit einer maximalen Obergrenze von 150 000 Einwanderern. Und daraus errechnet sich für mich …«

Da warf Madame Fischbein die Hände in die Luft. »Abel, warum verschwendest du deine Zeit? Es ist doch offenkundig: Sie wollen uns nicht, niemand will uns, wir sind *les ordures*. Alles, worauf wir noch hoffen können, ist, dass sie uns auf einen Müllfrachter stecken und nach Feuerland verschiffen.«

»Aber es ist unrecht.«

»Seit wann zählt schon das Recht?« Sie wandte sich an Edward. »Sir, ich möchte mich für meinen Mann entschuldigen. Er kann die Realität nicht akzeptieren, er lebt in einer Traumwelt. Keiner angenehmen Traumwelt, einer Welt aus Ziffern und Zahlen, den ganzen Tag nur Berechnungen, wieder und wieder, es ist ein Wahnsinn. Welche Quote hier, welche Quote dort. Bitte entschuldigen Sie. Abel, wir müssen gehen.«

Majestätisch erhob sich Madame Fischbein. Sie war mit jeder Menge Schmuck behängt: drei oder vier Perlenketten um den Hals, ein halbes Dutzend Armreifen an jedem Handgelenk, Goldringe an jedem Finger.

»Die Ärmsten«, sagte Iris, nachdem sie gegangen waren. »Sie scheint all ihren Schmuck auf einmal zu tragen.«

»Mehr konnten sie wahrscheinlich nicht mitnehmen«, sagte ich.

»In der Antike wurden die Toten mit einer Münze unter der Zunge begraben«, sagte Edward, »damit sie Charon die Überfahrt über den Styx bezahlen konnten.«

6

Dem Leser mag aufgefallen sein, dass meine Frau zu der oben wiedergegebenen Unterhaltung kein Wort beitrug. Ich kann jedoch versichern, dass sie aufmerksam zuhörte, und zwar deshalb, weil sie ihre Perlen die ganze Zeit durch die Finger gleiten ließ wie einen Rosenkranz.

Von all den stichhaltigen Argumenten, die ich gegen ihren Verbleib in Europa vorgebracht hatte, ließ sich keines so schwer entkräften wie die Tatsache, dass sie Jüdin war. In diesem Punkt war sie schon immer sehr empfindlich gewesen – aber nicht, weil sie antisemitisch gewesen wäre. Sie hegte keinen versteckten oder offenen Hass gegen ihr Volk oder gegen sich selbst als Angehörige dieses Volks. Und trotzdem glaube ich, dass sie ihr Jüdischsein als Last begriff und einen beträchtlichen Preis gezahlt hätte, um es abzustreifen. So ergeht es uns oft mit jenen Aspekten unserer Identität, die uns selbst rein gar nichts bedeuten, unserer Umwelt aber dafür umso mehr. Vielleicht wäre es anders gewesen, wenn sie so etwas wie ein religiöses Empfinden gehabt hätte oder ihre Erfahrungen mit dem Antisemitismus sich nicht in dem Wissen darum erschöpft hätten, dass ihre Eltern, hätten sie ein Apartment auf der Fifth Avenue anmieten wollen, grob abgewiesen worden wären. Aber ihre Eltern versuchten niemals, ein Apartment auf der Fifth Avenue zu mieten – und genau da liegt der entscheidende Punkt. Als Loewi machte man keine Schwierigkeiten. Als Loewi umging oder ignorierte man Schwierigkeiten, oder tat beides zugleich.

Paris war da natürlich anders. Man konnte in jenen Jahren nicht in Paris leben, ohne sich des tiefsitzenden Hasses bewusst zu sein, den so viele Franzosen gegenüber ihren eigenen Juden empfanden, und noch stärker gegenüber ausländischen Juden. Nach der Dreyfus-Affäre war dieser Hass vorübergehend untergetaucht, nur um im Gefolge von Hitlers Aufstieg wieder ans Licht zu kommen. Man spürte ihn eher als schleichende und schattenhafte Bedrohung denn als offene Gefahr. Seit Mitte der dreißiger Jahre sah man unsere Concierge, Madame Foucheaux, die wir ansonsten sehr mochten und der wir blind vertrauten, oft in ihrem kleinen Glaskasten im Foyer sitzen und im wächsern gelben Licht der Deckenlampe *Je Suis Partout* oder *Gringoire* lesen. Ihr Sohn Jean-Paul, der bei ihr wohnte, hatte beide Zeitschriften abonniert und gab der alten Dame seine ausgelassenen Ausgaben. Obwohl Jean-Paul ein überzeugter Faschist war, benahm er sich uns gegenüber stets überaus freundlich, nahm die Mütze vom Kopf, wenn er Julia begegnete, und half ihr beim Paketetragen. Daraus schloss ich, dass er nichts von ihrem Jüdischsein wusste. Schließlich hatten wir in unserem Haus mehrere Nachbarn, die eindeutig jüdisch waren und die Jean-Paul in der Öffentlichkeit bewusst schnitt. Die Tür eines australischen Arztes und seiner Frau wurde 1938 dreimal mit Hakenkreuzen und Hassparolen beschmiert. Keiner von uns zweifelte auch nur eine Minute daran, dass Jean-Paul für diesen Vandalismus verantwortlich war, vermutlich nicht einmal die arme Madame Foucheaux, die nur den Kopf schüttelte und weinte. Dennoch sagte oder tat niemand etwas, und als das Paar schließlich auszog und Jean-Paul uns im Flur begegnete, wie üblich vor Julia die Mütze zog und etwas in der Art von »Auf Nimmerwiedersehen!« murmelte, verstand sie ihn nicht oder tat so, als hätte sie nichts verstanden.

Ich glaube, es frustrierte meine Frau sehr, dass sie ihr Jüdischsein nicht einfach ablegen konnte wie ihr Leben in New York oder ein Kleid, das aus der Mode gekommen war. In dieser Hinsicht ähnelte sie den vielen bürgerlichen französischen Juden, die, weil sie sich zunächst als Franzosen und erst danach als Juden begriffen, irrtümlich annahmen, Frankreich würde es ebenso sehen. Das tat Frankreich aber nicht, und die Vereinigten Staaten genauso wenig. Später erfuhr ich, dass, als Julias Innenarchitekt Jean Ende 1940 von Buenos Aires nach New York kam, der Einwanderungsbeamte auf der Passagierliste die Herkunftsbezeichnung »französisch« durchstrich und mit Bleistift »jüdisch« darüberschrieb. Gott sei Dank musste Julia so etwas nie erdulden. Es wäre ihr Tod gewesen.

Selten, wenn überhaupt, sprach sie von ihren Verwandten in Deutschland. Ich weiß nicht, wie viel sie von ihnen wusste. Angesichts der engen Familienbande kann ich nicht glauben, dass sie keine Kenntnis von ihnen hatte oder ihrer Not gegenüber gleichgültig war. Was immer sie wusste, sie behielt es für sich. Hätte sie häufiger von ihnen gesprochen, hätte sie wohl auch die Bedrohung durch die Nazis anerkennen müssen und damit ihre eigenen Argumente untergraben, in Europa zu bleiben. Die menschliche Fähigkeit zur Selbsttäuschung ist wirklich verblüffend – und ich bin ihrer so schuldig wie jeder andere –, besonders dann, wenn es um etwas geht, dessen Verlust zugleich ein Gewinn ist. Und vielleicht ist diese Fähigkeit etwas Gutes, etwas Notwendiges, ein Talent, das wir kultivieren müssen, um zu überleben – bis der Moment kommt, an dem sie uns tötet. Jedenfalls kannte ich meine Frau, und deshalb wusste ich, dass ihr Schweigen beim Gespräch mit den Fischbeins ein aufmerksames und angsterfülltes Schweigen war, und dass sie, allein um nicht aufzuspringen oder loszuschreien, sämtliche guten Manieren aufbieten musste, die das Kinderfräulein ihr eingeimpft hatte, was sie sehr große Mühe kostete.

Dann streckte Edward die Arme in die Luft, meinte, wir sollten aufbrechen, und verlangte nach der Rechnung. In typisch amerikanischer Manier stritten wir Männer darum, wer bezahlen sollte. Er gewann, was bezeichnend dafür ist, wie sehr er mich überrumpelt hatte, weil ich bei solchen Rechnungshändeln gewöhnlich unnachgiebig bin. »Ich führe Sie in ein wunderbares kleines Restaurant, das ich entdeckt habe«, sagte er, während wir über den Rossio gingen. »Es heißt Farta Brutos. So heißt es tatsächlich.«

»Und bedeutet es das, wonach es klingt?«, fragte ich.

»Wörtlich übersetzt hieße es etwa ›zufriedener Grobian‹. Denken Sie einfach an Bluto aus *Popeye*.«

»Die Küche ist nicht gerade raffiniert«, sagte Iris. »Aber absolut authentisch!«

»Ganz reizend«, sagte Julia in einem Tonfall, der ihr Missfallen verriet. Gambrinus, das Restaurant, das von den reicheren Flüchtlingen favorisiert wurde, war mehr nach ihrem Geschmack. Als wir vor einigen Tagen dort gewesen waren, hatte Cartier am Nebentisch gesessen.

»Ich bin froh, dass Sie so denken«, sagte Edward. »Ich habe nichts übrig für Touristenfallen.« Dann legte er seinen Arm um Julias Schulter. Sie zuckte zusammen. Sie beschleunigten ihre Schritte, bis sie etwa drei Meter vor Iris und mir hergingen. Ich konnte nicht einfach zu ihnen aufschließen, ohne Iris zurückzulassen, die Daisy an der Leine hatte und alle paar Sekunden stehen bleiben musste, während Daisy die feuchten Flecken auf dem Trottoir beschnupperte.

»Ihre Frau ist so hübsch«, sagte Iris. »So ... zierlich. Als ich ein junges Mädchen war, hätte ich alles dafür gegeben, so klein zu sein. Wissen Sie, ich bin früh in die Höhe geschossen. Schon mit fünfzehn Jahren war ich 1,80 Meter groß. Die Mädchen aus meiner Klasse – liebenswert, wie sie waren – nannten mich Bohnenstange. Ich verdanke ihnen eine dauerhafte Krümmung der Wirbelsäule, weil ich damals immer gebeugt lief.«

»Aber das ist ja furchtbar.«

»Ach, es gibt Schlimmeres als einen Buckel. Ich denke gar nicht daran, wenn ich mit Edward zusammen bin. Nur bei anderen Männern. Vielleicht sind sie durch meine eigene Unsicherheit selbst verunsichert. Fühlen sich weniger männlich. Sie zum Beispiel.«

»Ich? Ich fühle mich nicht weniger männlich.«

»Warum haben Sie dann nicht den Arm um meine Schulter gelegt wie Edward bei Julia? Geben Sie es zu, ich schüchtere Sie ein. Nun, machen Sie sich keine Sorgen, ich möchte gar nicht, dass Sie Ihren Arm um meine Schulter legen.«

»Na schön.«

»Diese ganze Geschichte, dass Paare beim Gehen die Partner tauschen, finde ich ermüdend. Sehen Sie nur, wie er sie überragt! Wahrscheinlich macht er ihr Komplimente. Er hat ein Händchen für Frauen. Wissen Sie, was er mir an unserem ersten Abend gesagt hat? Er sagte: ›Ich möchte dich malen, in der Haltung von Parmigianinos *Madonna mit dem langen Hals*.«

»Wirklich?«

»Wie sollte ich ihm da noch widerstehen? Niemand hatte mich je mit einem Gemälde verglichen. Also habe ich ihn geheiratet.«

Der Abstand zwischen Iris und mir und Edward und Julia hatte sich vergrößert. Aus der Ferne drang Edwards Lachen zu uns. Julia lief steif neben ihm her. Was er wohl zu ihr sagte.

Wir waren auf dem Weg zum Elevador de Santa Justa, mit dem weder Julia noch ich bislang gefahren waren, obwohl er nur einen Steinwurf von unserem Hotel entfernt lag und als eine der großen Sehenswürdigkeiten Lissabons galt – nur eins von vielen Dingen, die wir, anders als die Frelengs, die erst zweiundsiebzig Stunden in der Stadt waren, in einer ganzen Woche nicht geschafft hatten. Als ich den Aufzug zum ersten Mal sah, kam er mir vor wie ein mittelalterlicher Turm. Er hatte ein zinnengekröntes Dach und schien sich zu neigen – eine Illusion, wie ich bald herausfand, die von der streng vertikalen Ausrichtung der Stadt und den sich windschief an die Steilhänge klammernden Gebäuden herrührt. In Lissabon gibt es so gut wie keine ebenen Flächen, aber lauter steile Hügel, was die Notwendigkeit der sogenannten *elevadores* erklärt, von denen die meisten eigentlich Seilbahnen sind. Wie Arterien durchschießen sie das Adergeflecht der schmalen Straßen, die sich die Hänge hinaufwinden. Tatsächlich ist der Elevador de Santa Justa der einzige richtige Aufzug. Der Metallschaft, durch den die beiden Kabinen in die Höhe steigen, erhebt sich 45 Meter hoch in die Luft. »Es wird Sie nicht wundern«, sagte Edward, als unsere kleine Gruppe wieder zusammengefunden hatte, »dass der für den Bau verantwortliche Architekt ein Schüler Gustave Eiffels war.«

»Apropos Eiffel«, sagte Iris. »Haben Sie gehört, was Hitler nach seinem Einmarsch in Paris passierte? Er wollte mit dem Fahrstuhl auf die Spitze des Eiffelturms fahren, aber die Maschinisten haben die Leitungen gekappt.«

»Sehr anständig von ihnen.«

»Er blieb nur eine Nacht. Ich vermute, Paris war zu opulent für seinen Geschmack.«

Wir stiegen in die vordere Kabine. Sie war mit poliertem Eichenholz vertäfelt und von der Firma R. Waygood & Co. aus London hergestellt, wie auf einer Messingplakette zu lesen war. »Ein weiterer Beleg für die enge Verbindung zwischen England und Portugal«, sagte Edward und vollführte eine Drehung, um sich nicht in Daisys Leine zu verheddern. »Die älteste bestehende Allianz in Europa – was wohl auch der Grund dafür ist, dass sie die Engländer nach Lissabon einreisen lassen, anstatt sie in einer *résidence forcée* unterzubringen.«

»Und die Amerikaner?«, fragte Julia.

»Amerika ist neutral. Wer sich raushält, kann auch nichts falsch machen.«

»Apropos England« – *apropos* war offenbar einer von Iris' Lieblingsausdrücken, weil sie damit beliebig das Thema wechseln konnte – »haben Sie gehört, dass der Herzog von Kent in der Stadt ist? Er ist Ehrengast bei der Eröffnung von Salazars großer Ausstellung, an der auch Delegationen aus Frankreich *und* Deutschland teilnehmen.«

»Bin gespannt, wie er die drei an einen Tisch bekommt«, sagte Edward.

»Noch etwas, was wir noch nicht gesehen haben«, sagte ich. »Die Ausstellung.«

»Die Ausstellung der portugiesischen Welt«, sagte Edward mit seiner Reiseführerstimme, »bei der gleich zwei nationale Jubiläen gefeiert werden – Portugals Gründung im Jahr 1140 und die Befreiung von Spanien im Jahr 1640.«

»Ich habe gehört, sie soll großartig sein«, sagte Julia. »Angeblich hat man ein komplettes angolanisches Dorf mit dem Schiff herübergebracht.«

»Ist das nicht furchtbar?«, sagte Iris. »Die armen Menschen, hinter Absperrseilen ausgestellt. Wie die Tiere im Zoo.« Sie sah zu Daisy herab, die sich auf dem Boden des Aufzugs schlafen gelegt hatte. »Nun denn, wie gesagt, weil der Herzog von Kent in der Stadt ist, darf der Herzog von Windsor nicht auch hier sein. Er und die Herzogin müssen in Madrid Däumchen drehen, bis George abgereist ist. Sie sind mächtig wütend darüber, aber sie können nichts machen. Es wäre eine Verletzung des Protokolls, wenn beide Brüder gleichzeitig im selben Land wären.«

»Woher wissen Sie das alles?«

»Ich höre mich um. Das gehört zu unserer Arbeitsweise. Ich sammle Klatsch und Tratsch und entwickle daraus eine Handlung. Anschließend recherchiert Eddie die Fakten, damit wir sicher sein können, dass alles stimmt.«

»Wie hat Oscar Wilde noch gesagt?«, sagte Edward. »›Fehlerfrei schreiben kann jeder.‹«

»›Fehlerfrei *spielen* kann jeder.‹ Er bezog sich auf das Klavierspiel.«

»Meine Frau will damit sagen, dass sie für die Ideen zuständig ist und ich die Drecksarbeit mache. Dafür sorge, dass ihre Fakten stimmen, was meistens nicht der Fall ist. Ihre Rechtschreibung korrigiere, die entsetzlich ist.«

»Sie schreiben also gerade an einem Roman, der in Lissabon

spielt?«, sagte Julia. »Sehr interessant. Vielleicht machen Sie uns ja zu Ihren Figuren.«

»Setzen Sie ihr keine Flausen in den Kopf«, sagte Edward.

»Der Ausgangspunkt – ganz grob – ist ein Selbstmord in einem Lissaboner Hotel«, sagte Iris. »Ein *vermeintlicher* Selbstmord. Ich hatte die Idee, weil wir auf diese Weise zu unserem Zimmer gekommen sind. Wir waren in Dutzenden Hotels abgewiesen worden, und hatten keine großen Hoffnungen, als wir es im Francfort versuchten. Aber dann sagte der Manager zu unserer Überraschung, just am Morgen sei ein Zimmer frei geworden. ›Der vorige Gast‹ – genau so hat er es gesagt – ›musste uns letzte Nacht ganz plötzlich verlassen.‹ Und nun frage ich Sie, wie wahrscheinlich ist es, dass jemand ausgerechnet in dieser Zeit mitten in der Nacht ein Hotel in Lissabon verlässt?«

»Sie hat das Zimmer einen ganzen Tag lang nach Indizien durchsucht«, sagte Edward. »Nach Rissen in der Decke, falls er sich erhängt hatte. Oder Blut auf den Fliesen.«

»Haben Sie etwas gefunden?«, fragte Julia.

»Leider nein«, sagte Iris. »Aber was bedeuten schon Fakten?«

»Was führt Ihren Ermittler nach Lissabon?«, fragte ich.

»Er ist Jude. Er kommt aus den gleichen Gründen nach Lissabon wie wir.«

»Sie sind Juden?«

»Ich nicht. Eddie.«

»Julia weiß es schon«, sagte Edward. »Gerade eben haben wir davon gesprochen. Unsere Großmütter kommen aus dem gleichen Teil Bayerns. Wir könnten sogar miteinander verwandt sein.«

Julia runzelte die Stirn. Jetzt verstand ich, warum sie sich so versteift hatte, als Edward den Arm um sie gelegt hatte.

Während der gesamten Unterhaltung hatte der Fahrstuhlführer – ein alter Mann in schlechtsitzender Uniform – rauchend am Bordstein gestanden. Jetzt trat er die Zigarette aus und kam zu uns in die Kabine. Wir waren die einzigen Fahrgäste. Trotzdem wartete er, bis die Kirchenglocken neun Uhr schlugen, bevor er die Tür schloss und den Motor anließ. Der Aufzug knarzte, schnurrte und begann seinen Aufstieg.

Es ist ein ganz eigenartiges Gefühl, zumindest geht es mir so, wenn ein Aufzug sich in Bewegung setzt: eine Art Übelkeit, beinahe Schwerelosigkeit, als ob man den Boden unter den Füßen verlöre; so ähnlich, das geht mir jetzt auf, wie wenn man durch eine Drehtür geht. Wären die Frauen nicht dabei gewesen, ich hätte meine Hand auf Edwards Schulter gelegt. Aber die Frauen waren dabei, und so lehnte ich mich an die Holzvertäfelung, während draußen vor der Glasscheibe das Dach unseres Hotels in der Abenddämmerung verschwand und ein Damenschlüpfer, der sich von einer Wäscheleine losgerissen hatte, sich erst aufbauschte und dann trudelnd auf die Straße hinabsank.

Wir waren oben angekommen und stiegen aus. Linkerhand erhob sich eine schmale Spiraltreppe.

»Der Ausblick ist bei Sonnenuntergang am besten«, sagte Edward. »Lasst uns hinaufgehen.«

Er nahm Daisy auf den Arm und lief die Treppe hoch. Iris und Julia folgten. Ich ging ganz zum Schluss, um Julia auffangen zu können, falls ihr schwindlig würde.

Mein erster Gedanke beim Betreten des Daches war, dass das Geländer viel zu niedrig war, um einen Sturz zu verhindern.

Mein zweiter Gedanke war, dass ich noch nie im Leben einen solchen Ausblick gesehen hatte.

»Ist das nicht umwerfend?«, sagte Edward und trat hinter mich. »Dreihundertsechzig Grad. Sehen Sie dort, die Festungsmauern der Burg. Heute Morgen ohne Brille haben Sie davon nichts gesehen, Pete. Und der Fluss – vielleicht ist er noch breiter als der Mississippi. Und da unten der Rossio. Erst von hier oben entfaltet das Mosaik seine Wirkung – man spürt förmlich, wie die Wellen zu rollen scheinen.«

»Bitte, Eddie«, sagte Iris, »mir wird übel.« Sie hielt sich die Hand vor den Bauch.

»Meine arme Frau leidet unter Höhenangst *und* Seekrankheit«, sagte Edward.

»Das stimmt«, sagte Iris. »Von allen Selbstmordarten kann ich mir deshalb auch am schwersten vorstellen, von irgendwo herunterzuspringen. Welchen Mut es dazu braucht ...«

»Jeans Vater hat sich auf diese Weise umgebracht«, sagte Julia.

»Wer?«, fragte Iris.

»Jean. Unser Innenarchitekt. Sein Vater sprang aus dem Fenster ihrer Wohnung in der Avenue Mozart. Das war 1915. Er war Deutscher, wissen Sie, und obwohl er schon seit Jahren in Frankreich lebte, hatte er es nicht für nötig gehalten, die Staatsbürgerschaft zu wechseln. Und als dann der Krieg kam, wurde er zum feindlichen Ausländer erklärt, obwohl seine zwei Söhne an der Front kämpften. Für Frankreich. Innerhalb eines Monats wurden beide getötet. Also sprang er aus dem Fenster.« Sie sagte das alles in einem nüchternen Tonfall.

»Das hast du mir nie erzählt«, sagte ich.

»Es fiel mir nur gerade ein, als Sie sagten« – dabei sah sie Iris an – »Sie könnten sich nicht vorstellen, wie jemand den Mut dazu aufbringt. Nun, er hat es getan.«

Als wäre ihr plötzlich kalt, rieb Julia ihre bloßen Arme.

»Es sagt viel über einen Menschen aus, wie er sich umbringt«, sagte Edward. »Ich persönlich würde mir eine Pistole in den Mund stecken. Spektakulär, aber schmerzlos. Was ist mit Ihnen, Pete?«

»Ich? Niemals. Ich habe noch nicht einmal darüber nachgedacht.«

»Ach, kommen Sie. Das ist unmöglich. Jeder hat schon einmal darüber nachgedacht.«

Ich schüttelte den Kopf.

»Es stimmt«, sagte Julia. »Er hängt hoffnungslos am Leben.« Ihr Ton war beinahe bitter.

Ich wandte mich zum Fluss. Obwohl ich den Mittleren Westen schon vor vielen Jahren verlassen hatte, empfand ich das Meer immer noch als erschreckend und einschüchternd. Als ich zum ersten Mal den Atlantik sah, mit zwanzig Jahren, wollte ich schreiend davonlaufen. Leute aus dem Nordosten der Vereinigten Staaten haben mir erzählt, dass es ihnen genauso ergeht, wenn sie zum ersten Mal in Kansas oder Nebraska aus dem Zug steigen. Die endlosen Ebenen und die Weite des Himmels sind für sie eine Art Schreckensbild.

Dann passierte etwas Seltsames. Tauben begannen den Aufzug zu umkreisen. Ohne Warnung stürzte eine auf Edwards Kopf hinab. Er duckte sich, und im selben Moment sprang Daisy bellend auf. »Ruhig, sei ein braves Mädchen«, sagte Edward und nahm sie hoch. Aber sie hörte nicht auf zu bellen und zu zerren.

»Was in aller Welt ist in sie gefahren?«, sagte Iris.

»Es sind die Tauben«, sagte Edward. »Wie ich es gesagt habe: Sie sind infernalisch.«

»Aber das passt nicht zu ihr. Sie ist ein Terrier. Vögel haben sie nie interessiert.«

»Sollen wir nicht besser runtergehen?«, sagte ich. »Es wird dunkel.«

»Ist es nicht erstaunlich«, sagte Julia, »wie die Sonne im Sommer unendlich langsam herabsinkt, aber wenn es dann so weit ist, mit einem Mal verschwindet?«

Es stimmte. Binnen Minuten hatte sich der Himmel von Gelb nach Blau nach Purpur verfärbt, wie eine Prellung. »Pete hat recht«, sagte Edward. »Wenn wir uns nicht beeilen, müssen wir mit der Zunge an den Stufen lecken, wie Daisy.«

Aus irgendeinem Grund stiegen wir in umgekehrter Reihenfolge hinab – ich zuerst, dann die beiden Frauen und zuletzt Edward. Von der Plattform aus ragte eine schmiedeeiserne Brücke in die Dunkelheit. Während wir sie überquerten, hielt Iris meinen Arm umklammert und mied trotzig den Blick nach unten, wo in fünfzig Meter Tiefe die Passanten über die Rua do Carmo liefen.

»Ich erinnere mich, dass jemand mir einmal gesagt hat, wenn man sich vom Dach stürzt, soll man immer mit dem Kopf zuerst springen, nicht mit den Füßen«, sagte sie. »Dann schlägt man mit dem Kopf auf und ist sofort tot.« Sie lachte. »Mein Gott, wie sind wir nur auf ein so düsteres Thema gekommen! Wir waren doch alle so fröhlich vorhin.«

»Allerdings«, sagte Edward. »Man könnte meinen, die Welt geht unter.«

7

Mit einer Selbstsicherheit, die mich nicht mehr erstaunte, führte Edward uns durch ein Gewirr kopfsteingepflasterter Straßen, die so schmal waren, dass die alten Frauen in den Fenstern sich beinahe über die Straße hinweg küssen konnten. Ich fragte mich, wie er Farta Brutos entdeckt hatte. Über der Tür hing kein Schild. Und auch die beiden Straßen, die dort zusammenliefen, schienen keine Namen zu haben. Sie stiegen so steil an, dass das Restaurant einige Fuß unter dem Bürgersteig lag. Ich musste mich bücken, um durch die niedrige Tür zu passen. In einer Art Vorraum saß eine lärmende Gruppe junger Männer um einen runden Tisch. »Auch das sieht man in Paris kaum noch«, sagte Iris zu mir. »Junge Männer.«

Wenig später trat der Besitzer, ein älterer, speckbäuchiger Mann mit verdächtig dichtem schwarzem Haar auf uns zu und begrüßte uns. Als er Edward sah, stieß er einen Freudenschrei aus. Sie fassten sich an beiden Händen. Dann umarmten sie sich und küssten einander auf die Wange.

»Sehen Sie nur«, sagte Iris und stupste mich in die Rippen. »Man könnte meinen, er wäre ein Stammgast. Dabei waren wir erst einmal hier. So ist es eigentlich überall.«

Der Besitzer schob uns einige Schritte weiter vor in den eigentlichen Gastraum. Er war nur unwesentlich größer als der Vorraum. Vier von fünf Tischen waren von rauchenden und laut durcheinander redenden Portugiesen besetzt. »Gut, dass ich reserviert habe«, sagte Edward und setzte sich an den freien Tisch. Ich versuchte, einen Stuhl für Julia vorzuziehen, aber es war zu wenig Platz. Sie musste sich seitwärts hineinzwängen. Die Stühle waren schmal und niedrig und hatten steile Rückenlehnen. Durch die Fenster sah man die Schuhe der draußen vorbeilaufenden Passanten.

»Was meinen Sie?«, sagte Edward. »Ganz bestimmt nicht der Ort, an dem man dem Herzog von Kent begegnen könnte.«

»Vermutlich fehlt ihm dazu der Mut«, sagte Iris, während ein Kellner Karaffen mit Wein und Wasser, einen Brotkorb und ein Schälchen, das offenbar Fischpaste enthielt, auf den Tisch stellte.

»Gibt es eine Speisekarte auf Englisch?«, fragte Julia.

»Oh, hier brauchen Sie keine Speisekarte«, sagte Edward. »Überlassen Sie Armando die Auswahl.«

»Wunderbar.«

Edward schenkte den Wein ein, der leicht bernsteinfarben war. »*Vinho verde*. Eine Spezialität aus dem Norden, gekeltert aus unreifen Trauben. Und nun möchte ich einen Toast aussprechen. Auf uns. Die vier Jahreszeiten.«

»Die vier Jahreszeiten?«

»Ja, alle vier sind heute Abend vertreten. Mr Winters mit seiner sommerlichen Frau Julia. Und dann ich – Freleng klingt beinahe wie *Frühling*, oder? Und die im Herbst blühende Iris.«

»Aber die Iris blüht im Frühling.«

»Nicht alle Sorten«, sagte Julia. »Einige blühen auch im Herbst.«

»Tatsächlich?«, sagte Iris. »Das wusste ich nicht. Eddie wird Ihnen gerne erzählen, dass ich vom Gärtnern nicht die leiseste Ahnung habe.«

Wir erhoben unsere Gläser, und für einen Moment blickte ich in Iris' schmale, feucht glänzende tiefblaue Augen. Sie drückten eine Verletzlichkeit aus, die so gar nicht zu ihrem sarkastischen Ton passte. Oder war dieser Ton nur Selbstschutz, das Trommeln kindlicher Fäuste angesichts einer unerträglichen Erkenntnis.

Wenig später kam Armando mit einer Schüssel zähflüssiger rotbräunlicher Suppe zurück und verteilte sie auf die Teller. Daisy bekam einen Napf Wasser und eine rohe Niere. Als ich den ersten Löffel Suppe probierte, kam mir unwillkürlich der Gedanke, dass auch hier eine Niere oder Schweineblut mit im Spiel waren, denn sie hatte einen eindeutig metallischen Geschmack. Ich habe kein Problem mit Innereien und aß mit großem Appetit, genau wie Edward. Julia allerdings schnupperte daran und zuckte zusammen, während Iris sich so sehr für den *vinho verde* begeisterte, dass sie die Suppe kaum zu bemerken schien, die ohnehin kurze Zeit später abgeräumt und durch eine dampfende Kasserolle ersetzt wurde, die gebratene Entenbrust mit Reis und Chorizo-Würsten enthielt.

»Das ist die Spezialität des Hauses«, sagte Edward. »Sie wird wie ein italienisches Risotto zubereitet, anschließend aber in den Backofen geschoben, damit der Reis knusprig wird.«

Er tat mir etwas auf den Teller. Was für ein Unterschied zum Essen in Frankreich! »In der französischen Küche«, sagte ich zu Edward, »bekommt man entweder den unverfälschten Geschmack reiner Zutaten – zum Beispiel bei einem Feldsalat –, oder der Geschmack ist so raffiniert, dass man keine einzelne Zutat mehr ausmachen kann. Hier hat man beides.«

»Ganz genau. Der kräftige Geschmack des Entenfleischs, die Schärfe der Chorizo, der ... Wie würden Sie den Reis beschreiben?«

»Bei Reis denke ich weniger an Geschmack als vielmehr an eine bestimmte Konsistenz. Etwas, das dem Gaumen Widerstand bietet.«

»Hören Sie sich das an«, sagte Iris zu Julia. »Warum können Männer nicht vernünftig reden? Es geht doch nur ums Essen.«

»Und dann das Zusammenspiel der Aromen bei jedem Bissen«, sagte Edward, »das einem beinahe die Tränen in die Augen treibt, weil es etwas Nostalgisches und doch ganz und gar Neues an sich hat ... ich meine, man weiß, für irgendjemanden ist es das Gericht seiner Kindheit. Und es macht gar nichts, dass es nicht die eigene Kindheit ist. Die Vergangenheit – eine kollektive Ahnung der Vergangenheit – wird in deinem Mund wieder lebendig.«

»Wohl Proust gelesen in letzter Zeit«, sagte Iris.

»Ich glaube, ich könnte hier leben«, sagte Edward, »wenn ich die Sprache lernen würde. Die Sprache – das wäre die große Herausforderung.«

»Für mich klingt es wie Russisch«, sagte Julia.

»Natürlich lässt sie sich leichter lesen als sprechen«, sagte ich. »Wenn ich die Zeitungen anschaue, verstehe ich ungefähr die Hälfte

»Apropos Portugiesisch«, sagte Iris, »wissen Sie, was die Einheimischen mittlerweile zu unserem Suiça sagen? Bompernasse.«

»*Bom* was?«

»Bompernasse. Es ist ein Wortspiel. Eine Mischung aus Montparnasse und *bom perna*, dem portugiesischen Ausdruck für ›hübsche Beine‹.«

»Wegen der vielen Französinnen mit den bloßen Beinen, die nachmittags draußen in der Sonne sitzen und rauchen«, sagte Edward, »was keiner anständigen Portugiesin je einfiele. Für eine Portugiesin wäre es schon ein Skandal, überhaupt in ein Café zu gehen.«

»In mancher Hinsicht ein furchtbar rückständiges Land«, sagte Julia.

»Aber Julia, ich dachte, du wolltest hier das Ende des Kriegs abwarten«, sagte ich.

»Das heißt nicht, dass es für mich der ideale Ort ist«, sagte Julia. »Ich meine, es ist nicht Paris.«

»Ist Paris für Sie die Stadt fürs Leben?«, fragte Iris.

»Natürlich. Für Sie etwa nicht?«

»Oh, ich könnte nicht sagen, dass ich irgendeinen Lieblingsort habe. Und Eddie – der fühlt sich überall zu Hause. Man schließe die Augen, drehe den Globus und schicke ihn dorthin, wo der Finger zufällig gelandet ist. Ich garantiere Ihnen, innerhalb eines Monats ist er dort Bürgermeister.«

»Aber ist sich nirgends zu Hause zu fühlen nicht das Gleiche, wie sich überall fremd zu fühlen?«

»Nein, ganz bestimmt nicht«, sagte Edward, »auch wenn es ein weitverbreiteter Irrtum ist. Tatsächlich besteht ein himmelweiter Unterschied zwischen jemandem, der sich überall fremd fühlt, und jemandem, der sich überall zu Hause fühlt. Iris ist ein solcher Mensch.«

»Das stimmt«, sagte Iris. »Ich verstehe nicht einmal, wovon die Leute reden, wenn sie sagen, sie fühlen sich ›zu Hause‹.«

»Nun, ist es nicht – ich weiß nicht – ein Gefühl von Zugehörigkeit?«

»So sagt man. Aber ›Zugehörigkeit‹, ›Zuhause‹ – für mich sind das nur Wörter. Und versuchen Sie nicht, sie mir zu erklären. Das wäre so, als wollte man einem Blinden erklären, was sehen heißt.«

»Aber Sie empfinden gewiss etwas für den Ort, an dem Sie aufgewachsen sind.«

»Sie gehen davon aus, dass ich an einem bestimmten Ort aufgewachsen bin. Aber das stimmt nicht. Ich wurde in Malaysia geboren. Meine Mutter starb bei meiner Geburt, und mein Vater, als ich vier Jahre alt war. Ich kann mich kaum an ihn erinnern, und genauso wenig an die Amme, die mich großzog. Mit fünf Jahren wurde ich zurück nach England geschickt, und obwohl ich dort Verwandte hatte, interessierte man sich nicht für mich, und ich wurde von einer Schule zur nächsten geschickt ... bis ich Eddie traf.«

»Die kleine Waise Iris«, sagte Eddie.

»Wahrscheinlich habe ich deshalb einen Hund«, sagte Iris. »Ein Hund ist eine feste Größe. Auf einen Hund kann man sich verlassen, im Gegensatz zu einem Ort. Natürlich hätten wir Daisy bei unserer Abreise aus Pyla zurücklassen können. Unsere Freunde haben uns für verrückt erklärt. Es sei auch ohne einen alten Hund schwierig genug, nach New York zu kommen. Aber ich bin standhaft geblieben. Ich wäre eher in Pyla geblieben und hätte die Okkupation durchgestanden, als Daisy bei irgendeinem französischen Bauern abzugeben, der sie erschossen hätte, sobald wir außer Sichtweite gewesen wären.« Wieder bekam sie feuchte Augen. »Und in Irun, an der spanischen Grenze, beharrte der Beamte darauf, dass Daisy Handelsware sei und wir sie verzollen müssten. ›Sie ist fünfzehn Jahre alt‹, sagte ich, ›was glauben Sie, wie viel sie noch einbringen würde?‹ Aber er schien es drauf ankommen lassen zu wollen, also bezahlten wir die Zollgebühren.«

Ein Kellner räumte die Teller ab und stellte drei große Schüsseln auf den Tisch. Die erste enthielt einen wässrigen Vanillepudding, die zweite in Wein eingelegte Birnen und die dritte eine zähflüssige orangefarbene Masse. »Rohes Eigelb mit Zucker«, sagte Edward und füllte etwas in ein Schälchen. »Extrem süß.«

»Zu süß für mich«, sagte Julia.

»Meinst du, wir könnten Daisy etwas von dem Eigelb geben?«, fragte Iris. »Eier sollen gut sein für Hunde. Sie sorgen für ein glänzendes Fell.«

»Solange sie nicht für Durchfall sorgen«, sagte Edward. »Den können wir jetzt am allerwenigsten gebrauchen.«

Julia zuckte zusammen. Ich nahm mir etwas von dem Vanillepudding und sah über den Tisch hinweg.

Zum zweiten Mal an diesem Abend sah ich Edward in die Augen.

Und zum zweiten Mal zwinkerte er mir zu.

8

Nach dem Essen gingen wir zurück zum Rossio. Die Straßen waren erfüllt von schwermütigem Fado-Gesang.

»Ihr mögt mich für einen Snob halten, aber ich verstehe den Reiz des Fado einfach nicht«, sagte Iris.

»Es sind so traurige Lieder«, sagte Julia.

»Der Fado soll traurig klingen«, sagte Edward. »Es ist der tiefste Ausdruck jenes portugiesischsten aller Gefühle, *saudade*, was sich am besten beschreiben lässt als die unstillbare Sehnsucht nach einer unerreichbaren ... nein, nicht Erfüllung. Eher nach dem, was nie sein wird.«

»Vielleicht, was nie auf der Karte des Farta Brutos stehen wird?«, schlug ich vor.

»Genau!«, sagte Edward.

»Für mich ist das bloß Katzenmusik«, sagte Iris. »Daisy kann es nicht ausstehen, nicht wahr?«

Daisy schnupperte eingehend am Taubenkot auf dem Bürgersteig.

»Aus, Daisy!«, sagte Edward und zog an ihrer Leine. »Wir wollen hier nicht stehen bleiben.«

Ich sah ihn fragend an. Mit einer Schulterbewegung deutete

er auf das Schaufenster, vor dem wir standen. Schlösser, Meistersänger, Elfen. Das freundliche München, das romantische Heidelberg. Unbeschwerter Walzertanz in Wien.

»Das Büro der Deutschen Reichsbahn«, sagte er.

»Noch im Dezember hatten sie Anzeigen in der *Vogue*«, sagte Julia. »Sechzig Prozent Nachlass auf bestimmte Reiseziele.«

Ein junger Mann mit einem Homburg auf dem Kopf trat auf uns zu. »Planen Sie eine Reise, Madame?«, fragte er Julia.

»Wie bitte?«, sagte Julia. »Oh, nein. Ich meine, nicht nach Deutschland.«

»Aber Sie sind Amerikaner. Warum nicht Ferien in Deutschland machen?«

»Tut mir leid, aber wir sind keine Amerikaner«, sagte Iris. »Wir sind Tasmanier.«

»Tasmanier?«

Sie nickte. »Waren Sie schon einmal in Tasmanien? Ein wunderbares Land. Berühmt für seine Tierwelt, vor allem für den tasmanischen Teufel.« Sie zeigte auf Daisy. »Der hier ist natürlich zahm – mehr oder weniger. Ich würde ihm aber trotzdem lieber nicht zu nahe kommen.«

Der junge Mann tippte sich an den Hut und lief eilig davon. Edward prustete los.

»Was war das denn?«, fragte ich.

»Ein deutscher Spitzel«, sagte Edward. »Sie sind überall. Normalerweise geben sie sich als Engländer aus, in der Hoffnung, irgendwelche Informationen aufzuschnappen.«

»Unschwer zu erkennen an seinem dicken Hintern«, sagte Iris.

»Wie bitte?« Julia hielt sich die Hand vor den Mund.

»Meine Frau hat da diese Theorie«, sagte Edward. »Danach

kann man Spitzel stets an ihrem ausladenden Hinterteil erkennen.«

»Es ist keine Theorie. Das hat mir jemand erzählt. Jemand, der sich damit auskennt.«

»Aber warum sollten sie ein breites Hinterteil haben?«, fragte Julia.

»Vom vielen Herumsitzen vielleicht«, sagte ich.

»Oder von ihrem Doppelleben«, sagte Edward. »Vielleicht bekommt man vom Doppelleben einen dicken Hintern. Pete, zum Beispiel, hat keinen breiten Hintern. Und ich wette, er hat nie ein Doppelleben geführt. Habe ich recht, Pete?«

»In Bezug auf meinen Hintern oder auf mein Leben?«

»Lassen Sie mich nachsehen«, sagte Iris und trat hinter mich. »Mein Gott, es stimmt! Ganz und gar flach. Man könnte meinen, da ist gar kein Po.«

»Und ob ich einen habe. Nur in dieser Hose …«

»Nein, Pete, hast du nicht.« Wie gegen ihren Willen lachte Julia laut los. »Ich meine, du hast einen, nur ist er ziemlich … unscheinbar.«

»Eine *reductio ad absurdum*«, sagte Edward, »ein Mann mit reinem Gewissen.«

»Wohingegen du, Darling«, sagte Iris, »einen definitiv vorstehenden Hintern hast. Nicht fett, aber eben vorstehend. Man könnte eine Tasse darauf abstellen«, fügte sie an Julia gewandt hinzu.

»Woraus man einiges schließen kann«, sagte Edward.

Inzwischen waren wir unter der Brücke hindurch, über die wir zuvor vom Aufzug in den Bairro Alto gelangt waren. Über dem Rossio zeigte eine Stoppuhr aus Neonlichtern die Zeit an, und darunter leuchtete der Schriftzug OMEGA O MELHOR.

»So arm sie auch sind, für Elektrizität scheint immer noch genug Geld da zu sein«, sagte Julia.

»Zu grell für mich«, sagte ich. »Ich bekomme davon Kopfschmerzen.«

»Hätten Sie lieber die Verdunkelung zurück?«

»In gewisser Weise schon.« Tatsächlich habe ich schon immer die Dunkelheit dem Licht und die Stille dem Lärm vorgezogen.

Vor dem Francfort Hotel streckte ich Edward die Hand hin, aber er nahm sie nicht. »Wie wär's mit einem Absacker?«, fragte er.

»Für mich nicht«, sagte Iris. »Ich habe seit unserer Ankunft kaum geschlafen, und heute könnte es klappen. Julia ist bestimmt auch müde, oder?«

»Eigentlich …«

»Lassen wir die beiden allein«, sagte Iris und berührte Julias Arm. »Männer brauchen Zeit für sich. Ganz besonders, wenn sie seit Wochen mit ihren Frauen eingesperrt waren.«

»Nun gut. Etwas müde bin ich schon. Aber geh nur, Pete.«

»Also, Pete?«

»Ich bin dabei.«

Nachdem wir unsere Frauen beim jeweiligen Hotel Francfort abgeliefert hatten, überkam uns eine unerwartete Schüchternheit. Schweigend liefen wir nebeneinander her. Vor den Häusern der Baixa saßen alte Männer im Licht fliegenumschwärmter Gaslaternen und spielten Karten. Jungen spielten Fußball – zu einer Uhrzeit, an der jedes anständige angelsächsische Kind seit Stunden im Bett gelegen hätte.

Bald kamen wir an meinem Buick vorbei, der mit schlammbespritzten Kotflügeln am Straßenrand stand.

Wir blieben stehen.

»Das ist mein Wagen«, sagte ich.

»Ach, ja?«, sagte Edward. »Haben Sie den Schlüssel dabei?«

Ich hatte den Schlüssel dabei. Aus Gewohnheit steckte ich ihn ein, wenn ich aus dem Haus ging – nicht nur den Wagenschlüssel, sondern auch die Schlüssel für unsere Wohnung in Paris, mein Büro und das *chambre de bonne*, in dem Julias Innenarchitekt unsere alten Möbel eingelagert hatte.

»Machen wir eine Spritztour«, sagte Edward. »Nach Estoril.«

»Aber ich kenne den Weg nicht.«

»Ganz einfach. Runter zum Fluss und dann rechts.«

Wir stiegen ein. Das Wageninnere roch nach Naphtalin, Zigarettenqualm und einem widerlichen Kaffee, den ich irgendwo in Spanien verschüttet hatte. Als Julia und ich in Lissabon angekommen waren, hatte ich den Buick einfach abgestellt und versucht, ihn zu vergessen. Zehn furchtbare Tage lang war er unser Zuhause gewesen – wir hatten sogar einige Nächte darin geschlafen –, und schon der bloße Anblick war genug, um das Dröhnen der deutschen Flugzeuge, die monotonen Stimmen der spanischen Grenzbeamten und das Poltern schlechtgepflasterter Straßen heraufzubeschwören. Aber statt Julia saß jetzt Edward auf dem Beifahrersitz, und etwas von der einstigen Freude an dem Wagen kehrte zurück. Die langen Beine ausgestreckt, warf Edward einen Blick ins Handschuhfach, zog den Aschenbecher heraus und klappte die Sonnenblende auf und wieder zu.

Ich startete den Motor und fuhr vorsichtig auf die Straße, die kaum breit genug für ein so stattliches Gefährt war.

»Fahren Sie auch?«, fragte ich Edward.

»Ich? Nein. Iris fährt. *Und* segelt. *Und* reitet.« Er kurbelte das Seitenfenster herunter und hängte seinen langen Arm heraus.

»Iris scheint eine überaus fähige Frau zu sein«, sagte ich.

»Sie ist wie Salazar«, sagte Edward. »Premierminister, Außenminister, Innenminister, Finanzminister. Das gesamte Kabinett.«

»Und wer sind dann Sie?«

»Ein einfacher Tagelöhner. Immer folgsam. Der Funktionär, der seinen Posten behält, weil er nie eine Meinung äußert und sich am Tag seiner Pensionierung erschießt ... Aber im Ernst, meine Frau ist ein Wunder. Viel intelligenter als ich, obwohl sie das natürlich anders sieht. Weil sie durch ihre ständigen Schulwechsel nie die Grundlagen gelernt hat – schriftliche Division etwa oder Interpunktion. Latein und Griechisch. Mein Gott! Wie viele Jahre habe ich mich mit Latein und Griechisch beschäftigt. Ich hatte eine erstklassige Ausbildung, eine Spitzenausbildung. Trotzdem, verglichen mit Iris bin ich dumm.«

»Wenn Sie dumm sind, bin ich ein Kretin. So klug wie – dieser Aschenbecher.«

»Aber Sie *machen* etwas. Sie haben einen Beruf. Sie verkaufen Autos.«

»Und Sie schreiben Bücher.«

»Alberne Bücher. Hat Iris Julia erzählt, wie es dazu gekommen ist? Durch eine Wette. Mit Alec Tyndall, den wir in Le Touquet kennengelernt hatten – seine Frau las Bücher von Agatha Christie. Nun, an einem Abend hatten wir beide getrunken, und er wettete um hundert Pfund, dass er schneller einen Krimi schreiben könne als ich. Und ich habe angenommen.«

»Ich nehme an, Sie haben gewonnen.«

»Ja. Aber ich habe das Geld nicht angenommen. Ich konnte es nicht annehmen. Wir hatten da schon die ersten Honorarschecks bekommen.«

»Aber darauf können Sie doch stolz sein.«

»Nein, das ist nichts, auf das man stolz sein darf. Der *Tracta-*

tus Logico-Philosophicus – darauf könnte man stolz sein oder auf den Unvollständigkeitssatz.«

Ich wusste nicht, was der Unvollständigkeitssatz war und fragte mich, ob er irgendetwas mit Theosophie zu tun hatte.

»In der Welt, in der ich lebe, werden Männer nicht an ihrer Klugheit gemessen«, sagte ich, »sondern daran, was sie verdienen.«

»Dann bin ich in Ihrer Welt ein Niemand, weil ich nie auch nur einen Penny in meinem Leben verdient habe.«

»Aber Sie verdienen Geld mit Ihren Romanen.«

»Das ist Iris' Verdienst. Wie ich schon sagte, sie ist der geistige Kopf des Unternehmens.« Er spielte mit der Türverriegelung, zog den Knopf hoch und drückte ihn wieder herunter. »Hier müssen wir übrigens abbiegen.«

Wir fuhren jetzt am Fluss entlang. Zu unserer Linken ragten Schiffsrümpfe empor, fleckig vom Mondlicht beschienen. Eine Brise kam auf und füllte den Buick mit maritimen Gerüchen – Salzwasser, verbrannter Gummi, Fischgedärm –, die ich mit Genuss einsog, darauf hoffend, sie würden das Naphtalin, die Zigaretten, den Kaffee und all die übrigen schalen Gerüche unseres schleppenden Exodus vertreiben.

»Der Wagen gefällt mir«, sagte Edward. »Sehr sogar. Machen wir ein Spiel. Tun wir so, als wäre ich ein interessierter Kunde und Sie führten das Verkaufsgespräch.«

»Was die Ausstattung angeht, ist der Limited unvergleichlich«, sagte ich. »Er hat einen beeindruckenden Radstand von 3556 Millimetern, und die vordere Sitzbank ist 1,42 Meter breit. Also fast so breit wie eine Davenport-Doppelbettmatratze – und genauso bequem, ein Kern aus Foamtex-Kautschuk auf Marshall-Sprungfedern, bespannt mit elegantem Bedford-Kord. Wie der Sessel in Ihrem Lieblingsklub.«

»Mein Lieblingsklub! Das gefällt mir. Machen Sie weiter.«

»Die hintere Armlehne lässt sich in die Rückenlehne versenken und hat einen eingebauten Aschenbecher, während die Türen mit geräumigen Seitentaschen ausgestattet sind, ideal zur Aufbewahrung von Zeitschriften, Straßenkarten und kleineren Päckchen. Seiten- und Ausstellfenster lassen sich leicht und sicher öffnen und haben farbige Plastikknäufe, die wunderbar mit der Innenverkleidung harmonieren. Werfen wir nun einen Blick auf das Armaturenbrett! Sehen Sie die in die Klappe des Handschuhfachs integrierte elektrische Uhr? Sie geht bis auf drei Sekunden im Jahr genau. Außerdem gibt es einen automatischen elektrischen Zigarrenanzünder und Aschenbecher mit unterschiedlich großen Fächern. Und nicht nur das, dieses Buick-Sondermodell verfügt exklusiv über ein ausfahrbares Sonnendach – ideal für warme Nachmittage. Aber glauben Sie nicht, der Limited wäre aufgrund seiner Größe schwerfällig, denn er ist mit einem 141 PS starken Reihenachtzylindermotor mit OHV-Ventilsteuerung und Dynaflash-Ölkissen ausgestattet und benötigt bloß achtzehn Sekunden, um von fünfzehn auf hundert Stundenkilometer zu beschleunigen. Unsere exklusive BuiCoil-Federung garantiert selbst auf den holprigsten Straßen eine sanfte Fahrt. Und jetzt halten Sie sich an Ihrem Sitz fest und sehen Sie auf die Uhr.«

Ich schaltete runter und trat das Gaspedal durch.

»Meine Güte«, sagte Edward und stützte sich mit einer Hand am Armaturenbrett ab.

Die Tachonadel zeigte einhundert Stundenkilometer an. »Wie viele Sekunden waren es?«

»Vierzehn. Sie haben mich überzeugt. Ich stelle sofort den Scheck aus.«

»Das können Sie tun, aber ich werde ihn nicht annehmen.«

»Warum nicht?«

»Aus dem gleichen Grund, aus dem Sie nicht das Geld Ihres Freundes angenommen haben – der mit der Wette ... Nein, ich werde ihn wohl verramschen müssen. Nun denn, wie gewonnen, so zerronnen ... Wissen Sie, was ich gestern gehört habe? Bei der letzten Ausfahrt der *Excambion* hat ein polnischer Adliger seinen Rolls-Royce auf dem Pier verhökert, als das Schiff bereits den Anker lichtete. Buchstäblich in letzter Sekunde.«

»Aber warum wollen Sie den Wagen verramschen, wenn ich Ihnen den Marktwert bezahle?«

»Was wollen Sie mit einem Wagen, wenn Sie nicht einmal einen Führerschein haben?«

»Ich lasse ihn hier. Bis zu meiner Rückkehr.«

»Sie glauben, Sie kommen zurück?«

»Warum nicht?«

Ich dachte einen Moment darüber nach. »Julia scheint zu denken, wenn wir gehen, dann für immer. Deshalb will sie unbedingt in Portugal bleiben.«

»Vielleicht nicht die schlechteste Idee. Portugal ist immerhin neutral. Ich weiß, man sagt, es geht nicht mehr lang. Aber ich würde Salazar nicht unterschätzen. Er ist gerissen. Er weiß, wie er beide Seiten gegeneinander ausspielt.«

»Warum versuchen Leute wie die Fischbeins dann so verzweifelt, von hier fortzukommen?«

»Weil sie keinen Status haben, kein Ansehen. Und vergessen Sie nicht, was hinter ihnen liegt. Der Krieg. Ein wirklicher Krieg. Sie wollen einen Ozean zwischen sich und diese Erfahrung bringen. Wir hatten es da vergleichsweise leicht.«

Dem konnte ich nicht widersprechen. In Paris schien der Krieg zunächst kaum mehr als ein Kostümball zu sein. In Erwartung der Luftangriffe hatte Julia sich einen *alerte-plaid*-Poncho von Charles Reed und einen Haute-Couture-Gasmaskenhalter von Lanvin gekauft, aus rotem Tweed und mit Goldknöpfen. Wie die *Vogue* schrieb, waren Haute-Couture-Gasmaskenhalter ein unverzichtbares Accessoire für die modebewusste Pariserin.

Im Frühjahr verschlechterte sich die Situation. Einige wenige Bomben fielen. Die Zeitungen blieben gleichwohl ungerührt. Dann sah ich eines Nachmittags auf dem Heimweg Rauch hinter dem Außenministerium aufsteigen. Ich fragte mich, ob eine weitere Bombe gefallen war. Wie sich herausstellte, hatten Beamte stapelweise Dokumente aus den Fenstern auf einen großen Scheiterhaufen geworfen.

Noch am selben Abend war die Regierung im Schutz der Dunkelheit aus der Hauptstadt geflohen – zuerst nach Tours, dann weiter nach Bordeaux, und am nächsten Abend waren Julia und ich ihnen im randvoll bepackten Buick gefolgt. In den Gasmaskenhalter, in dem nie eine Gasmaske gewesen war, steckten wir alles das, was die Grenzbeamten nicht finden sollten.

»Sehen Sie«, sagte Edward und zeigte aus dem Fenster. »Die Ausstellung!«

Ich sah hinüber. Das Ausstellungsgelände war hell erleuchtet wie ein Flughafen. Alles daran war gigantisch: die Pavillons, die Statuen, die Springbrunnen mit ihren zwanzig Meter hohen Fontänen.

»Das passiert, wenn die Moderne dem Einfluss des Faschismus erliegt«, sagte Edward. »Die Avantgarde wird zum Vehikel genau jener Kräfte, die sie eigentlich unterwandern sollte. Die Sprache der Moderne wird vereinnahmt, um die Werte einer idyllischen Vergangenheit zu propagieren, einer Vergangenheit, die es niemals gegeben hat. Eine Art politisch erzwungener Nostalgie ... Ist das vielleicht die Definition des Faschismus?«

»Keine Ahnung.«

»Unfassbar, dass nächstes Jahr um diese Zeit nichts mehr davon steht.«

»Wirklich?«

»Aber sicher. Das ist alles nur Kulisse. Wie hätten sie es sonst so schnell aufbauen können? Eins muss man Salazar lassen. Er hat diese Einstellung von: Die Show muss weitergehen. Ich meine, für ihn hätte der Krieg zu keinem ungünstigeren Zeitpunkt kommen können.«

»Immerhin sind die Hotels voll.«

»Oh, aber das war so geplant. Allerdings mit Touristen und nicht mit Flüchtlingen.«

Er hatte recht. Ich hatte Senhor Costa gefragt, wie viele Gäste im Francfort für die Ausstellung angereist seien. »Vielleicht zehn«, hatte er leise gemurmelt, als würde er sich schämen. »Und die anderen – was habe ich nicht alles für Pässe gesehen, Sir! Von Bulgaren, Ungarn, Polen, Russen, Japanern, Sowjets, Luxemburgern oder auch Nansen-Pässe. Alle kommen nach Lissabon. Und warum? Um Lissabon zu verlassen.«

Seltsam allerdings war – und niemand hatte dies zu Anfang verstanden, dass Salazar überhaupt so viele Flüchtlinge ins Land gelassen hatte. Edward zufolge war es allein dem portugiesischen Botschafter in Bordeaux zu verdanken. »Können Sie sich noch an die Situation im Konsulat erinnern?«, fragte er. »Der Konsul unterzeichnete die ganze Nacht über Visa. Er unterschrieb jedes Visum, das über seinen Schreibtisch wanderte. Als Iris und ich dort waren, half ihm ein Rabbi, ein Rabbi alter Schule, mit einem Gebetsschal über der Schulter.

Der Rabbi stempelte die Pässe, und der Konsul setzte seine Unterschrift darunter. Ohne Nachfragen. Wie am Fließband.«

An den Rabbi konnte ich mich nicht erinnern, wohl aber an den Konsul: ein dicker Mann mit Bart, der mit der einen Hand Eintopf löffelte und mit der anderen unterschrieb. Es stimmte, er hatte niemanden abgewiesen. Und es traf auch zu, dass das Konsulat immer noch geöffnet hatte und nichts auf eine Schließung hindeutete, als Julia und ich gegen elf Uhr abends mit unseren Visa von dort aufgebrochen waren. Im Gegensatz dazu schloss das spanische Konsulat jeden Nachmittag um punkt fünf, ganz gleich, wie lang die Schlange war, die sich durchs Treppenhaus wand.

»Der Konsul hat mit der Unterzeichnung all dieser Visa eklatant gegen bestehende Anweisungen verstoßen, nach denen er kein Visum ohne ausdrückliche Zustimmung aus Lissabon ausstellen durfte. Er folgte seinem Gewissen – wofür er teuer bezahlen wird. Und jetzt hat Salazar hunderttausend Flüchtlinge am Hals.«

»Kann er sie nicht zurückschicken?«

»Aber wohin denn? Spanien nimmt sie nicht. Frankreich nimmt sie nicht. Habe ich Ihnen eigentlich von dem Paar erzählt, dem Iris und ich auf der Grenzbrücke zwischen Spanien und Frankreich begegnet sind? Die Frau war Holländerin, ihr Mann Belgier. Sie hatten die französische Grenzkontrolle passiert und waren zur spanischen Seite hinübergelaufen, wo die Beamten ihnen sagten, mit dem Visum der Frau stimme etwas nicht – irgendein Datum war unleserlich oder etwas in der Art –, und sie müsse zurück nach Frankreich und sich ein neues ausstellen lassen. Also ging sie zurück zur französischen Seite, wo man ihr erklärte, sie könne nicht nach Frankreich einreisen, weil sie kein Einreisevisum für Frankreich besitze. Also ging sie wieder zur spanischen Seite, nur um zu erfahren ... Nun, Sie ahnen schon, wie es weitergeht. Soweit ich weiß, ist sie immer noch auf der Brücke.«

Auch Julia und ich hatten diese Brücke überquert. Es gab dort zwei Fahrspuren in jede Richtung, eine für Normalsterbliche wie uns, auf der es nur im Schneckentempo vorwärts ging, und eine für Fahrzeuge mit Diplomatenkennzeichen, von denen in den fünf Stunden, die wir auf der Brücke verbrachten, vielleicht zehn an uns vorbeifuhren. Am spanischen Grenzposten warteten wir weitere fünf Stunden. Zuletzt zeigte uns ein Beamter auf einer Karte die Route zur portugiesischen Grenze. Sollten wir davon abweichen, warnte er, könnten wir verhaftet werden.

Die Fahrt durch Spanien war vielleicht der schlimmste Teil unserer Reise. Julia weigerte sich, irgendetwas zu sich zu nehmen. Sie zierte sich so vor den sanitären Anlagen, dass sie akute Verstopfung bekam. Stundenlang legte sie Patiencen auf einer Art Spielbrett auf ihrem Schoß oder starrte auf die Fotografien unserer Wohnung in der *Vogue*, aus der sie manchmal laut vorlas: »Es war der Wunsch der Dame des Hauses, einer seit langem in Europa lebenden Amerikanerin, den Pariser Charme der Wohnung zu erhalten, ihr aber etwas von ihrem Pariser Pomp zu nehmen. Alles etwas dezenter – Colette statt Proust! Matisse statt Ingres! –, aber dennoch unverkennbar *à la française*.« Sie besaß nur dieses eine Exemplar, das immer mehr zerknitterte.

Am Steuer des Buick sitzend, sah ich zu Edward herüber. Ich wollte mich vergewissern, dass tatsächlich er und nicht Julia auf dem Beifahrersitz saß. Wie ein Hund streckte er den Kopf aus dem Fenster. »Sehen Sie, wir sind in Estoril!«, sagte er. »Da drüben ist das Atlantic!« Er zeigte auf ein Hotel, auf dessen

Dach der leuchtende Neonschriftzug ATLÂNTICO zu lesen war. »Und dort ist das Palace!« Auch hier prangte der Name PALÁCIO in Leuchtschrift auf dem Dach, sodass ich mich fragte, ob er jemals in Estoril gewesen war. Offenbar wollte er den Eindruck vermitteln, überall schon einmal gewesen zu sein.

Wir parkten den Wagen. Von den Stufen des Kasinos erstreckte sich ein Park nach englischem Vorbild hinab bis zum Meer. Wir liefen über eine mit Palmen gesäumte Allee auf den Eingang zu. »Welch eine angenehme Brise«, sagte Edward. »Viel kühler als in Lissabon. Erinnert es Sie nicht auch an die Riviera? Das sanfte Kurklima und die vielen Hotels, die ein wenig wie Sanatorien aussehen. Und dann die zwischen Strand und Stadt verlaufenden Eisenbahngleise. Nur befindet sich dahinter nicht das Mittelmeer, sondern der Atlantik. Das ist der entscheidende Unterschied. Ich könnte nie Urlaub am Mittelmeer machen, das etwas von einer lauwarmen Badewanne hat. Der Ozean ist viel wilder. Selbst von hier aus kann man die Wellen hören.«

Ich lauschte, hörte aber nur das Motorengeräusch von Limousinen, schrille Tanzmusik und plaudernde Cafégäste. Bestimmte Wörter sind in den meisten europäischen Sprachen gleich. Visa. Passport. Hotel.

Wir erreichten das Kasino. Wie bei Macy's standen Türsteher mit Epauletten davor. Edward führte mich an den Spieltischen, Pokersalons, dem Kino und der Wonder Bar vorbei zu der großen Rotunde, wo Europäer in Abendkleidung tanzten. Er rückte einen Tisch von der Wand ab, bedeutete mir, mich zu setzen und schob den Tisch anschließend wieder zurück, sodass ich dahinter eingeklemmt war.

»Wie ein Kind, das unter die Bettdecke gesteckt wird«, sagte ich.

»Sie dürfen Nanny zu mir sagen«, erwiderte er. Das Orchester spielte »World Weary« aus Noël Cowards Revue *This Year of Grace*, wobei der Sänger jede Silbe einzeln betonte:

When I'm feeling weary and blue, I'm only too
Glad to be left alone,
Dreaming of a place in the sun when day is done
Far from a telephone ...

»Hardly ever see the sky«, fiel Edward mit ein, »buildings seem to grow so high.«

Give me somewhere peaceful and grand
Where all the land slumbers in monotone ...

Ein Kellner trat zu uns an den Tisch. »Absinth«, sagte Edward. »Der ist hier legal«, fügte er hinzu, nachdem der Kellner gegangen war.
»Ich weiß. Ich habe ihn aber noch nie probiert.«
»Ah ja? Der Kuss der grünen Fee ist bitter.« Ich spürte, wie er unter dem Tisch sein Bein gegen meins drückte. »Ich habe durch unseren zweiten Legrand-Roman einiges über Absinth gelernt. Iris hatte die Idee, einen Absinthtrinker als Opfer zu nehmen. Da er das Zeug nicht in Paris bekommt, lässt er es aus Spanien nach Frankreich schmuggeln. Seine Frau hasst ihn und beschließt, ihn durch Zyanid im Absinth aus dem Weg zu schaffen. Sie setzt darauf, dass der Leichenbeschauer eine Absinthvergiftung als Todesursache feststellen wird – was er auch tut.«

I'm world weary, world weary,
Living in a great big town ...

»Kann man denn an einer Absinthvergiftung sterben?«

»Wie an jeder anderen Alkoholvergiftung auch. Das Thujon selbst ist relativ harmlos.«

Der Kellner brachte auf einem Tablett das umfangreiche Absinth-Zubehör an den Tisch. Dazu gehörten eine Wasserkaraffe und zwei kleine Gläser, die er zu einem Viertel mit dem dickflüssigen grünen Likör füllte. Dann legte er vorsichtig einen blattförmigen, perforierten Löffel auf jedes Glas und anschließend ein Stück Zucker obenauf. Edward goss das Wasser aus der Karaffe über die Zuckerwürfel, woraufhin sich der Absinth milchig trübte. »Damit der Kuss der grünen Fee nicht ganz so bitter schmeckt.«

Wir prosteten uns schweigend zu. Der Geschmack des Absinths erinnerte mich an den starken Lakritz, den meine Mutter in ihrem Nachtschränkchen aufbewahrte und mit dem sie vermutlich ihre Bourbon-Fahne überdecken wollte.

I'm world weary, world weary,
Tired of all these jumping jacks ...

Plötzlich stolperte eine Frau aus der Menge auf uns zu. »Eddie, bist du das?«

»Oh, Gott«, sagte Edward. »Hallo, George.«

Die Frau beugte sich zu einem Kuss herab, sodass ihre Brüste wie Beutel herabhingen. Dazwischen baumelte ein diamantenbesetztes Kreuz. Sie war über sechzig, hatte lauter Sommersprossen und ungepflegtes grauschwarzes Haar.

»George, das ist Pete.«

»Georgina Kendall, sehr erfreut«, sagte die Frau und streckte ihre Hand aus, deren Knöchel allesamt geschwollen schienen. »Ich bin mit Lucy hier. Erinnern Sie sich an Lucy? Aus dem Zug?«

Er nickte.

»Eddie und ich sind uns im Sud-Express begegnet, als er vor Salamanca festhing«, wandte Georgina sich an mich.

»Im Krieg geht kein Zug pünktlich«, sagte Edward im Ton einer aphoristischen Weisheit.

»Wem sagen Sie das! Jedenfalls sind wir vier gute Freunde geworden – Lucy und ich und Eddie und Aster. Wie geht es Aster übrigens? Und dem entzückenden kleinen Schnauzer?«

»Beiden geht's gut. Wohnen Sie hier in Estoril?«

»Ja, im Palace, und es kostet mich ein Vermögen. Lucy hat eine Schwäche fürs Glücksspiel, aber ich hoffe, das Material, das ich hier für mein Buch sammle, wird ihre Verluste aufwiegen und noch etwas darüber hinaus einbringen. Ich bin nämlich Schriftstellerin«, sagte sie an mich gewandt, »und schreibe an meinen Memoiren. Kein Tagebuch, sondern Memoiren. Ich meine, ich schreibe sie so, als ob ich bereits wieder zu Hause wäre, an meinem Schreibtisch säße und mich an all das erinnerte, was ich durchgemacht habe. Es soll *Flucht aus Frankreich* heißen. Sie werden sich jetzt vielleicht fragen, warum ich es so anlege. Das will ich Ihnen gerne verraten. Weil ich den Markt kenne. Nächstes Jahr um diese Zeit, das garantiere ich Ihnen, werden die Buchläden überschwemmt sein mit Memoiren von Ausländern, die aus Frankreich fliehen mussten, und ich habe nicht vor, mich ausstechen zu lassen.«

»Aber ist das nicht ein bisschen riskant?«, fragte Edward. »Sie müssen bewusst Ihre Perspektive verfälschen und so tun, als würden Sie zurückblicken, während Sie tatsächlich noch mittendrin stecken.«

»Das Herstellen von Illusionen, das wissen Sie selbst am besten, Eddie, gehört zum Geschäft des Schriftstellers. Außerdem will kein Mensch Tagebücher lesen. Sie sind sterbenslangweilig. ›30. Juni. Aufgestanden, gefrühstückt. 31. Juni. Aufgestanden, gefrühstückt.‹«

»31. Juni?«

»Nun, Sie wissen schon, was ich meine.«

»Aber was ist, wenn etwas völlig Unerwartetes passiert? Was, wenn Portugal sich auf die Seite der Alliierten schlägt? Oder Franco sich mit Hitler verbündet? Dann ist Ihr Schluss ruiniert.«

»Jetzt machen Sie sich über mich lustig.«

»Aber nein. Ich fordere Sie heraus. Ich stelle Sie auf die Probe.«

»Der gute Eddie«, sagte Georgina und wandte sich mir zu, »scheint zu glauben, Schriftsteller sollten sich wie Zeitungsreporter verhalten. Er versteht nicht, dass die Zeit für uns nicht existiert. Denken Sie nur an Proust.« Sie lächelte und zeigte dabei ihre kleinen schiefen Zähne. »Nun denn, ich muss gehen. Grüßen Sie Aster von mir. Und den Hund.«

Während sie in der Menge verschwand, drückte ich mein Bein fester gegen Edwards. Mit einem Mal wollte ich ihm wehtun. Ich wollte, dass er sich geschlagen gab.

Er blinzelte nicht einmal. »Das, mein Lieber«, sagte er, »nennt man eine Möchtegern-Autorin. *Scribentus literarius*. Falls Sie bislang kein lebendes Exemplar zu Gesicht bekommen haben.«

»Ich habe noch nie von ihr gehört.«

»Zweifellos ein Vorteil. Sie ist ein Scharlatan. Eine von diesen reichen Amerikanerinnen, die sich seit den napoleonischen Kriegen in Nizza herumtreiben. Oder in Saint-Tropez.«

»Merkwürdig, über Zukünftiges schreiben zu wollen, als wäre es bereits geschehen.«

»Das ist Zukunftsangst, nichts anderes. Sie glaubt, wenn sie die Gegenwart zur Vergangenheit macht, könne die Zukunft ihr nichts anhaben.«

»Und Sie? Haben Sie keine Angst vor der Zukunft?«

»Was gibt es da zu fürchten? Die Zukunft existiert nicht. Was mich ängstigt, ist die Vergangenheit.«

»Wieso das?«

»Weil man sie nicht ungeschehen machen kann, und weil man sie nie kennt.« Er verstellte seine Beine unter dem Tisch, sodass meine Beine zwischen ihnen eingeklemmt waren. »Unser aller Problem heute ist doch, dass wir uns so sehr um die Zukunft sorgen und uns die Gegenwart dabei entgleitet. Für uns gibt es nichts als Erinnerung und Erwartung, Erinnerung und Erwartung. Was aber bleibt uns letztlich zu erinnern außer vergangener Erwartung? Was zu erwarten außer zukünftiger Erinnerung?«

»Ich weiß, was Sie meinen«, sagte ich. »Es ist wie mit meinem Bruder Harry. Als ich ihn und seine Frau das letzte Mal sah, diskutierten sie während des gesamten Frühstücks darüber, wo sie zu Mittag essen sollten.«

»Ganz genau.«

»Und während des Mittagessens, wo sie zu Abend essen sollten.«

»Ja!«

»Und beim Abendessen redeten sie davon, was sie morgens und mittags gegessen hatten.«

»Das meine ich! Genau davor müssen wir uns hüten.«

»Aber wie kann man sich davor hüten, wenn man ständig Pläne schmieden, aus seinen Fehlern lernen und Strategien entwerfen muss?«

»Richtig, wie soll das gehen? Wie, in Teufels Namen?« Er beugte sich näher zu mir. »Und? Spüren Sie es?«

»Was? Ihr Bein?«

»Nein, ich weiß, dass Sie es spüren. Den Absinth.«

»Ich bin mir nicht sicher. Was soll ich spüren?«

»Sie müssten jetzt eigentlich halluzinieren.«

»Vielleicht tue ich das. Ich werde es überprüfen.«

Ich sah in die Menge.

»Was sehen Sie?«

»Tanzende Menschen. Oh, da drüben sind die Fischbeins. Sehen Sie?«

»Ja, ich sehe sie. Also haben wir entweder beide die gleiche Halluzination, oder sie sind tatsächlich hier.«

Wenn die Fischbeins anwesend waren, schienen sie uns nicht zu erkennen. Monsieur Fischbein trug einen Smoking, der ihm eine Nummer zu groß war, und Madame Fischbein ein Abendkleid aus grünem Taft. Ihre Perlen hoben sich glänzend von ihrem sommersprossigen Kehllappen ab. Der Pelzmantel hing wieder über der Stuhllehne.

»Sie sind genauso schlimm wie die Deutschen«, sagte Monsieur Fischbein zu einem unsichtbaren Zuhörer. »Sie sagen, wir brauchen ein Dokument. Wir legen das Dokument vor, und sie sagen, wir brauchen noch ein anderes Dokument, und wir sagen, dass wir dieses Dokument nicht haben. Und dann sagen sie, tut uns leid, aber wir müssten es in einem anderen Land versuchen. Aber welches Land, frage ich Sie? Feuerland?«

Es schien immer auf Feuerland hinauszulaufen.

»Wir gehen zurück nach Antwerpen«, sagte Madame Fischbein. »Was auch immer die Deutschen machen, schlimmer als hier wird es nicht sein.«

Mit einer fatalistischen Geste begab sich das alte Ehepaar auf die Tanzfläche. Im Walzertakt drehten sie sich zur Musik von »When I Grow Too Old to Dream«, wobei Madame ihre Stirn gegen Monsieurs knochige Schulter lehnte. »Sehen Sie nur«, sagte Edward. »Pflücke die Knospe, solange es geht und dergleichen. Es ist das Ende von Europa, deshalb tanzen sie, und auch Lissabon ist das Ende von Europa. Der äußerste Zipfel Europas. Und alles, was Europa darstellt und bedeutet, ist in diesen Zipfel gepresst. Zu viel davon. Wie ein Brunnen, der überzuquellen droht, und mit jedem ausfahrenden Schiff sinkt der Wasserspiegel ein kleines bisschen. Aber niemals genug. Und in der Zwischenzeit bleiben die Schleusentore geöffnet.«

»Moment mal. Sie haben Lissabon gerade mit einem Brunnen verglichen.«

»Genau.«

»Dann sind die Flüchtlinge das Wasser.«

»Korrekt.«

»Aber das heißt, wenn sie ein Schiff besteigen, transportiert dieses Schiff Wasser, also genau das Element, das es trägt.«

»Wollen Sie damit sagen, meine Metapher sei nicht wasserdicht?«

Wir prusteten beide los.

»Jetzt spüren Sie es?«

»Ich glaube schon.«

»Sollen wir noch ein Glas trinken?«

»Nur zu.«

Er füllte unsere Gläser auf. Wie lange kannte ich ihn jetzt? Zwölf Stunden. Vierzehn? Es stimmt: Im Krieg geht kein Zug pünktlich. Und dieser hier stand, genau wie der Wabash Cannonball, kurz vor der Ankunft, ohne je losgefahren zu sein. Oder war er in dem Augenblick losgefahren, als Edward auf meine Brille getreten war?

Eine halbe Stunde später bat er um die Rechnung. »Untersteh dich«, sagte er, als ich mein Portemonnaie zog.

Ich stand auf und war überrascht, dass meine Beine nicht einknickten.

»Wohin?«

»Zum Strand. Nicht hier in Estoril, da wimmelt es von Polizisten. Wir fahren runter zur Küste, nach Guincho.«

Wir stiegen ins Auto. Einen Moment überlegte ich, ob es besser wäre, in meinem Zustand nicht zu fahren, doch vertrieb ich den Gedanken gleich wieder, denn ich spürte keinerlei Anzeichen von Trunkenheit, weder Schwindel noch Aufregung oder Schläfrigkeit. Stattdessen war es ein Gefühl wie – sind Sie schon einmal im Winter auf einer nassen Straße gefahren? Kennen Sie das, wenn der Wagen plötzlich vom Boden abzuheben scheint? Genau so fühlte ich mich.

Ich hatte keine Ahnung, wie spät es war. Überall waren Uhren – an meinem Handgelenk, auf dem Armaturenbrett –, aber ich sah nicht hin. Hinter Cascais wurde die Straße schmaler und kurvenreicher, viel zu kurvenreich für ein so großes Fahrzeug, und trotzdem lenkte ich es mit Leichtigkeit, als wären die Naturgesetze vorübergehend außer Kraft gesetzt, als hätte der Wagen plötzlich eine unerwartete Geschmeidigkeit angenommen und könnte sich wie ein Akkordeon zusammenfalten. Selbst als ein Radfahrer im Scheinwerferlicht auftauchte, zuckte ich nicht zusammen. Ich zog einfach an ihm vorbei. Rückblickend bin ich mir bewusst, dass all das dem Absinth geschuldet war, und dass unter anderem darin seine

Gefährlichkeit gründet. Heute wundere ich mich, dass wir niemanden überfahren haben oder nicht selbst tödlich verunglückt sind.

In Guincho parkten zwei oder drei Fahrzeuge am Straßenrand. Edward führte mich durch ein Pinienwäldchen hinauf zu den Dünen, die auf einen sichelförmigen Strand abfielen. Hier und da erhoben sich dunkle Hügel, auf denen Paare unter Decken schliefen oder sich liebten. Der Mond stand hoch am Himmel. »Verstehst du jetzt, was ich mit dem Unterschied zwischen Atlantik und Mittelmeer meine?«, sagte er und zog seine Schuhe aus. Schaumgekrönte Wellen schlugen an den Strand. Er rollte die Hosenbeine hoch und lief in die Brandung. Ich folgte ihm und versuchte dabei in seine Fußabdrücke zu treten, sodass nur die Spur einer Person zurückblieb.

Das Wasser stach an meinen Knöcheln. »Es ist eisig«, sagte ich und wich zurück, aber Edward hörte nicht hin.

»Wo das Land endet und das Meer beginnt«, sagte er. »Das stammt von Camões, dem großen lusitanischen Dichter. So hat er das Cabo da Roca beschrieben, den westlichsten Punkt Europas, nur ein kleines Stück nördlich von hier. Sieh nur!« Er legte seine Hände auf meine Schultern und zeigte in Richtung einiger dunkler Klippen. »Kannst du es sehen?«

»Ich weiß nicht. Aber ich werde allen erzählen, ich hätte es gesehen.«

»Ja. Lass uns allen erzählen, wir hätten es gesehen.«

Er ließ seine Hände auf meinen Schultern.

»Pete?«

»Ja?«

»Darf ich etwas sagen?«

»Natürlich.«

»Nie im Leben bin ich so glücklich gewesen wie jetzt.«

Seine Stimme klang so feierlich, dass ich beinahe lachen musste.

»Findest du es verrückt oder frivol, so etwas zu sagen?«, fuhr er fort. »Ich meine, wir sind hier in Portugal – Portugal, um Himmels willen –, und um uns herum ist nichts als Leiden und Furcht, Leiden und Panik. Und wenn man bedenkt, dass die Leute, die es hierhergeschafft haben, die Glücklichen sind ... Welches Recht habe ich da, glücklich zu sein? Und doch bin ich es. Und schäme mich auch nicht dafür.«

»Vielleicht liegt es daran, dass du in Sicherheit bist.«

»Ja. Man kann gar nicht anders, als Erleichterung darüber empfinden – zu wissen, dass man der Gefahr entronnen ist. Und doch sind die Panik und Furcht der anderen, die Panik und das Leiden der anderen immer noch da. Und wir zehren davon, nicht wahr? Wir können ruhig zugeben, dass wir davon zehren. Tatsächlich sollte sie ihnen allein gehören, diese eigentümliche Lebensenergie, dieses Gefühl, Dinge tun zu können, die man unter normalen Umständen nicht wagen würde. Wir haben keinen Anspruch darauf, und dennoch haben wir daran teil. Aber das ist nicht der einzige Grund, warum ich glücklich bin. Es ist nicht einmal der Hauptgrund, warum ich glücklich bin. Der bist du.«

»Ich?«

»Ist das nicht offensichtlich?«

»Aber wieso? Ich bin ganz und gar gewöhnlich. Und du hast in deinem Leben so viel erreicht, bist in Harvard und Cambridge gewesen, kennst jede Menge interessanter Leute ...«

Er legte seine Hand auf meinen Mund. »Du weißt nichts von mir. Du weißt überhaupt nichts.«

Er stand so nahe bei mir, dass ich mich fragte, ob er mich küssen würde. Stattdessen zog er seine Jacke aus. Mit einer flinken Bewegung zog er sein Hemd und seine Krawatte über den Kopf.

»Lass uns schwimmen gehen«, sagte er.

»Schwimmen?«

»Komm schon!« Er hatte bereits Hose und Shorts ausgezogen. Mit hellleuchtendem Gesäß rannte er ins Wasser und ließ sich wie zum Gebet auf die Knie fallen. Eine Welle schlug über ihm zusammen. Als das Wasser zurückfloss, war er verschwunden.

»Edward!«, rief ich.

Einige Sekunden später warf ihn eine neue Welle zurück auf den Strand. »Herrlich!«, sagte er und strich die Haare zurück. »Nun komm schon!«

Ich zögerte keinen Moment und zog mich ohne große Umstände aus. Dann nahm ich die Brille ab. Der dunkle Fleck, auf den ich zuschwamm, hätte ein Felsen oder ein Seeungeheuer sein können. Meine einzige Orientierung war Edwards Stimme. »Wärmer«, sagte er. »Kälter ... Wärmer ...«

Plötzlich prallten wir gegeneinander. Die Haare auf seiner Brust waren glitschig wie Seetang. Ich konnte seine Brustmuskeln spüren. Ich spürte seine Erektion.

Hinter uns türmte sich eine Welle auf. Ich versuchte zurückzuweichen, aber Edward hielt mich fest. »Man muss hindurchtauchen«, sagte er. »Halt dich an mir fest.«

Dann zog er mich nach unten, bis wir auf dem sandigen Boden saßen. Die Welle brach sich über uns. Ich spürte sie wie ein schwaches Zittern.

Wir tauchten wieder auf. Ich lachte. Er nahm meinen Kopf in beide Hände, und dann küsste er mich. Die nächste Welle riss uns auseinander und wirbelte uns kopfüber durchs Wasser.

»Edward!«, rief ich, aber er antwortete nicht. Als ich mich umdrehte, rollte eine noch größere Welle auf mich zu. Ich folgte seinem Rat, tauchte hinab und drückte mich an den Meeresgrund.

Diesmal spürte ich die Welle wie ein kräftiges Rütteln, etwa so, wie ich mir ein Erdbeben vorstellte.

»Pete!«, hörte ich ihn rufen, als mein Kopf aus dem Wasser tauchte.

»Ich bin hier«, antwortete ich.

Hintereinander stolperten wir aus dem Wasser. Die Strömung hatte uns etwa zehn Meter die Küste hinabgetrieben, sodass wir zu der Stelle zurücklaufen mussten, an der unsere Kleidung lag. »Schade, dass wir keine Handtücher mitgenommen haben«, sagte er und trocknete sein Gesicht mit seinem Hemd.

Ich setzte meine Brille auf. Gischtspritzer hatten sich darauf abgesetzt. Wie ein Betrunkener in einem Zeichentrickfilm sah ich lauter Flecken.

»Wohin gehst du?«, fragte ich Edward, der seine Kleidung vom Boden aufgenommen hatte und Richtung Dünen lief.

Wieder antwortete er nicht. Vielleicht hatte er mich nicht gehört. Ich hob ebenfalls meine Kleidung auf und folgte ihm, bis wir den Saum des Pinienwäldchens erreicht hatten. Vereinzelt ragten Strandhaferbüschel aus dem Sand. Edward legte seine Kleidung ab und trat auf mich zu.

Ganz vorsichtig nahm er meine Brille ab, klappte die Bügel ein und legte sie auf seinen Kleiderstapel.

»Warum hast du das gemacht?«, fragte ich.

Und er antwortete: »Damit du wahrheitsgemäß sagen kannst, du hättest es nicht kommen sehen.«

ANDERSWO

9

Es war fünf Uhr früh, als ich nach Lissabon zurückkehrte. Der Himmel war noch dunkel, aber die Sterne waren bereits verschwunden. Man spürte den nahen Sonnenaufgang. Die Eingangstür zum Francfort Hotel war verschlossen. Ich musste dreimal klingeln, bevor der Portier, verärgert darüber, geweckt worden zu sein, mich einließ. In der Lobby herrschte eine gedämpfte Atmosphäre wie in einer Kirche. Am Lift hing ein Schild mit der Aufschrift AUSSER BETRIEB. Ich lief die Treppe zum zweiten Stock hinauf und klopfte ängstlich an unsere Zimmertür. Keine Antwort. Ich klopfte ein wenig fester. Immer noch keine Antwort. Während ich überlegte, wie ich laut genug klopfen konnte, um Julia zu wecken, aber nicht so laut, dass unsere Nachbarn wach wurden, hörte ich jemanden stöhnen und zur Tür stolpern. Einer Gespenstererscheinung gleich in ihrem Schlafanzug ließ Julia mich ein. Das Zimmer wirkte auf unerklärliche Weise geheimnisvoll, wie es einem so oft ergeht, wenn man nach einer langen Nacht einen Raum betritt, in dem ein anderer bereits geschlafen hat.

»Ich hatte furchtbare Kopfschmerzen und habe eine Schlaftablette genommen«, sagte Julia. »Wie spät ist es?«

»Schon gut. Leg dich wieder schlafen.«

Sie kroch zurück ins Bett und begann sofort zu schnarchen. Ich ging ins Bad und zog mich aus. In meiner Jackentasche fand ich das Exemplar von *Der ehrbare Ausweg*, das ich bei Bertrand gekauft hatte, eingeschlagen in braunes Papier. Ich legte es auf die Toilette. Meine Schuhe waren voller Sand. Auch die Socken waren voller Sand. Als ich meine Hose auszog, rieselte Sand auf den Boden. Ich versuchte, alles mit einer Bürste zusammenzufegen, allerdings ohne Erfolg, weil jedes Mal, wenn ich mich vorbeugte, noch mehr Sand zu Boden fiel. Die Körner hatten sich in den Haaren auf meiner Brust und an den Beinen verfangen. Sie schienen auf mir herumzukrabbeln wie Läuse. Ich stieg in die Wanne und spülte mich wieder und wieder mit lauwarmem Wasser ab, aber immer schien es irgendwo einen Spalt oder Schlitz zu geben, wo der Sand sich hatte verstecken können. Schon bald war der Abfluss verstopft. Ich trocknete mich ab und zog mich an. Julia würde vorerst nicht aufwachen, deshalb ging ich nach unten und bat den Portier, ihr auszurichten, ich sei im Suiça. In der Zwischenzeit war die Sonne aufgegangen. Bis auf einen einsamen Geschäftsmann, der im Gehen die Zeitung las, und eine Marktfrau mit einem Korb Fische auf dem Kopf, waren die Straßen menschenleer. Im Suiça räumten gähnende Hilfskellner gerade die Stühle von den Tischen. Der Kaffee, den der Kellner mir brachte, war frisch aufgebrüht, und am Boden der Tasse hatte sich Kaffeesatz abgesetzt. Auf dem Bürgersteig stolzierten Tauben auf und ab, deren Gefieder die Farbe von Radiergummiflecken hatte.

Ich versuchte, mir über die Ereignisse der letzten Nacht klar zu werden. Das Problem war, dass alles in einen Absinthnebel gehüllt war, durch den sich Eingebildetes und Tatsächliches schwer voneinander trennen ließen. Vielleicht ist der Instinkt selbst eine Art grüne Fee, deren bitteren Geschmack wir mit Ausflüchten zu dämpfen versuchen: Ich war betrunken. Es war spät. Die Welt trieb auf ihren Untergang zu. Natürlich sind das billige Ausreden, an die wir schon in dem Moment, wenn wir sie uns zurechtlegen, nicht glauben. Sie sind Teil der Zeremonie, zusammen mit der Karaffe, den Zuckerwürfeln und dem perforierten Löffel.

Als es zu dämmern begann, lichtete sich auch der grüne Nebel. Wir liefen zurück zum Wagen, die Hosenbeine hochgekrempelt, die Schuhe in den Händen. Im verblassenden Mondlicht fiel mir auf, wie groß Edwards Füße waren, mindestens doppelt so groß wie Julias. Auf den kräftigen Knöcheln wuchs struppig weißes Haar. Für einen Mann, der gewöhnlich mit Frauen schläft, ist der Körper eines anderen Mannes immer verwirrend, nicht weil er ihm fremd wäre, sondern wegen seiner Vertrautheit – der Fremdheit des Vertrauten. Edward am Strand in der Dunkelheit zu berühren, war so, als würde ich mich selbst berühren, weshalb ich davon ausging, er würde die Dinge mögen, die auch ich mochte. Manchmal war es so. Manchmal aber auch nicht.

Ein harter behaarter Brustkorb, wo normalerweise weiche Brüste waren; ein rundlicher, aber unter der Fettschicht immer noch fester Bauch; Hoden wie Backpflaumen, und das Organ selbst munter wie Daisys Schweif und, weil es beschnitten war, auf zusätzliche Gleitmittel angewiesen, was ein gewisses Problem darstellte, da wir nichts dabeihatten, außer dem, was unsere Münder produzierten. Und immer wieder bekamen wir Sand in den Mund ... An all das musste ich denken, als ich draußen vor dem Suiça saß, während die Sonne in immerwährendem Gleichmut ihren Thron bestieg, wie ein

Rettungsschwimmer seinen Hochstuhl am Strand, und die Tauben sich auf der Suche nach neuen Gästen versammelten, die ihnen aus Dankbarkeit darüber, nach vielen Monaten in einer Stadt zu sein, in der an Brot kein Mangel herrschte, einige Krumen zuwarfen. ... Entweder war dies der seltsamste Traum, den ich je geträumt hatte, oder alles andere zuvor – mein gesamtes Leben – war ein bloßer Traum und Edward das warme Bett, in dem ich zuletzt daraus erwacht war.

Dann sah ich Julia den Rossio überqueren. Sie trug Stöckelschuhe und ein schwarzweiß gepunktetes Kleid, was mich unwillkürlich an eine Taube erinnerte, während Iris einem großen unbeholfenen Wasservogel glich, einem Pelikan oder Storch. Julia hatte ihr schwarzes Haar mit einem weißen Band nach hinten gebunden. »Ich wollte es heute früh waschen, aber es ging nicht«, sagte sie, als sie sich an den Tisch setzte. »Was zum Teufel ist mit dem Bad passiert? Sieht aus, als hätte da ein Sandsturm gewütet.«

»Tut mir leid, das ist meine Schuld. Ich war letzte Nacht am Strand.«

»Am Strand? Ich dachte, ihr wolltet irgendwo etwas trinken gehen.«

»Das waren wir auch. Aber dann sind wir spontan nach Estoril gefahren.«

»Mitten in der Nacht? Wie seid ihr dorthin gekommen?«

»Wir sind mit dem Wagen gefahren.«

»Mit unserem Wagen?«

»Warum nicht? Wofür haben wir ihn?«

Sie strich sich eine Haarsträhne aus dem Gesicht. »Ich hoffe, du hast bei der Rückkehr einen Parkplatz gefunden.«

»Um ehrlich zu sein, habe ich ihn am Bahnhof in Estoril stehen lassen. Aber keine Sorge, ich hole ihn heute Nachmittag ab. Wir haben einiges getrunken und sind mit dem Taxi zurückgefahren.«

»Verstehe.« Eine Pause, wie die zitternde Asche einer Zigarettenspitze. »Scheint aufregend gewesen zu sein, wie?«

»Und das stört dich?«

»Überhaupt nicht. Es freut mich sogar. Es ist gut zu wissen, dass ein so schwerfälliger Mensch wie du zu Abenteuern fähig ist. Wenn auch nicht mit mir.«

Das Reisen beschleunigt die Ausprägung von Gewohnheiten. Nach einer Woche kannte uns der Kellner im Suiça so gut, dass wir nicht mehr zu bestellen brauchten. Er brachte Julia eine Tasse schwarzen Kaffee und mir einen zweiten *garoto* und einen Teller mit den kleinen Cremetörtchen, die ich so mochte.

»Wie auch immer. Hat es Spaß gemacht?« Sie verrührte eine imaginäre Substanz in ihrer Tasse. »Hattest du Spaß?«

»Ich denke schon.«

»Es ist merkwürdig, in Paris hattest du kaum Männerfreundschaften.«

»Mit wem außer meinen Arbeitskollegen hätte ich denn etwas unternehmen sollen? Mit deinem Innenarchitekten?«

»Heißt das, Jean kam nicht infrage, weil er schwul ist?«

»Sein Schwulsein hat nichts damit zu tun. Wir hatten einfach keine gemeinsamen Interessen. Und ich hatte nicht viel Freizeit, Julia. Das scheinst du vergessen zu haben. Ich musste arbeiten. Und an den Wochenenden war ich erschöpft. Da lag mir nichts ferner, als, was weiß ich, mit deinem Innenarchitekten Tennis zu spielen.«

»Aha, und hier in Lissabon ist das anders?«

»Hier habe ich Zeit. Zum ersten Mal, seit ich mich erinnern kann, habe ich Zeit. Anders als die armen Seelen, die den ganzen Tag vor den Konsulaten Schlange stehen müssen. Und deshalb, ja, ich habe mich gestern Abend gut amüsiert. Ganz bestimmt.«

»Du tust so, als hätte ich etwas dagegen. Wieso sollte ich?«

Ich putzte meine Brille und erinnerte mich, wie Edward sie mir vom Gesicht genommen hatte.

»Du magst ihn nicht, stimmt's?«, sagte ich.

»Edward?« Julia zündete sich eine Zigarette an und dachte nach. »Nun ... nicht mögen würde ich nicht sagen. Er ist bloß ein wenig rechthaberisch. Ich finde ihn eher langweilig.«

»Und Iris?«

»Oh, Iris gefällt mir. Sie ist interessant. Ich meine, sie hat so viele interessante Sachen gemacht. Ich frage mich nur, wie sie ausgerechnet an ihn geraten ist. Wenngleich Frauen, die als Waisen aufwuchsen, ja häufig zu Männern neigen, die bemuttert werden wollen. Deshalb auch der Hund. So kann sie das zurückzugeben, was sie als Kind nicht bekommen hat.«

»Ich frage mich, warum sie keine eigenen Kinder haben?«

»Sie haben ein Kind. Eine Tochter. Geistig behindert oder etwas Ähnliches. Sie lebt in einem Heim – in Kalifornien, glaube ich.«

Ich setzte meine Brille wieder auf.

»Ich bin überrascht, dass er dir nichts davon erzählt hat«, fuhr Julia fort, »wo ihr doch jetzt so enge Freunde seid.«

Auch ich war überrascht. Aber hätte ich Edward davon erzählt, wenn es meine Tochter gewesen wäre?

Wir schwiegen. Julia zog ihr Kartenspiel hervor.

»Glaubst du wirklich, ihr beiden seid Cousin und Cousine?«, fragte ich nach einer Weile.

»Natürlich nicht«, sagte sie. »Nur weil wir Verwandte in derselben Stadt haben. Einfach lächerlich.«

»Möglich wäre es aber.«

Sie sah mich unbewegt an. »Wir sind nicht Cousin und Cousine, und ich wäre dir dankbar, wenn du nicht wieder davon anfangen würdest.«

Sie mischte die Karten und begann sie auszulegen.

»Er kommt aus einer vollkommen anderen Gesellschaftsschicht. Mein Großvater war Bankier.«

»Was war Edwards Großvater?«

»Keine Ahnung.«

»Irgendwo muss sein Vermögen ja herkommen.«

»Sein Vermögen? Ich dachte, es sei *ihr* Geld.« Plötzlich sah sie über meinen Kopf hinweg. »Oh, Gott, da sind sie. Tu so, als hättest du sie nicht gesehen.«

»Warum?«

»Weil sie sich womöglich verpflichtet fühlen, sich zu uns zu setzen, wenn wir winken oder sonst wie auf uns aufmerksam machen. Und vielleicht wollen sie das ja gar nicht. Ich will nicht, dass sie uns für Quälgeister hält.«

Wie ein Kind, das beim Spionieren erwischt worden ist, senkte Julia den Kopf und starrte auf ihre Karten. Da mir nichts Besseres einfiel, sah ich stur geradeaus. Iris kniete am Boden und versuchte offenbar etwas aus Daisys Pfote zu ziehen. Ich wusste nicht, ob sie uns gesehen hatte.

Einige Minuten später geriet Julias Patience ins Stocken. Sie steckte die Karten weg und stand auf. »Gehen wir«, sagte sie.

Ich brauchte nicht nach der Rechnung zu fragen, da ich genau wusste, wie viel wir zu zahlen hatten. Als wir am Tisch der Frelengs vorbeigingen, sah Edward lächelnd zu uns auf. »Hallo«, sagte er.

»Oh, hallo«, sagte Julia, als wäre sie überrascht.

Dann sagte ich hallo und zuletzt Iris.

Es folgte der Moment, an dem wir uns zu ihnen hätten setzen können oder sie uns an ihren Tisch hätten bitten können.

Der Moment verstrich.

»Nun, schön Sie zu sehen«, sagte Julia. »Komm, Liebling.«

»Auf Wiedersehen«, sagte ich.

Edwards Lächeln war beinahe traurig. Mit dem Zeigefinger strich er über eine Postkarte, die auf dem Tisch lag. Sie zeigte den Strand von Guincho.

10

Zurück im Hotel ging Julia ins Bad. Sie ließ die Tür offen stehen. In den ersten Jahren unserer Ehe hätte sie das nie getan. Ich genauso wenig. Erst nach Jahren schwindet in der Ehe das Anstandsempfinden und weicht einer Nachlässigkeit, einer ungezwungenen Intimität, die zugleich angenehm und schrecklich ist. Im Alter benutzten meine Eltern im Beisein des anderen die Toilette – ungeachtet der Tatsache, dass sie seit Jahren nicht mehr im selben Bett schliefen. Seltsame Zustände ...

Nach einigen Minuten kam Julia wieder heraus. In ihrer Hand hielt sie das Buch, das ich tags zuvor gekauft hatte.

»Wann hast du das besorgt?«, fragte sie.

»Gestern. Ich wollte sie bitten, es zu signieren, habe es aber vergessen.«

»Gott sei Dank. Versprich mir eins, Pete. Versprich mir, sie nicht darum zu bitten.«

»Warum?«

»Das wäre plump. Du musst mir vertrauen. Ich verstehe mehr von diesen Dingen als du.«

Ihre Vorstellungen von korrektem Benehmen hatten mich immer verwirrt. »Also gut. Ich werde sie nicht darum bitten.«

»Hast du schon angefangen zu lesen?«

»Noch nicht.«

»Ich würde gerne hineinschauen.« Sie zog ihre Schuhe aus und legte sich aufs Bett. »Man hatte Monsieur Helliers Leiche in seinem Büro gefunden,« las sie vor. »Er hatte sich mit einer Pistole in den Mund geschossen, und das Blut war auf eine seltene Erstausgabe von Balzacs *Verlorene Illusionen* getropft.‹«

»Ein schwungvoller Anfang.«

»Wenn auch nicht besonders originell.«

Ich glaubte ihrem Urteil. Ich verstand wenig von Kriminalromanen.

Nach dem Mittagessen fuhr ich mit dem Zug nach Estoril, um den Wagen zu holen. Zu meiner Erleichterung wollte Julia nicht mitfahren. Sie war tief in die Lektüre von *Der ehrbare Ausweg* versunken.

Bei meiner Ankunft wartete Edward bereits auf mich, lässig gegen die Karosse des Wagens gelehnt. Zu seinen Füßen lag Daisy.

Ich umarmte ihn. Offenbar zitterte ich. »Ganz ruhig«, sagte er.

»Ich habe gehofft, du wärst hier«, sagte ich, »aber ich war mir nicht sicher. Im Zug habe ich nach einem Grund gesucht, warum du hier sein solltest, und keinen gefunden.«

»Nun, ich bin hier. Wann musst du zurück sein?«

»Ich weiß nicht. Zum Abendessen?«

»Gut, dann bleiben uns ein paar Stunden.«

Daisy drehte sich auf dem Rücksitz des Buick zweimal um sich selbst, wie es ihre Gewohnheit war, und schlief ein. Ich legte meine linke Hand auf Edwards Bein. Die ganze Fahrt über hielt er sie fest und ließ sie nur los, wenn ich einem entgegenkommenden Fahrzeug ausweichen musste.

»Bist du müde?«

»Erschöpft. Und du?«

»Ich auch. Ich wünschte, wir könnten die ganze Nacht zusammen sein und müssten nicht morgens auseinandergehen. Aber in einer solchen Situation muss man morgens immer auseinandergehen.«

Es war das erste Mal, dass er das Wort »Situation« in Bezug auf uns benutzte. Er sagte es im Tonfall eines Mannes, der schon häufiger in solchen Situationen gewesen war.

Wir fuhren an der Ausstellung vorbei. Die Pavillons, die bei Nacht so eindrucksvoll gewesen waren, sahen in der Mittagssonne billig und provisorisch aus. Oder war die Stadt das Provisorium und die Ausstellung achthundert Jahre alt?

Vielleicht fuhr ich gar nicht. Vielleicht stand der Wagen auf der Stelle, während unsichtbare Arbeiter riesige Bühnenkulissen an mir vorbeischoben.

Um mich zu vergewissern, nahm ich die Hände vom Lenkrad. Der Wagen driftete zur Seite, und Daisy wachte mit einem Ruck auf. Ich packte das Steuer fest mit beiden Händen.

»Immer mit der Ruhe!«, sagte Edward.

»Tut mir leid. Ich bin heute nicht ganz anwesend.«

»Kein Wunder. Du hast nicht geschlafen. Und dann dieser Aufruhr.«

Welchen Aufruhr meinte er? Den Krieg? Die Fahrt nach Lissabon? Die Begegnung mit ihm?

»Ich fühle mich nicht besonders aufgerührt«, sagte ich. »Gibt es den Ausdruck?«

»Wenn nicht, sollte man das ändern.«

»Nein, es ist eher eine Art gespenstische Ruhe. Genau wie in dem Moment, als wir nach Portugal einreisten. Als lägen alle Nöte hinter uns und nicht vor uns. Ist das verrückt?«

»Ich würde tatsächlich gerne Autofahren lernen. Vielleicht kannst du es mir nach unserer Rückkehr beibringen. Wo, sagtest du noch, kommst du her?«

Ich war nicht sicher, dass ich es ihm gesagt hatte. »Indianapolis.«

»Indiana, richtig? Aber klar doch. Der Mittlere Westen ist unbekanntes Terrain für mich. Vielleicht können wir zusammen dorthin fahren, nach Indianapolis, und du zeigst mir unterwegs, wie man fährt. Und anschließend fahren wir weiter nach Kalifornien, und du lernst meine Mutter kennen.«

Und deine Tochter?, hätte ich beinahe gesagt, verkniff es mir aber. Inzwischen hatten wir Lissabon erreicht. Schon bald wechselten die Kais mit den vertrauten schiefen Gebäuden, deren Fassaden in vielfältigen Blau-, Pink- und Grüntönen bemalt waren. Prachtwinden blühten an rostigen Balkongittern.

»Park hier irgendwo«, sagte Edward, als wir uns dem Cais do Sodré – dem Bahnhof, von dem aus die Züge nach Estoril fahren – näherten.

»Nicht ganz leicht, hier einen Parkplatz zu finden«, sagte ich und entdeckte im selben Moment einen.

»Der Parkplatzgott hat es schon immer gut mit mir gemeint«, sagte er.

Wir stiegen aus dem Wagen. Edward nahm Daisy an die Leine und ging los. Ich folgte. Wie Daisy lief er zielstrebig, als wüsste er genau, wohin er wollte. Die Frage war, ob er tatsächlich genau wusste, wohin er wollte – was bei Daisy ja nicht der Fall war.

Taxis umkreisten offenbar rein zum Vergnügen den Praça Duque da Terceira. Es waren auch einige Motorräder darunter, die ihre Fahrgäste im Seitenwagen beförderten. Wir überquerten die Fahrbahn zur Rua do Alecrim, die vom Ufer des Tagus steil zum Bairro Alto ansteigt, sodass der untere Teil die quer verlaufende Rua do Carvalho wie eine Brücke überspannt. Schmale Treppenaufgänge verbinden die Brücke mit den Häusern auf beiden Seiten. Wir stiegen über einen dieser Aufgänge zu einer Tür ohne Namensschild. Edward drückte die Klingel.

Wenig später öffnete ein Mädchen mit einem Feuermal auf der Wange die Tür. Sie trug die Dienstkleidung eines französischen Zimmermädchens, die aussah wie aus einem Kostümverleih. Sie gab Edward einen Kuss und ließ uns ein.

Wir traten in einen winzigen, rechteckigen Flur. Vor uns erhob sich eine mächtige Treppe, so steil wie die Rua do Alecrim.

Wir gingen hinter dem Mädchen nach oben, zuerst ich, gefolgt von Edward und Daisy. Nie zuvor hatte ich eine so lange Treppe erstiegen, die weder Treppenabsätze besaß noch in sich verschachtelt war oder sich um einen Aufzugschacht wand.

Was würde passieren, wenn ich stürzte? Würde er mich festhalten? Oder würde ich ihn mit in die Tiefe reißen, sodass wir mit gebrochenen Knochen am Fuß der Treppe landeten?

Um den Schwindel zu verdrängen, konzentrierte ich mich auf den Rücken des Mädchens. Sie hatte eine weiße Schürze umgebunden, gleich unter dem Busen. Ich zählte die Stufen bis ganz nach oben.

Wir kamen in eine Art Empfangssalon. Die Vorhänge waren zugezogen. Im Halbdunkel hatten die Wände die Farbe gequetschter Feigen. Im Raum verteilt standen in schlammfarbenem Samt bezogene Sofas und Sessel mit Fransen, auf denen sich junge Mädchen und Frauen räkelten, einige in Cocktailkleidern, andere in Seidenunterröcken und eine, die lediglich einen Seidenslip trug. Die meisten hielten Gläser in der Hand, in denen sich offenbar Champagner befand. Einige rauchten. Andere hatten ihren Kopf in den Schoß einer Partnerin gelegt.

Es roch nach Ammoniak und Lakritz. Ein Grammophon spielte Fado-Musik.

Als sie Daisy bemerkten, beugten sich zwei der Mädchen zu ihr herab. Ohne zu zögern lief sie auf sie zu. Während die Mädchen Daisys Fell streichelten, flüsterten sie Worte, die sie vielleicht auch ihren Kunden sagten. Mit ihren langen Fingernägeln kraulten sie ihr den Hals und zupften an ihrem Nackenfell. Daisy legte die Ohren zurück. Plumpsend machte sie Sitz und legte sich dann auf den Boden, die Hinterbeine nach hinten gestreckt.

Eine stämmige ältere Frau, noch kleiner als Julias Mutter, trat aus der Dunkelheit hervor. Sie war mit noch mehr Schmuck behängt als Madame Fischbein. Auf Zehenspitzen stehend, küsste sie Edward auf beide Wangen, so wie das Mädchen an der Tür.

»Das ist Señora Inés«, sagte Edward, woraufhin sie lächelte und eine üppig beringte Hand ausstreckte.

»Enchanté«, sagte ich und zuckte unter ihrem Händedruck zusammen, da mir die Ringe ins Fleisch schnitten.

Sie hatte ein starres Auge. Das linke. Beim Versuch, ihren Blick zu erwidern und mich für ein Auge zu entscheiden – das gesunde oder das starre –, kehrte der Schwindel zurück.

»Señora Inés kommt aus Barcelona. So wie alle Mädchen hier. Sie sammelt *les poupées*.« Er zeigte auf ein Regal, von dem aus uns etwa ein Dutzend Porzellanpuppen finster anstarrten.

»Ah, oui«, sagte Señora Inés. »Sont mes petits.«
»Garçons?«
»Bien sûr, garçons. Ici on a trop de femmes.«

»Ist es nicht faszinierend«, murmelte Edward mir zu, »wie sentimental selbst die abgebrühteste Prostituierte auf ihre alten Tage wird?«

Das Mädchen, das nur einen Slip trug, stand auf und kam auf ihn zu. Sie war zwischen fünfunddreißig und vierzig, hatte hervortretende Rippen und ein Bäuchlein, wie es viele hagere Frauen im Alter bekommen. Sie legte eine Hand auf seine Schulter und flüsterte ihm etwas ins Ohr. Er lachte. Eine Kollegin, jünger und fülliger, kam zu mir und schlang ihre Arme um meinen Hals. Sie öffnete ihren Mund und zeigte mir ihre pinkfarbene und mit kleinen Bläschen bedeckte Zunge.

Ich sah zu Edward herüber. Er küsste die Prostituierte im Seidenslip. Ich war verwirrt. Was sollte das werden? Sollte jeder von uns mit einer Prostituierten aufs Zimmer gehen? Oder sollten wir uns zu viert vergnügen? Hatte ich alles missverstanden?

Nein. Er wandte sich Señora Inés zu, die einige strenge Wörter auf Spanisch sagte. Die Mädchen ließen von uns ab und kehrten an ihre Plätze zurück.

»Ich kann ihnen den Versuch nicht übel nehmen«, sagte Edward. »Komm mit.«

Das Mädchen brachte uns eine weitere Treppe hinauf, noch schmaler als die erste, aber weniger lang. Sie führte zu einer Diele, von der mehrere Türen abgingen, und schloss eine davon auf.

Ich trat ein. Das Zimmer war größer als unser Gästezimmer im Francfort, wenngleich niedriger. Über dem ordentlich gemachten Bett, auf dem eine zerschlissene Seidendecke lag, hing ein Bild der Jungfrau Maria. Gegenüber standen ein Kleiderschrank und eine Frisierkommode mit einer Schüssel und einem Waschkrug. Die Lampen hatten angesengte pinkfarbene Schirme mit Fransenborte.

Nachdem er dem Mädchen ein Trinkgeld gegeben hatte, schloss Edward die Tür und drehte den Schlüssel herum. Er steckte den Schlüssel in seine Brusttasche und nahm Daisy die Leine ab. Sobald sie frei war, lief Daisy im Zimmer umher, entdeckte einen Flecken auf den Fliesen und leckte daran.

»Pfui, Daisy«, sagte Edward. »Das ist vermutlich etwas Widerliches.« Er ging zum Fenster und öffnete es. »Sieh nur!«

Ich schaute hinaus. Links von uns sah ich die steil ansteigende Rua do Alecrim und die Verbindungstreppe zu unserem Haus. Direkt unter uns ging es noch mehrere Stockwerke hinab bis zur Rua Nova do Carvalho. »Seltsam, nicht?«, sagte Edward. »Die Tür, durch die wir ins Haus gekommen sind, befindet sich nicht, wie man meint, im Erdgeschoss. Tatsächlich ist sie im dritten Stock. Das Erdgeschoss ist viel tiefer – siehst du? – an der Straße unter der Brücke der Rua do Alecrim.«

»Wie hast du diesen Ort entdeckt?«

»Ich habe da so meine Methoden.« Er zog mich vom Fenster weg. »Wie auch immer, ich hoffe, es ist gut genug. Glaub mir, ich habe mir das Hirn zermartert, aber in Anbetracht der überfüllten Hotels …«

»Aber wann hattest du die Zeit dazu?«

»Ein Tag hat mehr Stunden, als du denkst.« Er nahm meine Brille ab, klappte sie zusammen und ließ sie in seiner Tasche verschwinden. »Natürlich hat sie zuerst einen lächerlich hohen Preis gefordert. So viel wie für zwei Stunden mit einem Mädchen. Ich musste sie erst herunterhandeln.« Er zog meine Jacke aus und warf sie aufs Bett. Ich wollte es bei ihm genauso machen, aber er schob meine Hand beiseite und öffnete meinen Hemdkragen. Wieder streckte ich meine Hand nach seiner Jacke aus. Wieder schob er sie beiseite. Er löste den Knoten meiner Krawatte und zog Hemd und Unterhemd gleichzeitig über meinen Kopf. Dann beugte er sich herab und öffnete die Schleifen meiner Schuhe. Nachdem die Schuhe aus waren, drückte er mich mit dem Rücken aufs Bett, löste meinen Gürtel und zog mir mit einer einzigen raschen Bewegung Hose und Unterhose aus. Das Kleiderbündel stopfte er in den Wandschrank, schloss ihn ab und steckte den Schlüssel in dieselbe Tasche, in der schon der Zimmerschlüssel und meine Brille waren.

»Na«, sagte er und betrachtete mich. »Das ist besser als am Strand. Da habe ich kaum etwas von dir sehen können.« Während er sprach, fuhr er mit beiden Händen meinen Brustkorb hinab, die Beine entlang und wieder hinauf zu meiner zuckenden Erektion. Er nahm sie fest in die Hand, und ich stöhnte. »Pst!«, sagte er, während er mir mit einer Hand den Mund zuhielt und mit der anderen genauso fest meine Hoden umschloss.

Als er seine Hand unter meinen Steiß schob, sodass ich meinen Rücken durchdrückte und ein Geräusch ausstieß – halb Wimmern, halb Lachen –, wurde Daisy wach, deren Zunge ich plötzlich an meinem Knöchel spürte.

»Ruhig!«, sagte Edward. Er ließ mich los und machte einen Schritt zurück. Er taxierte mich von oben bis unten, schüttelte den Kopf und lachte beinahe ein wenig verächtlich.

»Vollkommen«, sagte er.

Dann nahm er Daisy und die Leine, schloss die Tür auf und ging. Ich hörte, wie er die Tür von außen zuschloss, und dann seine Schritte auf der Treppe.

Ich setzte mich auf. Die einzigen Geräusche waren Vogelgezwitscher und weiter entfernt der Klang des Grammophons, das immer noch Fados spielte.

»Edward?«, rief ich. »Edward!«

Keine Antwort. Ich ging zum Fenster. Nach etwa einer Minute sah ich zwei verschwommene Gestalten, eine große und eine kleine, aus der Haustür kommen, die Verbindungstreppe hinabsteigen und nach links in Richtung Fluss gehen.

Nie zuvor hatte die Mittagssonne so stark in meinen Augen gebrannt. Es fühlte sich an, als ob ihre Strahlen sich geradewegs in mein Hirn bohrten.

Ich schloss die Läden und das Fenster und zog die Vorhänge vor. Bis auf das schwache Flurlicht, das durch den Türspalt fiel, war es im Zimmer stockdunkel. Ich musste mich zum Bett zurücktasten. Die Laken rochen nach Desinfektionsmittel, Parfüm und Zigaretten. Ich zog sie hoch bis zum Kinn. Dann drehte ich mich auf die Seite und schob einen Arm unters Kopfkissen. Ich versuchte, völlig regungslos dazuliegen, denn schon bei der kleinsten Bewegung eines Nackenmuskels wurde der Schmerz in meinem Kopf unerträglich.

In Anbetracht der Umstände war ich bemerkenswert ruhig. Das ist häufig so in Krisensituationen. Das Verstehen hinkt der Erfahrung hinterher. Es dauert einige Minuten, bis der Verstandesmotor anspringt. Und dann hat das gleichmäßige Rotieren der Gedanken eine seltsam besänftigende Wirkung.

Ich breitete meine Möglichkeiten vor mir aus wie Julia ihre Karten. Vielleicht war Edward ein Spion und hatte die ganze Komödie nur deshalb inszeniert, um mich zu erpressen und mich dazu zu bringen, mein Land zu verraten. Oder er war ein Betrüger, und wenn ich meine Kleidung wiederbekäme, wären mein Portemonnaie und mein Pass verschwunden. In beiden Fällen machte er vermutlich mit Iris gemeinsame Sache – was bedeutete, dass die ganze Geschichte über die gemeinsam verfassten Romane erlogen war. Sie waren nicht Xavier Legrand.

War es nicht das Kennzeichen jedes geschickten Betrügers, vollkommen überzeugend aufzutreten? Wenn man es recht bedachte, hatte er das Ganze wirklich schlau eingefädelt. Wie sollte ich ihn verfolgen, wenn ich nackt in einem Zimmer in einem schäbigen Bordell eingesperrt war, meine Kleidung eingeschlossen in einem Schrank lag und er den Schlüssel in der Tasche hatte? Und nicht nur den Schrankschlüssel, sondern auch den Zimmerschlüssel? Und obendrein noch meine Brille? Oh, meine verflixte Brille! Wäre er vor dem Suiça nicht daraufgetreten, hätte es nie eine »Situation« gegeben.

Ich schloss die Augen. Das Hämmern in meinem Kopf wurde schlimmer. Das Desinfektionsmittel roch wie verbranntes Gummi. Gegen Lärm helfen Ohrenstöpsel, und gegen grelles Licht eine Augenmaske. Aber wie soll man sich vor Gerüchen schützen? Trotzdem schlief ich ein.

Lautes Pochen an der Tür riss mich aus dem Schlaf. Frauenstimmen redeten auf Spanisch. Normalerweise besitze ich eine Art innerer Uhr. Noch nie habe ich mir einen Wecker gestellt. Wenn ich zu einer bestimmten Uhrzeit aufstehen muss, werde ich exakt zur richtigen Zeit wach. Wache ich in der Nacht auf, weiß ich ganz genau, wie spät es ist.

Jetzt allerdings hatte ich nicht die leiseste Ahnung.

Im ersten Moment wollte ich aufstehen, doch dann fiel mir ein, dass ich bis auf die Socken nackt war. Unterdessen ging das Gezeter auf der anderen Seite der Tür weiter.

»Je ne peux pas ouvrir la porte«, sagte ich. »Je n'ai pas la clé.«

Sie verstanden mich nicht.

»Ich habe keinen Zimmerschlüssel. Je n'ai pas la clé.«

Leises Tuscheln. Dann Stille.

Als Nächstes vernahm ich die Stimme von Señora Inés.

»Monsieur, c'est l'heure. Devez sortir.«

»Je n'ai pas la clé. Monsieur – l'autre Monsieur – a pris la clé. Il est sorti.«

»N'avez pas la clé?«

»Je n'ai pas la clé.«

Erneut wurde beratschlagt. Dann hörte ich Schritte. Schließlich kam jemand mit einem Generalschlüssel, denn im nächsten Moment ging die Tür auf, und Señora Inés trat ins Zimmer. Sie lief schnurstracks zum Fenster, öffnete die Vorhänge und Fensterläden und betrachtete mich mit vor der Brust verschränkten Armen. Zweifellos war ihr der Anblick eines nackten Mannes, der seine Blöße hinter einem Laken versteckte, vertraut. Dennoch schien sie beunruhigt.

Mit einem Auge sah sie mich an, mit dem anderen schielte sie links an mir vorbei, als wollte sie aus dem Fenster sehen.

»Mes vêtements«, sagte ich. »Ils sont dans l'armoire. Je n'ai pas la clé de l'armoire.«

»N'avez pas la clé de l'armoire?«

»L'autre monsieur a pris tous les clés, tous les deux.«

Der fehlende Schrankschlüssel war offenbar ein größeres Problem als der fehlende Zimmerschlüssel. Señora Inés rief das Mädchen vom Empfang, das laut lachend ins Zimmer kam. Señora Inés herrschte es an zu schweigen, dann gab sie verschiedene Anweisungen, und das Mädchen verschwand. Erneut verschränkte Señora Inés die Arme und starrte mich mit ihrem gesunden Auge an. Steckte sie mit Edward unter einer Decke? Das schien unwahrscheinlich. Wie es aussah, war sie über seine Flucht genauso überrascht wie ich.

Schließlich kehrte das Mädchen mit einem halben Dutzend Schlüsseln zurück. Der dritte passte.

Señora Inés schickte das Mädchen hinaus. Sie holte die Kleidung aus dem Schrank und legte sie mit der unbarmherzigen

Beflissenheit einer Nonne aufs Bett. Anschließend ging sie hinaus und schloss die Tür. Ich stand auf und zog mich an. Dann setzte ich mich in einen lächerlich niedrigen Stuhl und band mir die Schuhe zu. Zu meiner Überraschung waren sowohl mein Portemonnaie als auch mein Pass noch in der Jackentasche.

Nachdem ich mich angekleidet hatte, trat ich hinaus auf den Flur. Ich konnte kaum etwas erkennen. Tastend lief ich die Treppe zum Salon hinunter. Die Prostituierten sahen mich schweigend an, um mich ihre ganze Verachtung spüren zu lassen.

Señora Inés stand hinter der Bar. »Combien?«, fragte ich und griff nach meinem Portemonnaie.

Sie schüttelte den Kopf. »Monsieur Edward a déjà payé.«

»Merci«, sagte ich.

Jetzt kam der gefährlichste Teil: die Treppe. Die Hände an das Geländer geklammert, stieg ich wie ein Invalide hinab. Niemand bot mir Hilfe an. Aber mir hätte auch niemand helfen können, da die Treppe für zwei Personen viel zu schmal war.

Als ich mich der Tür näherte, wurde es heller. Ich überlegte, wie ich Julia den Verlust der zweiten Brille erklären konnte. Immerhin musste ich ihr nicht beichten, dass man mir Geld und Pass gestohlen hatte. Oder würde sie sich darüber freuen? Julia war clever. Sie würde blitzschnell kalkulieren, dass, bis ich neues Geld herbeitelegrafiert und einen neuen Ausweis bekommen hatte, die *Manhattan* längst ohne uns gefahren war. Und damit sie mir verzieh, wäre ich sogar bereit, über ihren Wunsch nachzudenken, in Portugal zu bleiben.

Ich hatte es nach unten geschafft. Ich öffnete die Tür und trat ins Freie. Zu meiner großen Überraschung regnete es. Am Himmel, der die ganze Woche über strahlend blau gewesen war, hingen dunkelgraue Wolken.

Ich stolperte die Eisentreppe hinunter auf den Bürgersteig. Schwere Tropfen fielen wie Vogelschrot zu Boden. Fußgänger zogen in einem verwaschenen Strom an mir vorbei. Als sich eine Lücke auftat, trat ich hinein.

Ich wandte mich nach links in Richtung des Flusses. Edward kam mit Daisy auf mich zu.

Er lächelte. »Und, freust du dich, mich zu sehen?«, fragte er.

»Wie bitte?«

»Ob du froh bist, mich zu sehen?«

Ich holte aus und schlug ihm ins Gesicht. Er taumelte und ging zu Boden. Daisy bellte. Ich zog ihn am Revers hoch, das unter meinen Händen zerriss.

»Du Schwein«, sagte ich und schlug ihn noch einmal. Wieder fiel er hin, und wieder zog ich ihn hoch. Er war schlaff wie eine Stoffpuppe – und er grinste.

»Was ist das für ein Spiel?«

»Ich spiele nicht.«

Ich schlug ihn ein drittes Mal. Daisy geriet in Panik. Sie zerrte an der Leine, bellte und schnappte nach meinen Fersen.

»Gib mir meine Brille«, sagte ich. Er reichte sie mir. Ich setzte sie auf, und sein Gesicht nahm feste Konturen an. Blut lief aus seinem Mund und tropfte auf sein Hemd.

»Können wir ins Haus zurück?«, sagte er. »Ich brauche Eis für meinen Kiefer.«

»Du hast meine Frage nicht beantwortet.«

»Ich glaube, mir ist ein Zahn abgebrochen.«

»Herrgott. Also gut, komm.«

Als das Mädchen die Tür öffnete, sah sie uns an, als wären wir zwei aus dem Zoo entflohene Affen. Irgendwie gelang es mir, Edward die Treppe hochzubekommen, wobei ich mich direkt hinter ihm hielt, falls er abrutschen sollte, denn er war alles andere als sicher auf den Beinen. Später fand ich heraus, dass er sich böse den Knöchel verstaucht hatte. Am Ende der Treppe wurden wir von Señora Inés erwartet. Edward bat um einen Eisbeutel, den man ihm brachte. Einige Minuten lang redeten er und Señora Inés hastig auf Französisch, er beschwichtigend, sie zuerst streng, dann gereizt und zuletzt einlenkend.

Edward gab ihr mehrere Scheine, die sie sich in den Ausschnitt steckte.

»Wir können das Zimmer noch für eine Stunde haben«, sagte er.

Er hatte immer noch beide Schlüssel. Er gab sie mir, und wir gingen hinauf.

Sobald wir im Zimmer waren, verschloss ich die Tür. Dann machte ich Daisy los.

»Komm her«, sagte ich und nahm den blutigen Eisbeutel von seinem Gesicht. »Mach den Mund auf.«

Er gehorchte. Ich schob meinen Finger hinein und fuhr damit die Zahnreihen entlang.

»Alle noch da«, sagte ich, »aber du wirst eine hübsche Beule bekommen.«

»Das hoffe ich.«

Ich drückte ihn aufs Bett und legte mich auf ihn. Ich küsste ihn grob, sodass es wehtun musste.

»Wag ja nicht zu grinsen«, sagte ich, »oder ich schlage dich noch einmal.«

»Bitte nicht schlagen«, sagte er.

Das waren die Worte, die ich hören wollte. Ich zog an seiner Krawatte, bis er nach Luft schnappte. Dann lockerte ich sie wieder.

11

»Ich hätte dich nicht schlagen sollen.«

»Aber ja doch. Ich habe es verdient.«

»Zweifellos. Warum bist du einfach verschwunden?«

»Warum? Ich weiß nicht. Ich habe dich angesehen, und dann dachte ich: Das ist vollkommen, genau danach habe ich immer schon gesucht. Und deshalb bin ich gegangen.«

»Du bist gegangen, weil du gefunden hast, wonach du suchtest?«

»Nun, was hätte ich sonst tun sollen?«

»Du hättest bleiben können.«

»Aber dann wäre der Moment verloren gewesen. Durch mein Weggehen habe ich ihn gewissermaßen erhalten. Und nicht nur für mich. Auch für dich. Ich wusste, beim nächsten Mal würdest du es noch mehr wollen. Und ich hatte recht. Daisy, lass das!«

»Ich dachte, du hättest alles genau geplant. Ich habe dich für einen Spion oder Betrüger gehalten, der mit meinem Geld und meinem Pass verschwunden ist.«

»Ja, im Nachhinein verstehe ich, warum du das gedacht hast.«

»Was sonst hätte ich denken sollen?«

»Oh, alles Mögliche. Zum Beispiel, dass ich auf ein Bier in die British Bar gegangen bin – kennst du die British Bar? – und mein Zeitgefühl verloren habe. Was dort übrigens schnell passieren kann. Sie haben da diese ziemlich berühmte Uhr, auf der die Ziffern gegen den Uhrzeigersinn angebracht sind. Um viertel nach fünf, beispielsweise, steht der Minutenzeiger auf der Neun und der Stundenzeiger auf der Sieben. Ich hoffe, ich beschreibe es so richtig.«

»Aber wie hätte ich darauf kommen sollen? Erst recht, nachdem du mich nackt im Zimmer eingesperrt hast?«

»Das war aufregend, nicht wahr? Endlich hatte ich dich in meiner Gewalt.«

»Also gab es doch einen Grund.«

»Rückblickend sieht es so aus. Iris würde es gewiss so sehen. Sie glaubt, dass nichts auf der Welt ohne Grund passiert. Ich hingegen glaube, dass die Dinge zufällig passieren und die Menschen spontan handeln, und erst im Nachhinein, im Rückblick entsteht ein bestimmtes Muster. Vermutlich hängt es davon ab, worauf wir den Scheinwerfer richten, falls du verstehst, was ich meine. Meine große Schwäche ist, dass ich den Fluss der Zeit nicht akzeptieren kann. Ich will gegen das Verblassen der Erinnerungen durch die Zeit ankämpfen. Ein ganz und gar vergeblicher Versuch, weil – vielleicht hast du das auch bemerkt – gerade die Erinnerungen, die wir am häufigsten beschwören, am schnellsten verblassen und durch – wie soll ich sagen – eine Art Erinnerungsfiktion ersetzt werden. Wie ein Traum. Wohingegen die Dinge, die wir völlig vergessen haben und die uns nach dreißig Jahren plötzlich mitten in der Nacht überfallen, eine gespenstische Frische haben. Daisy, bitte!«

»Wie spät ist es?«

»Die Frage, die ich am meisten hasse. Zehn vor sieben.«

»Gott, was wird Julia denken?«

»Das hängt davon ab, was du ihr sagst.«

»Wir sollten gehen. Aber ich will nicht.«

»Wenn du möchtest, frage ich, ob wir noch eine Stunde länger bleiben können.«

»Das ändert nichts. In einer Stunde werde ich auch nicht gehen wollen.«

»Jetzt ergeht es uns wie allen anderen Ausländern in Lissabon. Dort, wo wir bleiben müssen, wollen wir nicht sein. Und dort, wo wir sein wollen, dürfen wir nicht bleiben.«

»Wenn es von mir abhinge –«

»Aber es hängt von dir ab.«

»Nicht ganz.«

»Zumindest in der nächsten Stunde.«

»Eine halbe Stunde?«

»Natürlich. Was bedeutet schon eine halbe Stunde?«

»Sie summieren sich.«

»Nein, tun sie nicht. Ganz bestimmt nicht.«

12

»Eigentlich warst du für Iris vorgesehen.«

»Iris?«

Edward nickte. Wir saßen an einem der hinteren Tische der British Bar, in der Rua Bernardino Costa. Auf der berühmten Uhr stand der Stundenanzeiger nahe der Vier und der Minutenzeiger zwischen der Sechs und der Sieben. Wir waren hierhergegangen, um die unvermeidliche Rückkehr zu unseren Frauen noch ein wenig hinauszuzögern.

»Es wäre vielleicht sogar so gekommen, wenn da nicht deine Brille gewesen wäre. Irgendetwas an deiner Brille zog mich auf eine Weise an, dass ich dich für mich selbst wollte.«

»Ich verstehe nicht«, sagte ich, obwohl ich heute weiß, dass ich sehr wohl verstand – und vielleicht schon vom ersten Moment an verstanden hatte.

Er erzählte mir die Geschichte. Ungefähr ein Jahr, nachdem sie geheiratet hatten, wurde Iris schwanger. »Die Schwangerschaft war furchtbar. Sie wäre beinahe gestorben. Genau wie das Kind. Vielleicht wäre es besser gewesen, wenn sie gestorben wäre.«

»Iris?«

»Nein. Unsere Tochter. Sie ist das, was man früher schwachsinnig nannte. Eine Geisteskranke. Ich finde die alten Bezeichnungen sehr viel treffender, du nicht auch? Sie geben so viel mehr Rückhalt.«

»Tut mir leid.«

»Nun ja. Heute lebt sie bei meiner Mutter in Kalifornien. Aber das ist eine andere Geschichte. Die eigentliche Sache ist die: Nach der Geburt hatte Iris panische Angst, erneut schwanger zu werden. Weil sie davon überzeugt war – und zwar felsenfest überzeugt –, dass die Disposition unserer Tochter, wie man so schön sagt, von den Umständen ihrer Geburt herrührte. Und deshalb hörten wir einfach auf. Mit Sex, meine ich. Es gab keine ausdrückliche Vereinbarung. Es war mehr eine unausgesprochene gegenseitige Übereinkunft. Die zweite Entscheidung, nämlich das Kind in ein Heim zu geben, traf Iris. Als Mutter hatte sie das Recht dazu. Nicht, dass es ihr leichtgefallen wäre. Ehrlich gesagt, litt sie sehr unter Schuldgefühlen. Und das tut sie heute noch.

Wir lebten damals in New York. Unsere Tochter war drei. Sie konnte nicht sprechen und kaum laufen. Wir fuhren mit dem Zug nach Kalifornien, und sie genoss die Reise. Ich glaube, es waren die glücklichsten Tage ihres Lebens – und wo ich daran denke, auch bei dieser Fahrt lief ich den Zug der Länge nach ab. Mit ihr. Nachdem wir sie bei meiner Mutter abgegeben hatten, fuhren wir zurück nach New York und von dort mit dem Schiff nach Frankreich, wo unser sogenanntes unbeschwertes Leben begann.«

»Und eure Tochter? Musstest du nicht an sie denken?«

»Natürlich dachte ich an sie. Das Schlimme ist, dass ich nichts tun konnte, außer an sie zu denken. Aber ich komme vom eigentlichen Thema ab, nämlich zu erläutern, warum du für Iris vorgesehen warst. Du tust so überrascht. Als wenn der Gedanke dir völlig neu wäre. Nun, was glaubst du, warum ich dir von ihrer Unterwäsche erzählt habe?«

»Willst du damit sagen, es war alles geplant und zwischen euch abgesprochen?«

»Mehr oder weniger. Wir haben eine Vereinbarung getroffen. Schon vor vielen Jahren. Angefangen hat es in Le Touquet. Um genau zu sein, mit Alec Tyndall, dem Kerl, der gewettet hatte, er könne schneller einen Roman schreiben als ich. Was zeigt, dass hinter jeder Geschichte tatsächlich mehr steckt, als es zunächst den Anschein hat. Iris hat wieder mal recht.«

»Moment – was war mit diesem Tyndall?«

»Nun, wir waren in der Hotelbar und beide ziemlich betrunken. Wir hatten seit Stunden gezecht. Iris war bereits zu Bett gegangen, und Tyndalls Frau war unpässlich, wie es so schön heißt, und so kam es, dass wir uns schlüpfrige Geschichten erzählten. Tyndall hatte eine ausgesprochene Schwäche dafür. Wie fast alle Briten. Er wollte schlüpfrige Geschichten hören, und ich erfüllte ihm bereitwillig diesen Wunsch. Ich erzählte ihm alles Mögliche über Iris. Einiges davon war sogar wahr. Und dann, als ich sah, dass er immer erregter wurde, schob ich ihm den Schlüssel über die Tischplatte zu. Unseren Zimmerschlüssel. Und ich schlug vor, er solle einfach nach oben gehen und sich Einlass verschaffen.«

»Wusste Iris davon?«

»Oh, nein. Sie hatte nicht die leiseste Ahnung. Es war eine völlig spontane Entscheidung, und ich ging dabei ein gewaltiges Risiko ein. Wobei ich irgendwie wusste, dass es kein echtes Risiko war. Und ich hatte recht.

Er blieb die ganze Nacht bei ihr. Habe ich gesagt, dass Daisy mit mir in der Bar war? Daisy, meine treue Gefährtin zahlloser *madrugadas.* Wir liefen die Promenade auf und ab, bis es dämmerte, nicht wahr, Daisy? Bis wir Licht im Zimmer angehen sahen und Iris die Vorhänge zur Seite zog.«

»Was hat sie gesagt?«

»Sie sagte überhaupt nichts. Sie sah mich bloß an. Und schien dabei leicht zu grinsen. So fing es an. Wohlgemerkt, es ist nie ein Dauerzustand gewesen. Lediglich einige wenige Male im Jahr. Und es ist auch nicht immer so glatt gegangen wie mit Tyndall.«

»Und so sollte es auch mit mir sein?«

»Nun, was glaubst du, warum sie Julia einfach so mit zum Tierarzt schleppte? Oder warum sie Julia aufforderte, sie solle uns zwei etwas trinken gehen lassen.«

»Ich kann es einfach nicht glauben.«

»Es klingt ganz und gar unglaubhaft, nicht wahr? Weit weniger glaubhaft, beispielsweise, als dass ich ein Betrüger bin.«

»Erzählst du es mir deshalb? Weil du beleidigt bist, dass ich dich für einen Betrüger gehalten habe?«

»Beleidigt! Warum sollte ich beleidigt sein? Sind ein blutverschmiertes Hemd, eine geschwollene Lippe und der Weltuntergang Gründe dafür, beleidigt zu sein? Denk ja nicht, das wäre sarkastisch gemeint.«

»Ganz bestimmt nicht.«

»Außerdem musst du es wissen.«

»Warum?«

»Weil Iris es weiß.«

»Du hast es ihr erzählt?«

»Das brauchte ich nicht. Sie hat es erraten.«

Wieder sah ich auf die Uhr. Die Zeiger verwirrten mich. Überhaupt war mir jedes Gefühl für die Zeit abhandengekommen.

»Aber was wird sie tun? Mein Gott, wenn sie es Julia erzählt?«

»Das wird sie nicht. Es war sogar das Erste, was sie sagte, dass Julia nichts erfahren dürfe.«

»Das hättest du mir auch schon früher sagen können.«

»Was hätte es geändert?«

»Nichts.«

»Eben. Das Problem, mein Freund, ist doch, dass das hier, diese Affäre – nennen wir es ruhig beim Namen – etwas bedeutet. Ich meine, wenn es bloß ein wenig Spaß am Strand gewesen wäre, ein Schlag ins Gesicht, ein Gelegenheitsbesuch im Bordell, würde es sich anders verhalten … Aber inzwischen denke ich bei dir an ganz komische Dinge. Beispielsweise möchte ich gerne mit dir tanzen. Verrückt, was?«

»Nein. Ich habe den gleichen Gedanken gehabt.«

»Aber nicht irgendeinen Tanz. Einen altmodischen Tanz. Einen Walzer.«

»Das wäre ein Anblick.«

»Zwei erwachsene Männer, die miteinander tanzen. Ich weiß, es ist lächerlich. Lächerlich – und doch ist die Vorstellung irgendwie berührend.«

»Edward, hast du so etwas schon häufiger erlebt?«

»Eigentlich … Aber wie soll man bei diesen Dingen schon eine klare Linie ziehen? Natürlich gab es die üblichen Spielereien im Internat. Und einmal, als ich meine Mutter besuchte, gab es Streit, und ich stürmte aus dem Haus, fuhr mit dem Zug nach San Francisco und ging in eine Bar. Obwohl ich noch minderjährig war, gab mir der Barkeeper etwas zu trinken. Ich machte Bekanntschaft mit einem betrunkenen Matrosen. Von ihm stammt die Narbe auf meinem Kinn.«

»Was ist passiert?«

»Nicht der Rede wert. Jedenfalls ist das auch schon alles. Die Summe meiner Erfahrungen mit Männern – bis heute. Und bei dir?«

»Ich? Überhaupt keine. Nie.«

»Du machst Witze?«

»Nein.«

»Nicht mal im College?«

»Wabash ist ein sehr anständiger Ort.«

»Aber es kam mir alles so natürlich vor.«

Ich antwortete nicht. Ich verspürte eine plötzliche Scham, die ich bislang nicht empfunden hatte.

Als es sich schließlich nicht länger aufschieben ließ, zahlten wir und brachen auf. Der Regen hatte aufgehört. Dunstschleier stiegen vom Bürgersteig auf. Schon bald ging die Rua Bernardino Costa in die Rua do Arsenal über, die berühmt ist für ihre vielen Stockfischläden. Entlang des Bürgersteigs hingen verkrümmte Fischstreifen an Haken. Sie sahen aus wie ausgetrocknete Schwämme und rochen nach Ammoniak. Im Bordell hatte ich mich schnell mit einem nassen Waschlappen zwischen den Beinen abgerieben, was mein Bruder George als »Nuttenwäsche« bezeichnete. Mein Oberkörper war von einem klebrigen Schweißfilm überzogen. Im Hotel wäre die erste Hürde, ins Bad zu gelangen, bevor Julia meinen Geruch aufschnappte.

Vor der Drehtür des Francfort gaben Edward und ich uns die Hand.

»Morgen?«, sagte er.

»Wo?«, sagte ich. »Wann?«

»Sagen wir um vier? Nein, halb vier. In der British Bar.«

Die Aussicht versetzte mir einen leisen Schauer. Ich nickte.

Er drehte sich um und ging in Richtung Elevador.

Als ich an der Rezeption vorbeikam, sah ich, dass unser Zimmerschlüssel am Haken hing.

»Ist meine Frau ausgegangen?«, fragte ich Senhor Costa.

»Sie ist um zwei gegangen«, antwortete er. »Eine englische Dame hat sie abgeholt.«

»Eine große Dame?«

»Eine sehr große.«

Ich bedankte mich und ging nach oben. In meiner Abwesenheit war das Zimmer aufgeräumt worden. Die Kissen waren aufgeschüttelt. Am merkwürdigsten aber war, dass kein einziges Kleidungsstück von Julia zu sehen war.

Konnte es sein, dass sie abgereist war? Mit allen ihren Sachen?

Nein. Auf dem Toilettentisch lag eine angefangene Patience, La Belle Lucie, bei der die Karten fächerförmig ausgelegt werden.

Sie musste mitten im Spiel gewesen sein, als Iris sie holen kam.

Ich zog mich aus, stopfte meine Kleidung in einen Koffer – ich würde sie später waschen lassen, ohne dass Julia etwas merkte – und schloss mich im Bad ein. Zu meiner großen Erleichterung war das Wasser heiß. Ein gräuliches Rinnsal lief über meine Arme und Beine.

Nachdem ich mich abgetrocknet hatte, zog ich saubere Shorts und ein Unterhemd an. Dann legte ich mich hin, auf die Tagesdecke, um mich zehn Minuten auszuruhen.

Um Mitternacht wurde ich vom Schlag der Kirchenglocken geweckt. Im Zimmer war es dunkel.

Kein Zeichen von Julia.

Ich kroch unter die Bettdecke und schlief wieder ein.

Um eins klopfte es an der Tür.

Ich ließ sie ein. Sie roch nach Zigaretten, Gin und einem fremden Parfüm.

»Entschuldige, dass ich so spät bin«, sagte sie. »Hast du dir Sorgen gemacht? Bestimmt hast du dir Sorgen gemacht.«

»Allerdings.«

»Ich wusste es. Iris sagte, es wäre nicht schlimm, aber ich wusste, dass du dir Sorgen machst.«

Sie küsste mich auf die Nase.

»Deine Frau«, sagte sie, »hatte einen phantastischen Tag.«

13

Über Nacht hatten sich unsere Rollen vertauscht. Zumindest aus Julias Sicht. Nicht ich, sie war es, die bis spät in der Nacht ausgegangen war; sie war es, die fremde Gerüche mit ins Bett brachte; und sie war es, die, wie sie sagte, »einiges zu erklären« hatte.

Und zwar ohne jeden Aufschub! Noch während sie sich wusch, hörte ich sie hinter der Badezimmertür reden, auch wenn ich kein Wort verstehen konnte. Als sie schließlich ins Bett schlüpfte, war es, als ob ein glühender Goldbarren, frisch aus dem Schmelzofen, sich gegen meinen Rücken presste. Sie glühte immer, meine Julia. Im Bett fühlte es sich an, als hätte man ein phantastisches, überhitztes winziges Wesen neben sich, einen dieser nackten Hunde, die in Mexiko als Wärmflaschen dienen. Bevor ich Edward begegnet war, hatte mich das erregt. Mit Julia zu schlafen war wie ein Fiebertraum, in dem ich immer größer und sie zu einem feurigen kleinen Däumelinchen wurde, deren Flehen ich nachgeben musste. Jetzt aber wollte ich sie fortstoßen. Bei ihrer Berührung brach mir der Schweiß aus. Ich fürchtete, in der Nacht um mich zu schlagen und ihr die Nase zu brechen oder mich im Schlaf auf sie zu wälzen und sie zu erdrücken.

»Oh, Pete, wie kann ich das nur wiedergutmachen?«, fragte sie am Morgen, als wir im Suiça auf unseren Kaffee warteten.

»Was wiedergutmachen?«, fragte ich.

»Dass ich mich in den letzten Wochen so unmöglich benommen habe. Immer genörgelt habe. Über die Zimmer und so weiter. Und dass ich gestern Nacht so lange fortgeblieben bin. … Hast du dir große Sorgen gemacht? Hast du mich deshalb nicht gefragt, wo ich gewesen bin?«

»Wenn du gewollt hättest, hättest du es mir wohl erzählt«, sagte ich und versuchte leicht gekränkt zu klingen.

Sie legte ihre Hände auf meine. »Ach, mein armer Schatz, wie gereizt du bist. Du musst dir wirklich sehr große Sorgen gemacht haben.«

Gereiztheit schien eine willkommene Maske, hinter der ich meine tatsächlichen Gefühle verbergen konnte. Ich zuckte mit den Schultern.

»Ich muss gestehen, dass deine Reaktion mein Herz rührt. Noch gestern habe ich zu Iris gesagt – und zwar allen Ernstes –, ›Iris‹, habe ich gesagt, ›so wie ich mich benommen habe, ist er vermutlich froh, wenn ich nicht da bin. Wahrscheinlich hofft er sogar, dass ich für immer gegangen bin.‹«

»Und was hat Iris gesagt?«

»Sie sagte, ich sei albern. Theatralisch. Und sie hatte recht. Eins muss man Iris lassen, sie nimmt kein Blatt vor den Mund. Sie stutzt dich zurecht, aber auf sanfte Art und Weise. Ohne dich zu verletzen.«

»Du meinst, ihre Ehrlichkeit ist erfrischend?«

»Nicht ganz. Es ist mehr die Art, wie sie die Dinge betrachtet, auf die man ohne ihren Anstoß nie kommen würde. Aber wenn man sie dann auf diese Weise betrachtet, bekommen sie einen neuen Sinn.«

»Und was hat sie Neues an dir entdeckt?«

»Nun, dass ich wütend auf meine Familie bin – und es die vielen Jahre über an dir ausgelassen habe. Was absurd ist und ungerecht, weil du mich ja aus den Fängen meiner Familie befreit hast. Wenn du nicht gewesen wärst, wer weiß, was aus mir geworden wäre. Und trotzdem habe ich mich so verhalten, als ob du immer alles für mich ändern könntest. Aber ich werde es wiedergutmachen, Pete. Das verspreche ich. Von heute an hast du eine andere Frau.«

Sie lehnte sich zurück, beinahe glückselig vor Zerknirschung. Manche Hunde werden unruhig, wenn man seine Stimme verstellt und mit einer Fistelstimme redet oder wie eine Katze miaut. Genauso ist es bei mir. Es verstört mich, wenn Leute anders klingen als sonst. Zynismus oder sogar offene Feindseligkeit war ich von Julia gewohnt. Ihre Aufrichtigkeit aber machte mich schaudern.

Danach erzählte sie mir die ganze Geschichte. Anscheinend hatte Iris sie im gleichen Moment überfallen, als ich aufgebrochen war, um den Wagen in Estoril abzuholen. Sie benutzte tatsächlich den Ausdruck »überfallen«. »Ich meine, ich war gerade dabei aufzuräumen und wollte mich anschließend ein wenig hinlegen, als plötzlich das Telefon klingelte und Senhor Costa mir mitteilte, dass eine Dame im Foyer auf mich warte. Ich ging nach unten, und da stand Iris. Sie sagte: ›Holen Sie Ihren Hut, wir machen einen Ausflug.‹ Ich fragte: ›Was für einen Ausflug?‹ Und sie sagte: ›Fragen Sie nicht, holen Sie nur Ihren Hut.‹ Also holte ich meinen Hut, und wir gingen auf die Straße, wo ein Wagen auf uns wartete. Sie hatte einen Wagen gemietet. Damit fuhren wir nach Sintra.

Pete, das ist die hübscheste Stadt der Welt! Wie ein italienisches Dorf auf einem Hügel, nur grüner. Weniger steinig und streng. Und dann die Luft! Man schmeckt geradezu, wie rein sie ist. Die Aussicht ist atemberaubend, und es gibt ein altes Hotel – Byron hat dort gewohnt – und einen Palast. Wir haben Tee getrunken, draußen in einem wunderschönen Garten mit Kletterrosen, und himmlischen Käsekuchen gegessen, eine lokale Spezialität. Und wir haben geredet. Über Paris und New York und unsere Kindheit und dich und Edward. Ich habe ihr von unserer Fahrt von Paris hierher erzählt, und dann hat sie mir gehörig die Leviten gelesen und gesagt, was auch immer wir durchgemacht hätten, andere Leute seien viel schlimmer dran, Leute, die zu keinem Staat gehören und keine Heimat haben, im Gegensatz zu ihnen hätten wir immerhin unsere Pässe.«

»Aber genau das habe ich doch kürzlich beim Abendessen gesagt. Und da bist du über mich hergefallen.«

»Ich weiß. Vermutlich – das gebe ich zu –, weil es von dir kam. Aber dieses Mal, vielleicht weil ich mit Iris allein war und sie mir auseinandersetzte, wie abscheulich ich gewesen war, konnte ich es nachvollziehen.«

»Diese Frau vollbringt Wunder.«

»Mach dich nicht lustig über sie. Sie ist keine Heilige. Vielmehr bin ich eine unbelehrbare Närrin. Und wenn man bedenkt, was sie alles durchmachen musste! So jung verwaist, und dann diese Tragödie mit dem Kind.«

»Oh ja, das Kind.«

»Weißt du, es bricht ihr das Herz, dass sie ihre Tochter nicht selbst aufziehen konnte. Besonders weil sie wohl so ein reizendes Mädchen ist. Absolut entzückend. Aber eben … kein Funken Verstand. ›Ein leeres Blatt‹, hat Iris gesagt. Es war schon spät, und ich meinte, ich müsse nach Hause, weil du dir sonst Sorgen machst, aber sie sagte, letzten Endes seiest du froh, mich unabhängiger zu sehen, und in Portugal blieben die Leute ohnehin lange auf, wozu die Eile? Also sahen wir uns die Stadt an, und während wir durch die Straßen liefen … Bitte, Pete, versprich mir, dass du nicht wütend wirst.«

»Was denn?«

»Versprich mir einfach nur, dass du nicht die Beherrschung verlierst. Wenn du erst darüber nachgedacht hast, wirst du sehen …«

»Worum in Gottes Namen geht es?«

Sie holte tief Luft. »Ich habe ein Haus gemietet.«

»Ein Haus?«

»In Sintra. Pete, es ist wunderschön! Wir haben es ganz zufällig entdeckt. Da war ein efeuüberwachsenes Tor und daneben ein Schild mit der Aufschrift ZU VERMIETEN. Wir sind stehen geblieben, und ich habe verträumt durch das Tor geschaut, und Iris sagte: ›Warum klingeln wir nicht einfach?‹ Und ich sagte: ›Pete wird mich umbringen.‹ Und Iris sagte: ›Fragen kostet nichts.‹ Also haben wir geklingelt, und die Hausverwalterin hat uns eingelassen. Die Besitzer sind Engländer. Sie sind gerade in London, der Mann hat dort irgendeinen Job, der etwas mit dem Krieg zu tun hat, und sie vermieten das Haus monatsweise. Nur bis der Krieg zu Ende ist, verstehst du. Die Nachbarin hat uns alles gezeigt, eine Portugiesin, sehr kultiviert, sie sprach fließend Französisch. Pete, es ist einfach superb! Der Architekt ist irgendeine Berühmtheit. Ich habe den Namen vergessen. Iris weiß ihn bestimmt. Er hat nicht nur das Haus, sondern auch das gesamte Mobiliar entworfen. Jedes einzelne Möbel. Von Hand gefertigt. Wunderschöne Stücke, in Eiche und Leder, ohne jeden Schnickschnack, Jean wäre begeistert. Ich habe nach dem Preis gefragt, und, Pete, es war so billig, dass ich es spontan angemietet habe.«

»Was soll das heißen, du hast es gemietet?«

»Genau das. Ich habe es gemietet.«

»Sag nicht, du hast bereits eine Anzahlung gemacht.«

»Nur für den ersten Monat, mehr hatte ich nicht dabei. Ich habe gesagt, heute Nachmittag …«

»Hast du irgendetwas unterschrieben?«

»Nur eine Empfangsquittung.«

»Keinen Mietvertrag?«

»Nein, keinen Mietvertrag.«

»Bist du dir sicher?«

»Natürlich, ich weiß doch, was ein Mietvertrag ist. Was denkst du denn von mir?«

»Komm. Gehen wir.« Ich warf einige Münzen auf den Tisch.

»Warum? Wo willst du hin?«

»Unser Geld zurückholen.«

»Aber ich will mein Geld nicht zurück. … Pete! Du tust mir weh! Ach, ich wusste, dass du so reagierst. Ich wusste es. Iris sagte, du würdest dich überzeugen lassen, aber ich sagte … Warte! Wo gehen wir hin? Pete, bitte!«

Ich ließ nicht locker. Ich schleifte sie praktisch zum Cais do Sodré. Nach ein paar Minuten gab sie den Widerstand auf, obwohl sie hin und wieder einen Laut ausstieß – halb Husten, halb Jammern – und so tat, als wäre sie außer Atem.

»Pete, wenn du mir zuhören würdest …«

Wir hatten den Wagen erreicht. »Na los, steig ein.«

»Nein! Ich steig nicht ein.«

Sie stieg ein.

»Pete! Du hast kein Recht dazu. Um nichts in der Welt. Du hörst mir nicht zu. … Du lässt mich nicht einmal ausreden. Ich bin keine Idiotin. Ich habe alles genau durchdacht.«

»Du meinst, Iris hat alles für dich durchdacht?«

»Nein, meine ich nicht. Ich habe einen eigenen Willen, auch wenn du das anscheinend vergessen hast. Wir haben ausführlich mit der Nachbarin gesprochen, und sie ist überzeugt, Portugal sei der perfekte Ort, um das Ende des Kriegs abzuwarten, es sei nur noch eine Sache von wenigen Monaten, wie sie aus verlässlichen Quellen weiß. Der Besitzer des Hauses hat es ihr gesagt. Er kennt Churchill.«

»Herr im Himmel!«

»Wie?«

»Julia, begreifst du denn nicht, dass diese Leute dich reinlegen wollen? Dass sie dir bloß erzählen, was du hören möchtest?«

»Es geht nicht darum, was ich hören möchte, es geht darum, was du hören möchtest. Aus irgendeinem Grund willst du mir einfach nicht zuhören. Langsamer! Du fährst wie ein Wahnsinniger. Du bist derjenige, der kategorisch jede Möglichkeit ausschließt, dass wir …«

»Welche Möglichkeit? Warst du in letzter Zeit beim amerikanischen Konsulat? Wenn Portugal ein solches Paradies ist, warum harren dann die Leute stundenlang in der brennenden Sonne aus, in der Hoffnung, ein Visum zu bekommen?«

»Ja, aber es gibt auch andere. Die Nachbarin war im Begriff, das Haus an einen Rumänen zu vermieten, als ich vorbeikam. Deshalb musste ich mich so schnell entscheiden.«

»Und das hast du ihr abgenommen?«

»Natürlich habe ich ihr das abgenommen. Warum sollte ich nicht?«

»Aber das ist der älteste Trick überhaupt! Irgendeinen Käufer zu erfinden, um den Interessenten unter Druck zu setzen.«

»Rede keinen Unsinn. Sie ist kein Autoverkäufer.«

»Vielen Dank.«

»So habe ich es nicht gemeint. Ich meine, warum sollte sie mich anlügen?«

»Und, ist dieser angebliche Rumäne Jude?«

»Das weiß ich nicht. Ich habe nicht gefragt.«

»Weil du Jüdin bist, falls du das vergessen hast.«

»Ich bin auch Amerikanerin. Und Iris hat mich darauf hingewiesen, dass wenn man Amerikaner oder Brite ist ...«

»Und will Iris in Portugal bleiben? Mietet sie ein Haus in Sintra?«

»Nein, macht sie nicht. Aber nur wegen der Bücher. Pete! Fahr langsamer. Fast hättest du die Frau überfahren.«

»Also gut, wir machen jetzt Folgendes. Wenn wir in Sintra sind, steigst du aus dem Wagen ...«

»Ich werde nicht aussteigen.«

»Du steigst aus dem Wagen, und du setzt dein schönstes Lächeln auf, und dann erzählst du dieser ominösen Nachbarin in deinem schönsten Französisch, dass du einen Fehler gemacht hast und dein Geld zurückhaben willst.«

»Das werde ich nicht tun.«

»Und ob.«

»Mach du es, wenn du so wild entschlossen bist. Frag du sie.«

»Ich habe ihr das Geld nicht gegeben.«

»Ist mir egal. Ist mir völlig egal. Genauso gut könnte ich aus dem fahrenden Wagen springen. Oder ich stelle mich an den Straßenrand, damit du mich überfahren kannst. Das willst du doch, oder? Dass ich tot bin. Nun, dein Wunsch wird sich bald erfüllen, das verspreche ich dir.«

»Wenn ich das wollte, würde ich dich einfach hier zurücklassen, denn genau das wird passieren, wenn du hierbleibst. Du wirst den sicheren Tod finden. Oder Schlimmeres.«

Julia stöhnte. Mit Tränen in den Augen und zerzaustem Haar lehnte sie den Kopf gegen die Scheibe. Und auf der anderen Seite des Fensters ... welche Pracht! Inzwischen hatten wir Lissabon verlassen und fuhren über eine ansteigende, sich windende Straße durch eine Hügellandschaft. Olivenhaine, Obstgärten, ein kleines Mädchen in einem leuchtenden Kleid, das einen Blumenkorb trug, zwischendurch immer wieder kurze Ausblicke auf den Atlantik, die Türme von Estoril, eine Villa, auf deren Veranda eine Familie beim Essen saß. Und dann der Gedanke, dass gar nicht so weit entfernt ganze Städte in Trümmern lagen. Doch wenn man diese Leute auf ihren Veranden sah, erschien einem der Krieg so entfernt wie die Vorstellung von Winter, Ohrenschützern und Gummischuhen. Wie konnte ich es Julia da verübeln, dass sie hierbleiben wollte?

Dann erreichten wir Sintra. An die Stadt selbst habe ich nur vage Erinnerungen, denn inzwischen war mein Zorn in eine Art Euphorie umgeschlagen. Mir war beinahe schwindelig, als hätte ich zu viel Kaffee auf leeren Magen getrunken. Ich weiß noch, dass Sintra mich an die vielen von uns bereisten Orte erinnerte, an denen die Reichen die Sommermonate verbringen. Die Oberflächen hatten den gleichen Glanz. Die meisten Wagen waren neu und hatten polnische oder belgische Kennzeichen.

»Dieses Haus. Wo liegt es?«

»Da drüben, links«, sagte Julia tonlos.

Ich hielt an. Das Tor war mit Efeu überwuchert, genau wie sie es beschrieben hatte. Daneben war eine Steinmauer. Und dahinter ein Garten mit Zitronenbäumen.

Instinktiv nahm sie einen Spiegel aus ihrer Handtasche, zog den Lippenstift nach und ordnete ihr Haar.

»Pete«, sagte sie, als ich ihr die Tür aufhielt.

»Nein«, sagte ich.

Sie insistierte nicht weiter. Sie folgte mir zum Tor und blieb hinter mir stehen, als ich klingelte.

Die Hausverwalterin öffnete. Sie lächelte Julia zu.

Es folgte eine Unterhaltung in drei Sprachen, an deren Ende die Nachbarin herbeigeholt wurde. Sie war eine imposante Erscheinung wie Margaret Dumont aus den Filmen der Marx Brothers, inklusive einem Kleid mit Straußenfedern.

»Enchantée«, sagte sie und streckte die bloßen fleischigen Arme aus, deren Haut ein wenig in der Luft zitterte.

Bevor ich antworten konnte, wurden wir durch das Tor zum Haus geführt.

»Ihr Haus«, sagte Margaret Dumont.

»Nein«, sagte ich.

»Wie bitte?« Sie zwinkerte mich durch ihren Kneifer an.

Ich drehte mich zu Julia, die erschrocken zurückwich. So deutlich ich konnte, erklärte ich, dass meine Frau voreilig gehandelt hatte, ohne meine Zustimmung. Wir könnten nicht in Portugal bleiben. Wir müssten nach Amerika zurückkehren. »À notre patrie.« Wenn die Dame deshalb freundlicherweise unsere Anzahlung zurückzahlen würde.

»Wie bitte?«, sagte sie erneut. »Qu'est-ce que vous dites?« Nicht so, als ob sie nicht verstanden hätte; eher so, als weigerte sie sich, das Gesagte zu akzeptieren, so wie ein Ladenbesitzer keine angestoßenen Bananen akzeptiert.

Ich wiederholte meinen Satz.

»Mais ce n'est pas possible«, sagte sie. »Votre maison …«

»Ce n'est pas notre maison.«

»Votre maison.«

»Ce n'est pas notre maison.«

Aber was sollte sie Monsieur in England sagen? Sie hatte ihm bereits telegrafiert.

Dass wir uns anders entschieden hätten.

Aber wenn die Dame, meine Frau, nicht so hartnäckig gewesen wäre, hätte sie das Haus an den Rumänen vermieten können. Jetzt war es dazu zu spät. Er hatte ein anderes Haus gemietet.

»Das ist nicht mein Problem.«

»Aber sie hat eine Empfangsbestätigung unterschrieben.«

»Eine Empfangsbestätigung ist gesetzlich nicht bindend.«

»Sind Sie Anwalt, Monsieur?«

Ich starrte sie an. Sie starrte mich an. Ich versuchte bedrohlich zu wirken. Sie blickte mir furchtlos in die Augen. Diese Frau war unerbittlich, in ihrer Rüstung aus Straußenfedern. Ja, mehr noch: Sie hatte recht. Es ist immer unangenehm, wenn jemand eine Vereinbarung über den Haufen wirft. Ich an ihrer Stelle wäre jedenfalls nervös gewesen wegen des Eigentümers in England. Auch ich hätte an meine Kommission gedacht.

Ich schäme mich nicht dafür, einen Großteil meines Lebens Verkäufer gewesen zu sein. Gerade deshalb kann ich guten Gewissens den Irrtum widerlegen, Verkäufer seien geborene Betrüger. Um als Verkäufer erfolgreich zu sein, muss man nicht nur von dem angebotenen Produkt, sondern auch von der eigenen Aufrichtigkeit überzeugt sein. Jede Pose ist eine Tortur. Dennoch blieb mir nichts anderes übrig. Die infrage stehende Geldsumme war zwar nicht groß, aber sie war auch nicht unerheblich. Anders als Edward und Iris konnten wir nicht einfach darauf verzichten. Zudem schien es mir unerlässlich, Julia eine Lektion zu erteilen. Sie musste lernen, den

Tatsachen ins Auge zu sehen. Es ging nicht mehr darum, wie sie sich selbst sah. Es ging darum, wie die anderen sie sahen.

Und so standen die Frau und ich im Garten, während Julia und die Hausverwalterin uns wie Bienen umschwärmten. Mehrere Minuten vergingen. Die Frage war, wer von uns zuerst blinzeln würde. Zweifellos sah sie, dass es Julia nicht gut ging. Trotzdem hatte sie das Recht auf ihrer Seite.

Dann schlugen zweimal von irgendwo Kirchenglocken. Einmal mehr hatte ich das Zeitgefühl verloren. Um halb drei war ich mit Edward verabredet.

Gegen meinen Willen schielte ich nach unten, nicht auf meine Uhr, bloß in ihre Richtung. Und in diesem Augenblick war das Spiel verloren. Ich wusste es, genau wie die Frau mit den Straußenfedern. Ich sah es an der Art, wie sie ihre Schultern entspannte und sich ein Lächeln erlaubte. Jetzt hatte sie es in der Hand. Sie konnte großzügig sein oder auch nicht, nachsichtig oder auch nicht, ganz wie sie wollte.

»Voulez-vous du café?«, fragte sie.

»Ja, gerne«, sagte Julia.

Eine Stunde später brachen wir auf, mit einem Drittel unseres Geldes.

»Ich bin völlig geschafft«, sagte Julia, als wir in den Wagen stiegen.

Ich sagte nichts. Wir fuhren über die sich windenden Straßen zurück. Dieses Mal wusste ich, dass ich zu schnell fuhr. Und wie immer, wenn man es eilig hat, stellten sich uns alle möglichen Hindernisse in den Weg. Zuerst wurde ich von einem Pferdewagen aufgehalten. Dann, als der Pferdewagen endlich abgebogen war, hatten wir einen Bus vor uns. Schließlich kamen wir genau in dem Moment an einen Bahnübergang, als sich die Schranken senkten. Die Frage war nicht mehr, ob ich zu spät kam, sondern wie spät ich sein würde. Und würde Edward auf mich warten? Ich wusste es nicht. Vielleicht würde er warten. Vielleicht würde er nach fünfzehn Minuten gehen.

Um vier Uhr erreichten wir den Cais do Sodré. Edwards Parkgötter schienen mir immer noch gnädig zu sein, denn ich fand in wenigen Minuten einen Parkplatz.

»Ich muss mir ein wenig die Beine vertreten«, sagte ich vor dem Francfort zu Julia. »Ich bin gleich zurück.«

Sie protestierte nicht. Sie glitt in die Drehtür und schien für einen Augenblick vervielfacht und zerstückelt, als hätte sie das Glas absorbiert. Ich hastete zur British Bar, in deren schummrigen Tiefen – direkt unter der berühmten Uhr – Iris auf mich wartete.

14

»Sie sind vermutlich überrascht, mich zu sehen.«
»Weniger überrascht, als Sie vielleicht denken.«
»Nun, Sie brauchen sich keine Sorgen zu machen. Ich bleibe nicht lange. Edward wird mich gleich ablösen.«
»Er weiß, dass Sie hier sind?«
»Mein Mann und ich haben keine Geheimnisse voreinander. Bitte, setzen Sie sich. Ich brauche nur ein paar Minuten.«
Ich setzte mich. »Eigentlich bin ich froh, Sie hier anzutreffen«, sagte ich. »Dann kann ich Sie fragen, wieso in aller Welt Sie Julia zu einer Anzahlung auf das Haus überredet haben.«
»Überredet? Ich habe nichts dergleichen getan.«
»Aber Sie haben auch nicht versucht, sie davon abzuhalten.«
»Warum auch? Es gibt keinen Grund, warum sie nicht in Portugal bleiben sollte, wenn sie das möchte.«
»Ganz im Gegenteil, es gibt einen sehr guten Grund. Hier ist es zu gefährlich.«
»Wo ist es schon sicher? Zahllose Leute haben in den vergangenen Jahren ebenso viele Antworten darauf gefunden – und sehen Sie nur, wohin es sie gebracht hat?«
»Dennoch bleiben *Sie* nicht.«

»Sie verstehen sicher, Mr Winters, wenn ich sage, dass es meines Erachtens weder in meinem noch in Julias Interesse ist, wenn Sie und mein Mann auf demselben Kontinent verbleiben.«

»Ich verstehe. Sie sind also bereit, Julia über die Klinge springen zu lassen?«

»Wie können Sie *mir* vorwerfen, dass ich Julia über die Klinge springen lasse? Sie sind derjenige, der sie zielstrebig in den Abgrund treibt. Muss ich noch deutlicher werden? Also gut. Sie und Edward haben ein Verhältnis. Ich kann damit leben. Julia könnte es nicht.«

»Muss sie es denn herausfinden?«

»Ganz genau. Sie darf es nicht herausfinden. Unter keinen Umständen. Natürlich wäre das Risiko geringer, wenn Sie in Portugal blieben. Aber Sie haben diese Möglichkeit ausgeschlossen, und deshalb werden wir vermutlich in etwa einer Woche zu viert nach New York reisen. Sind das nicht großartige Aussichten? Zweifellos werden wir jeden Abend am selben Tisch sitzen. Und nach dem Essen werden Sie und Edward aufstehen und – auf welche Lüge sollen wir uns einigen? – eine Zigarre rauchen? Das alte gesellschaftliche Ritual, dass die Herren und Damen eine Weile unter sich sind? Oder wären Ihnen die Nachmittage lieber? Zum Tee.«

»Bitte! Nicht so laut.«

»Ach, Sie haben Angst, dass andere davon erfahren? Gut. Das sollten Sie auch.«

Sie drehte sich zur Seite und zündete sich eine Zigarette an. Ihre Hände zitterten. Sie wirkte auf eine gewisse Art glanzvoll, aristokratisch und unbeholfen, mit ihrem krummen Rücken, dem zerzausten Haar und dem langen weißen Hals, wie geschaffen für die Guillotine.

»Ich weiß, was Sie denken«, fuhr sie fort. »Sie denken, ich verbiete Ihnen jeden weiteren Kontakt zu Edward. Aber das tue ich nicht. Ich bin nicht dumm. Ich kenne meine Grenzen. Ich will Ihnen stattdessen einen aus meiner Sicht vernünftigen Vorschlag machen. Sie können mit Edward tun und lassen, was Sie wollen, und ich sehe weg, solange Julia nichts davon erfährt.«

»Warum sind Sie plötzlich so besorgt um Julia?«

»Weil sie verletzlich ist.«

»Und Sie sind es nicht?«

Sie blinzelte. »Es mag Sie schockieren, aber ich kenne meinen Mann besser als jeder andere. Glauben Sie mir, nichts von alldem kommt für mich überraschend.«

»Ich nehme an, Sie beziehen sich damit auf Ihre Vereinbarung.«

»So nennt er das? Sehr witzig.« Sie beugte sich so weit über den Tisch, dass ich ihr Parfum riechen konnte, der gleiche Duft, den Julia gestern Abend mit ins Hotel gebracht hatte. »Mr Winters – Pete –, hören Sie mir zu. Sie haben keine Ahnung, nicht die geringste Ahnung, worauf Sie sich da einlassen.«

»Ach ja?«

»Nein, ganz und gar nicht. Wenn Sie eine Frau wären, würde ich Ihnen das Gleiche sagen. Oder wenn Sie ich wären, ich vor zwanzig Jahren. Edward ist krank … Ich weiß, er wirkt charmant und kauzig und clever. Aber das ist bloß ein Schutzschild. Und ja, vielleicht habe ich alles nur noch schlimmer gemacht, indem ich ihm so viele Male zur Seite gesprungen bin und Dinge hingenommen habe, die keine vernünftige Frau toleriert hätte … Ich weiß nicht, was er Ihnen über die Männer erzählt hat. Es stimmt, ich habe mit ihnen geschlafen. Aber nicht, wie er offenbar glaubt, weil ich es wollte, sondern weil *er* es wollte. Was nicht heißen soll, dass es nicht Situationen gab, in denen ich dachte, Iris, warum sollst du nicht auch deinen Spaß haben. Du hast es verdient. Es gab sogar einmal jemanden, der fest entschlossen war, seine Frau zu verlassen, wenn ich mich von Edward getrennt hätte. Heute frage ich mich, ob es nicht besser gewesen wäre.«

»Warum haben Sie es nicht getan?«

Sie beugte sich über den Tisch. »Ist Ihnen schon einmal aufgefallen, dass wenn wir zu viert unterwegs sind und der Bürgersteig zu schmal ist, um zu zweit nebeneinander zu laufen, dass ich dann immer hinter Edward gehe? Und wissen Sie auch, warum? Wenn ich vor ihm ginge und mich dann umdrehen würde, könnte er plötzlich verschwunden sein. Hätten Sie das gedacht? Ich liebe ihn. Ich kann den Gedanken nicht ertragen, ihn zu verlieren, ganz egal, was es mich kostet. Ich bin nicht, was ich scheine. Ich bin nicht unbezwingbar. Ich bin schwach. Beschämend schwach. Was Julia für Sie empfindet, empfinde ich für Edward.«

»Julia! Ich bin für Julia immer nur eine Enttäuschung gewesen.«

»Es wäre so viel einfacher für Sie, wenn das wahr wäre.«

»Ich verstehe, Sie meinen Ihre Ansprache von gestern. Julia fand sie ausgesprochen anregend. Eine beeindruckende Leistung.«

»Sie tun ja so, als wäre ich ein Hypnotiseur. Ich wünschte, ich hätte solche Kräfte!«

»Nun, was immer Sie gemacht haben, es hat nicht lange gewirkt. Inzwischen hasst sie mich wieder.«

»Seien Sie nicht dumm. Wenn eine gewisse Art Frau – und ich zähle Julia und mich zu dieser Kategorie –, wenn eine solche Frau einen Mann liebt, wird sie alles – wirklich alles – tun, um ihn zu halten. Julia ist sich dessen genauso bewusst wie ich. Deshalb will sie auch unbedingt mit Ihnen in Portugal bleiben. Weil sie weiß, dass ihre Chancen hier größer sind als in New York. Auch wenn sie nicht erkennt, *warum*.«

»Und Sie? Wollen Sie mir sagen, das war der einzige Grund, warum Sie mit allen diesen Männern geschlafen haben? Um Edward zu halten?«

»Ich habe mit ihnen geschlafen, allerdings. So wie ich auch mit Ihnen geschlafen hätte. Damit er anschließend Ihren Geruch an meinem Körper und in den Laken gerochen hätte. Und ich seine sehr detaillierten Fragen beantwortet hätte. Und er dann mit meinem Nachthemd im Bad verschwunden wäre und … Sehen Sie mich nicht so schockiert an. Sie haben kein Recht dazu. Nicht nachdem, was Sie getan haben. Ich hatte mich auf den Abend vorbereitet, an dem Sie mit ihm in Estoril waren – und ich meine das genau so, wie Sie jetzt denken. Nur, dass dann passierte, was ich immer schon erwartet hatte, von dem ich wusste, dass es irgendwann passieren würde. Überraschend war nur, dass Sie es waren. Ich hatte immer geglaubt, er würde einem jungen Mann erliegen, einem umwerfend attraktiven jungen Kerl … Nun, die Geschmäcker sind verschieden.«

»Vielen Dank.«

»Ich meine das nicht abschätzig. In gewisser Weise bin ich sogar froh. Sie werden ihn weniger schnell um den Verstand bringen als ein jüngerer Mann. Für mich ist die ganze Geschichte sogar eine Art Erlösung. Denn zumindest liegt jetzt alles offen. Was Sie und Julia angeht – ehrlich gesagt, ich hielte es für weitaus besser, wenn Sie hierblieben. Sich von uns fernhielten. Wir sind Gift. Aber ich fürchte, dazu ist es jetzt zu spät.«

»Wenn Sie wissen möchten, ob ich immer noch beabsichtige, mit meiner Frau nach New York zurückzureisen, so lautet die Antwort, ja. Selbst wenn sie sich mit Händen und Füßen dagegen wehren sollte.«

»Dann bleibt mir nur noch eins zu sagen. Kommen Sie nicht auf die Idee, Edward könnte mich verlassen. Das wird er nicht tun. Sie können ihn selber fragen.« Sie packte ihre Sachen zusammen. »Ich denke, ich gehe jetzt lieber. Er wartet auf der anderen Straßenseite. Er wird gleich kommen.«

»Und was, wenn Julia etwas erfährt? Nicht von mir, sondern von jemand anderem?«

»Mit den Konsequenzen werden Sie leben müssen.«

Ich sah hoch zu der seltsamen Uhr. Iris stand auf. »Sie denken vermutlich, das hier hätte mir Freude gemacht. Oder zumindest eine Art primitiver Genugtuung verschafft. Dem ist nicht so. Dieses Gespräch war äußerst unangenehm für mich.«

»Warum hat es dann stattgefunden?«

»Weil es Situationen gibt, in denen alle Alternativen schlecht sind. Dann muss man überlegen, welches die am wenigsten schlechte ist.«

»Zum Beispiel, nach Hause zu fahren.«

»Zum Beispiel.«

Ich versuchte zu lachen. Sie gab sich keine Blöße. Wie prachtvoll sie in diesem Moment aussah! Edward hatte recht. Sie ähnelte der *Madonna mit dem langen Hals*. Iris hatte tatsächlich etwas von einem manieristischen Gemälde, einen gebieterischen, aber auch grotesken Zug, als hätte man ihren Körper auf der Folterbank bis zum Zerreißen gestreckt: Und nun bezeugten die Pracht ihrer langgezogenen Gliedmaßen, der sinnliche Bogen ihres Halses die Unteilbarkeit von Leiden und Anmut.

Kurz nachdem sie gegangen war, erschien Edward mit Daisy.

»Alles in Ordnung?«, fragte er.

»Bei *mir* schon«, sagte ich. »Wie ist es mit dir?«

Er setzte sich. »Was soll ich sagen, Pete? So kommt es nun einmal, wenn man sich mit Leuten wie mir einlässt. Leuten, die keine Vorsicht kennen. Wenn du mich nie wiedersehen willst, kann ich das verstehen.«

»Und was willst *du*?«

»Ich bin nicht in der Position, irgendetwas zu wollen.«

»Schön. Gehen wir.«

»Wohin?«

»Du weißt, wohin.«

Er bestellte nicht einmal mehr ein Bier. Wir traten hinaus in die schmerzende Grelle des Mittags. Begleitet von Daisy, gingen wir Richtung Rua do Alecrim, zu dem eisernen Treppenaufgang und der Tür ohne Namensschild.

NIRGENDWO

15

Eines Nachmittags – ich glaube, es war etwa in der Mitte unserer Zeit in Lissabon – machten Edward und ich eine Fahrt mit dem Elevador da Bica. Dieser Aufzug, falls Sie es nicht wissen, ist eigentlich eine Standseilbahn mit nur einem Wagen, der aus drei Kabinen, gestaffelt wie die Stufen einer Tretleiter, besteht. In dieser Woche waren Edward und ich ständig auf der Suche nach Orten, an denen wir ungestört sein konnten, und sei es nur für einige Minuten. Und da die Fahrt mit dem Elevador da Bica billig war und man leicht ein Abteil für sich bekam, wurde er zu einem unserer Schlupfwinkel. So weit ich mich erinnere, haben wir uns während der kurzen Fahrten nie berührt. Denn darum ging es nicht. Vielmehr ging es darum, nur einen Moment lang Luft zu atmen, die wir nicht mit anderen teilen mussten.

Ich habe nie viel für Seilbahnen übrig gehabt. Der Grund dafür dürfte das angeborene Misstrauen des Autoverkäufers gegenüber allen Fahrzeugen sein, die einer festen Spur folgen und damit die von uns so geschätzte Freiheit der Straße verleugnen. Und ist die Seilbahn, verglichen mit Zügen, Straßenbahnen und sonstigen Schienenfahrzeugen, nicht eine bucklige Monstrosität und in ihrer Existenz fest an jäh ansteigende Gleise gebunden, die sie niemals verlassen kann? Edward sagte immer, der Elevador da Bica erinnere ihn an Sisyphos, der seinen Felsen den Berg hinaufwälzt. Für mich hatte er mehr etwas von einem schwächlichen Greis, der an einer eisernen Lunge hängt. Heute scheint mir, dass auch die Ehe eine Art Seilbahn ist, die gewöhnlich nur dann funktioniert, wenn einer der beiden Partner die Kontrolle übernimmt und gleichzeitig für den Antrieb sorgt. Die Fahrt bergan ist, trotz der damit verbundenen Anstrengung, nichts verglichen mit der Fahrt bergab, bei der permanent die Gefahr des freien Falls besteht. Jeder Radfahrer kann bestätigen, dass die Abfahrt weitaus gefährlicher ist als der Aufstieg.

Jedenfalls – und heute erscheint es mir durchaus angemessen – erzählte Edward mir während der Fahrt mit dem Elevador da Bica, dass Iris römisch-katholischen Glaubens sei. »Ich vermute, ihre ganze Kindheit war davon bestimmt«, sagte er, als sich der Wagen in Bewegung setzte. »Die Nonnen legten ihr ständig kleinere Bußen auf. Und kaum hatte sie ihre Gebete verrichtet, beging sie auch schon wieder eine neue Sünde. Und immer so weiter.«

»Ist sie heute noch aktiv gläubig?«

»Nicht mehr. Sie hat sich davon losgesagt, als sie mich heiratete. Zumindest von den Glaubenssätzen, wenn auch nicht von den Schrecken. Die lassen sich viel schwerer abschütteln.«

Seit Jahren war Iris nicht mehr zur Beichte gegangen, dennoch verzeichnete sie alle ihre Verfehlungen in einer Art spirituellem Haushaltsbuch und versuchte sie durch Akte der Buße auszugleichen. Als ihre schlimmste Sünde betrachtete sie den Stolz, der insofern eine Ausnahme unter den Sünden darstellt, als er in der säkularen Welt als Tugend gilt. Stolz auf die eigene

Arbeit, Stolz auf den persönlichen Erfolg … Das ist doch positiv, oder? Und Iris war stolz auf ihre Arbeit und auf ihren Erfolg, vor allem war sie stolz, dass sie die Seilbahn so viele Jahre vor dem Absturz bewahrt hatte. Tatsächlich gab es nur eine Sache, auf die sie nicht stolz war, und das war die Liebe zu ihrem Mann. Ihre Maßlosigkeit beschämte sie. Deshalb hasste sie mich auch so sehr. Denn bevor sie mich kennenlernte, hatte sie sich in diesem Punkt nie eine Blöße gegeben, nicht einmal in den bittersten Momenten, in den dunkelsten Nächten ihrer Seele, wenn sie den von Edward geschickten Liebhaber entlassen hatte und mit dem Gesicht zur Wand dachte: »Wenn ich doch nur eine Mutter hätte …« Sie konnte sich nämlich nicht vorstellen, sich irgendeinem Menschen außer ihrer Mutter anzuvertrauen. Und jetzt hatte sie sich mir anvertraut, ihrem ärgsten Feind.

Wohlgemerkt, sie handelte nicht blindlings. Sie war eine geübte Kartenspielerin. Sie wusste, dass man bei einem schwachen Blatt immer so tun muss, als hätte man lauter Asse auf der Hand. Und das Blatt in ihrer Hand war außerordentlich schwach. Welche Karten hatte sie schon? Gewohnheit – die Gewohnheit einer langen Ehe. Loyalität – zumindest die Hoffnung darauf. Eine Tochter im Exil. Einen altersschwachen Hund. Und das waren die guten Karten.

Sie prüfte ihr Blatt und stellte eine Berechnung an. Sie würde Edward am ehesten halten können, wenn sie die Affäre kontrollierte, und nicht, indem sie sie verbot. Um die Affäre zu kontrollieren, musste sie mich manipulieren. Und um mich zu manipulieren, musste sie mich davon überzeugen, dass Julia zu einem Häufchen Asche zerfallen würde, wenn sie auch nur den leisesten Hauch von Edwards Geruch an meiner Kleidung wahrnahm. Dabei kam ihr der Zufall zu Hilfe.

Unsere Unterhaltung in der British Bar fand unmittelbar im Anschluss an die furchtbare Episode in Sintra statt, genauer gesagt, wenige Minuten, nachdem ich Julia allein durch die Drehtür des Francfort hatte gehen lassen. Während also Iris auf mich einredete, sah ich meine Frau nicht so, wie ich sie kennengelernt hatte – das jüngste Kind, dem der Eigensinn ins Gesicht geschrieben stand –, sondern so, wie ich sie zuletzt erlebt hatte, zerbrechlich und fiebrig einen gläsernen Fluss durchschreitend, den Styx überquerend.

Das war es auch schon. Iris sah, dass sie ihr Ziel erreicht hatte, und verließ die British Bar. Niemals wieder würden Edward und ich allein sein. Wohin wir auch gingen, Iris wäre bei uns, und, durch sie, der Geist Julias, ein bloßes Häufchen Asche. Aber sah Iris auch, dass sie für meine Einwilligung einen höheren Preis zahlte, als nötig gewesen wäre? Sie hatte mir lediglich das Ausmaß ihres Stolzes zeigen wollen. Aber stattdessen war sie schwach geworden und hatte mir das Ausmaß ihrer Leidenschaft offenbart. Verglichen damit, wäre mit mir zu schlafen bedeutungslos gewesen.

Ich sehe sie die Rua do Arsenal entlanggehen, wie bei einer Prozession (für Iris ein treffendes Bild). Sie wendet sich kein einziges Mal um. Sie folgt der Rua do Ouro, vorbei am Elevador de Santa Justa, geht über den Rossio zum Francfort Hotel, wo der Portier, als sie die Treppe hinaufgeht, denkt: Eine richtige englische Lady ... Sie schließt die Tür hinter sich – und erst jetzt, in dem unerträglichen Zimmer, wo man entweder vor Hitze erstickte oder einem der Gestank von draußen den Atem nahm, fällt der schwere Panzer von ihr ab, den sie schützend um ihr Herz gelegt hat. Denn jetzt war sie völlig allein. Nicht einmal Daisy leistete ihr Gesellschaft. Im letzten Moment hatte sie nicht widerstehen können, Edward eine Bedingung aufzuerlegen: Wenn er sich mit mir träfe, müsse er Daisy mitnehmen. Sie hoffte wohl, Daisy werde sich als Hindernis erweisen und uns die Suche nach einem Zimmer erschweren. Tatsächlich beraubte sie sich damit der einzigen Kreatur, deren Gesellschaft ihr in diesen furchtbaren Stunden hätte Trost spenden können.

Wahrscheinlich fühlte sie sich in ihre Kindheit zurückversetzt. Noch einmal machte sie die Überfahrt von Malaysia nach England; noch einmal wurde sie den kalten, unbefleckten Händen der Nonnen übergeben; noch einmal starrte sie die Auffahrt zum Haus ihrer Furcht einflößenden Verwandten entlang. Vermutlich hat sie damals ihre Vorliebe für Bußübungen entdeckt, denn selbst im größten Elend braucht man etwas, um sich abzulenken. Auf jeden Fall war es eine gute Übung für das, was noch kommen sollte.

Sie begegnete ihm in Cambridge, auf einem der Frühlingsbälle oder wie immer diese Veranstaltungen dort heißen. Er war seit acht Monaten in England und studierte Philosophie bei G. E. Moore. Offenbar galt Moore als Koryphäe, und Edwards Berufung in den Kreis seiner Schüler, die wohl auf einige Aufsätze aus Heidelberger Studientagen zurückging, war eine große Auszeichnung.

Nun, Edward forderte Iris zum Tanz auf, aber sie war zunächst misstrauisch. Sie hatte sich nie in irgendeiner Weise als hübsch empfunden. Besser gesagt, ihre Verwandten hatten alles daran gesetzt, ihr jegliches Selbstvertrauen zu nehmen. Mit einundzwanzig würde Iris eine große Geldsumme erben, und sie wussten, dass ihre Chancen, dieses Vermögen zu verwalten, durch eine Heirat zunichte gemacht würden. Deshalb schärften sie ihr bei jeder Gelegenheit ein, dass sie nicht hübsch sei und jedem Mann, der auch nur das geringste Interesse an ihr zeigte, mit Misstrauen begegnen müsse, eine Strategie, die vielleicht aufgegangen wäre, wenn Edward nicht so vollkommen arglos gewirkt hätte – was er auch war – und sie nicht mit der *Madonna mit dem langen Hals* verglichen hätte. Bis dahin hatte sie ihre Größe immer als größte Demütigung empfunden, und jetzt machte er daraus ihren größten Vorzug. Natürlich standen ihr noch viel schlimmere Demütigungen bevor.

Soweit ich weiß, war das erste Jahr ihrer Ehe ein recht glückliches. Sie lebten in Cambridge in einer winzigen Wohnung, einem ziemlichen Loch, das sie ein- oder zweimal am Tag verließen, um forschen Schritts durch die Parks zu spazieren. Ein Fremder hätte sie vielleicht nicht für ein attraktives, aber doch für ein interessantes Paar gehalten – so groß sie waren, so weit schritten sie aus. Und sie konnten miteinander reden. In einer Ehe ist das keine Kleinigkeit. Julia und ich konnten nicht miteinander reden – und rückblickend sehe ich, wie viel wir entbehren mussten. Iris, die keine Bildung genossen hatte, beeindruckte Edward dennoch durch ihre Klugheit. Nur wenige Menschen jenseits der erlesenen Zirkel von Cambridge konnten mit seinen Arbeiten etwas anfangen – aber sie gehörte dazu. Sie hielt ihm auch nicht die Anstrengungen vor, die sie ihn kosteten. Denn Edward neigte zu einem gewissen Fanatismus, besonders im Hinblick auf die ersten Entwürfe und Seiten, mit denen er unzufrieden war. Zuerst zerriss er die Blätter, verbrannte dann die Schnipsel im Kamin und vergrub die Asche schließlich im Garten hinter dem Haus. Iris verfolgte das alles mit einer Art erotischem Entzücken. Was sie jedoch nicht ertragen konnte, war sein regelmäßiges Verschwinden. Manchmal verschwand er im übertragenen Sinne (es gab Tage, an denen er praktisch kein Wort mit ihr redete), manchmal tatsächlich (er ging für einen Spaziergang aus dem Haus und kam erst am nächsten Nachmittag wieder). In einigen Fällen folgte eine Erklärung (das plötzliche Bedürfnis, den Parthenon-Fries im British Museum zu betrachten), in anderen nicht. Und wie sehr Iris unter den langen Stunden seiner Abwesenheit litt! Es war, sagte sie, als ob sich die Erde unter ihren Füßen auftäte und sie jeden Moment in den Abgrund gerissen würde. Bis er zurückkehrte und sie wieder festen Boden spürte. Alles das wäre erträglich gewesen, wenn er ihr irgendein Zeichen der Warnung gegeben hätte. Aber das geschah nie. Denn Edward war ungeachtet seiner breiten Schultern ein launenhafter Mensch. Manchmal, wenn man die Hand nach ihm ausstreckte, bekam man ihn zu fassen. Aber manchmal griff man bloß nach der Spiegelung einer Spiegelung in einer Drehtür.

Vielleicht verstehen Sie jetzt, warum er nicht lange in Cambridge blieb. Selbst an diesem Hort unorthodoxer Geister gab es verbindliche Regeln. Zugegeben, aus Sicht eines Amerikaners waren es höchst merkwürdige Regeln, von denen die meisten mit festen Mahlzeiten zu tun hatten, zu denen man erscheinen musste. Nachwuchswissenschaftler fielen besonders schnell in Ungnade, wenn sie diesen Anlässen fernblieben, nicht weil das Kollegium ihre Gesellschaft so sehr schätzte, sondern weil es gegen die Tradition verstieß. War man obendrein Ausländer, machte das die Sache nur noch schlimmer. Dann handelte es sich um eine nationale Ehrverletzung.

Wie auch immer, Edward fehlte wiederholt beim Nachmittagstee und beim Abendessen und bekam vom Rektor seines College eine schriftliche Rüge erteilt. Es war nicht mehr als eine Verwarnung, aber Edward nahm den Vorfall todernst und warf alles hin.

Meiner Meinung nach bestand das Problem darin, dass er nie einen richtigen Job gehabt hatte – und deshalb auch nie richtig gefeuert worden war. Gefeuert zu werden ist eine prägende Erfahrung, die jeder Mann lieber früher als später gemacht haben sollte, wenn er es zu etwas bringen will. Denn solange er sie nicht gemacht hat, wird er der Illusion anhängen, Arbeitgeber seien genauso nachsichtig wie Mütter. Sein Leben lang hatte man Edward gesagt, er sei ein Genie, und ihn entsprechend verhätschelt; deshalb verstand er auch nicht, dass dort, wo es um das Selbstverständnis einer großen Institution geht, die Launen eines einzelnen kleinen Wissenschaftlers keine Rolle spielen. Und dass man manchmal ein Exempel statuieren muss.

Und so geschah es. Weit davon entfernt, Edward von seinem Entschluss abzubringen, nahm der Rektor sein Rücktrittsgesuch kühl entgegen. Wie die meisten Schläge, steckte Edward auch diesen ein, ohne mit der Wimper zu zucken. Iris war diejenige, die in Panik geriet. Wer wollte es ihr übel nehmen? Innerhalb eines Tages hatte sich ihre Zukunft als charmante Frau eines geschätzten Professors in Luft aufgelöst. Natürlich hatte sie gewusst, dass Edward unberechenbar sein konnte. Was sie aber nicht geahnt hatte, war, dass er seine Launen so weit treiben würde. Dennoch hielt sie zu ihm. Sie sah keine Alternative.

Als Nächstes mussten sie entscheiden, wo sie sich niederlassen würden. Sie hatte ihre Erbschaft angetreten, Geld war also nicht das Problem. Edward sagte, er wolle nach New York zu seiner Großtante, die er so sehr mochte. In ihrer Obhut glaubte er das Buch beenden zu können, das seine Dissertation werden sollte. Während der Überfahrt war sie schwanger geworden.

Ach, das Kind! Das war der entscheidende Schlag. Julia erzählte mir, Iris habe Fotos des Mädchens in ihrer Handtasche gehabt. Sie war sehr hübsch, und ihr entzückender Kopf war, wie Iris sagte, so hohl wie eine Porzellanvase. Iris traute sich kaum, sie zu halten, aus Angst, sie könnte ihr aus lauter Ungeschicklichkeit entgleiten und in tausend Stücke zerspringen. Edward hingegen vergötterte seine Tochter ohne ein Gefühl von Mitleid oder Schuld. Er redete stundenlang mit ihr, unbeirrt davon, dass sie nie auch nur einen Schimmer von Verständnis zeigte. Oder er spielte mit ihr, warf sie in die Luft und fing sie mit beiden Armen auf. Der Anblick des ausgelassenen Spiels beschämte seine Frau. Sie fühlte sich brüskiert und zurückgestoßen. War ihm denn nicht bewusst, dass die Geburt des Kindes sie beinahe das Leben gekostet hatte? Ja, mehr noch, seit das Kind da war, hatte er nicht ein Wort an seinem Buch geschrieben. Als Iris den Plan fasste, das Mädchen in einem Heim unterzubringen – in jenen Tagen kein besonders ungewöhnlicher Gedanke –, meinte sie, Edward damit einen Gefallen zu tun. Ihr Fehler war, dass sie ihm keine Möglichkeit gab, nein zu sagen.

Dann kam die legendäre Reise nach Kalifornien – und während sie durch den Mittleren Westen rollten, hatte die arme Iris nicht die leiseste Ahnung, dass sie soeben das besiegelt hatte, was vor Gericht die Entfremdung des Ehepartners heißt. Es war nicht ausschließlich ihr Fehler. Ich glaube nicht, dass Edward ihr jemals mitteilte, wie sehr er ihre Entscheidung, das Kind wegzugeben, ablehnte. Ich glaube noch nicht einmal, dass er es sich selbst eingestand.

So landete das Mädchen in einer grauenhaften staatlichen Pflegeanstalt, deren einziger Vorteil war, dass sie nur wenige Autostunden entfernt vom Haus von Edwards Mutter lag, die schon nach wenigen Tagen den weisen Entschluss fasste, es dort herauszuholen. Was sie Gott sei Dank auch tat. Seine Mutter – dem Vernehmen nach eine seltsame Frau, die Séancen veranstaltete und sich für übersinnliche Phänomene interessierte – war der einzige Lichtblick in dieser finsteren Angelegenheit. Wäre sie nicht gewesen, das Mädchen hätte den Rest seiner Tage im Heim verbracht. Stattdessen wuchs sie unter Theosophen auf, die in ihr eine Art stumme Wahrsagerin sahen, durch die sie Kontakt mit ihren Meistern aufzunehmen hofften. Zweifellos ein besseres Leben als das, zu dem der Staat Kalifornien sie verurteilt hätte, und vermutlich auch besser als ein Leben mit ihren Eltern.

Danach gab Edward sein Buch auf, zusammen mit seiner Tochter und dem sexuellen Teil seiner Ehe – Letzteres ein zweischneidiges Schwert für Iris, deren Furcht vor einem zweiten behinderten Kind noch größer war als die Furcht, ihren Mann an eine andere Frau zu verlieren, wenn auch nur um ein Haar.

Sie gingen nach Frankreich und begannen ihr Vagabundenleben – die Zeit, in der Daisy die Korridore der Erste-Klasse-Hotels rauf und runter flitzte –, nicht weil sie das Umherziehen besonders schätzten, sondern weil sie beide nicht für ein sesshaftes Leben gemacht waren. Wie Edward bemerkt hatte, fühlte Iris sich nirgends zu Hause, während Edward die Angewohnheit hatte, sich völlig in einen Ort zu vernarren, bis seine Schwärmerei sich in Überdruss verwandelte, der Überdruss in Depression und er zuletzt das erlitt, was Iris eine »Episode« nannte. Die Episode mit den sechs Champagnerflaschen. Die Episode mit den verwechselten Tabletten. Die Episode mit den Eisenbahngleisen. Die Episode mit dem Balkon im fünften Stock. Und schließlich, ungefähr im vierten Jahr ihres Aufenthalts im verlorenen Märchenland, dem Europa der Goldenen Zwanziger, die Episode mit Alec Tyndall.

Also denn, Alec Tyndall – in Edwards Darstellung war er lediglich eine Nebenfigur, der zufällige Auslöser für die unerwartete Karriere von Xavier Legrand wie auch für die »Vereinbarung«, Iris nachts fremde Männer aufs Zimmer zu schicken. Ich vermute allerdings, dass er eine weitaus bedeutsamere Rolle spielte. Vor Alec Tyndall hatte Edward nicht gewusst, dass er auch einen Mann lieben konnte.

Wer aber wollte sagen, warum ausgerechnet Alec Tyndall ihm die Augen öffnete? Ich kann es nicht, denn ich bin ihm nie begegnet. Vermutlich war er für alle anderen außer für Edward nichts Besonderes; ein verheirateter Geschäftsmann in seinen Dreißigern, so unscheinbar wie ... nun ja, wie ich.

Und vielleicht war genau das sein Reiz. Iris hatte mir in der British Bar erzählt, sie habe geglaubt, irgendein überirdisch schöner Jüngling werde Edward verführen. In Wahrheit aber konnte kein noch so bezaubernder Jüngling Edward verführen. Edward war immun gegenüber schönen Jünglingen. Nicht gefeit hingegen war er vor den unbeholfenen Berührungen eines durchschnittlichen, mit lauter Makeln behafteten Mannes.

Wie auch immer, für Iris war Tyndall der Beginn ihres Exils in der Wüste, die Zeit der Versuchungen und Prüfungen. Als sie ihm in jener Nacht die Tür öffnete, wollte sie zuerst ihren Augen nicht trauen. Doch dann begann seine Lüsternheit auf eine furchtbare Art Sinn zu machen. Denn in derselben Woche hatte Edward eine seiner Episoden gehabt, die mit einem geliehenen Revolver zu tun hatte. Jetzt glaubte sie zu wissen, warum.

Und deshalb ließ sie Tyndall in ihr Bett – weil sie Edward liebte. Aber dennoch, was genau heißt das, dass sie Edward liebte? Ich meine, wenn man einen Tropfen dieser lebenswichtigen Flüssigkeit unter einem Mikroskop betrachtete, was sähe man?

Ich glaube, in Iris' Fall sähe man vor allem Angst: Angst davor, die Erde könnte sich unter ihren Füßen auftun, Angst vor Edwards – und damit vor ihrer eigenen – Niederlage. Sie glaubte, ihn so zu lieben, wie eine Heilige Gott liebt. Aber ist die Liebe der Heiligen nicht eine Monstrosität? Die heilige Agatha mit den abgeschnittenen Brüsten auf einem Tablett, die heilige Lucia mit ihren Augen auf einem Tablett ... Wohin sie sich auch wandte, überall wurde sie von kleinen rotschwänzigen Teufeln mit spitzen Gabeln bedrängt. Sie wussten genau, wo sie am verletzlichsten war: in ihrem Stolz. Die Vermutung liegt nahe, sie wollten Iris in Tyndalls Bett treiben. Weit gefehlt! Sie versuchten, sie davon fernzuhalten. Welch ein Martyrium, ihrem Flehen zu widerstehen und stattdessen die Demütigungen des Fleisches zu erdulden – ihres eigenen Fleisches –, die ihre Liebe zu Edward verlangte. Selbst Mrs Tyndall schien sich nicht daran zu stören. Man befand sich schließlich im Frankreich des Jahres 1927. Untreue war geradezu Pflicht. Indem sie mit Tyndall schlief, betrog Iris niemanden außer sich selbst.

Aber kehren wir zu Edward zurück. Ich habe die Episode mit dem geliehenen Revolver erwähnt. Aber ich habe nicht gesagt, von wem er ihn geliehen hatte, nämlich von einem jovialen, angetrunkenen älteren englischen Herrn, der zufällig auch zugegen war, als Edward sich den Revolver an die Schläfe hielt, und ihn dazu bewegen konnte, den Revolver wieder aus der Hand zu legen. Vielleicht war dieser englische Herr sogar der vernünftigste Mensch, der ihnen je begegnen würde, denn nachdem die Krise abgewendet war, nahm er Iris zur Seite und sagte: »Ihr Mann ist sehr verwirrt. Ich an Ihrer

Stelle würde einen Arzt aufsuchen.« Sie war empört über diesen Rat, nicht nur, weil sie sich vor dem Urteil eines Arztes fürchtete, oder weil sie den alten Mann für unverschämt hielt, sondern weil er durch seine Unterstellung, Edward sei »krank«, das Genie ihres Mannes verkannte, das für sie den Umstand, dass er sich einen Revolver an die Schläfe gehalten hatte, nicht nur hinreichend erklärte, sondern sogar entschuldigte. Natürlich wäre es auf lange Sicht besser gewesen, wenn sie dem Rat des englischen Herrn gefolgt wäre. Zumindest hätte es ihr einige Zeit erspart. Stattdessen ging sie auf ihr Zimmer und begann zu packen. Drei Stunden später verließen sie das Hotel – der erste von vielen überstürzten Aufbrüchen in den frühen Morgenstunden, zu denen Iris Edward drängte, als könnten sie durch die Flucht in ein anderes Hotel, an einen anderen Strand oder in eine andere Stadt Edwards Probleme zurücklassen. Aber sie folgten ihnen überallhin.

Danach wurde alles noch schlimmer. In dem neuen Hotel weigerte sich Edward, das Bett zu verlassen. Das erschwerte den Zimmermädchen die Arbeit. Die Mädchen begannen zu reden, was wiederum unter den Gästen zu Spekulationen führte, ob die seltsamen Amerikaner in 314 möglicherweise mit gewissen Gerüchten in Zusammenhang standen, die seit kurzem – wie durch Brieftauben von der Küste weiter im Norden überbracht – die Runde machten.

Iris jedenfalls nahm diese Gerüchte ernster als den Zustand ihres Mannes. Jetzt wollte er selbst einen Arzt sprechen. Mit jedem Tag, sagte er, versinke er tiefer im »Morast der Verzweiflung« – ein Ausdruck, den sie nicht einordnen konnte, dessen metaphorischer Reichtum ihr aber als Beweis für die Spannkraft seines Geistes und seine große Gelehrsamkeit diente und ihr die nötige Entschuldigung gab, sein Leiden zu ignorieren.

Ihre Vorstellung von psychischen Krankheiten war, selbst für damalige Verhältnisse, primitiv – eine weitere Folge ihrer katholischen Erziehung. Sie beharrte darauf, dass Edward keinen Arzt, sondern frische Luft, gesunde Ernährung und viel Sonne brauchte, was sie dadurch bekräftigte, dass sie die Vorhänge weit aufriss, worauf Edward laut aufstöhnte. Sie blieb die meiste Zeit bei ihm im Zimmer, bis sie eines Nachmittags der Kauf gewisser Utensilien, die zu intim waren, um sie einem Diener anzuvertrauen, zu einem kurzen Ausflug in die Stadt zwang. Ein Fehler, wie sich herausstellte. Kaum hatte sie Edward allein gelassen, rief er den Hotelmanager an und fragte nach einem Arzt. Er sagte, es handle sich um einen Notfall. Als Iris zurückkehrte, hing ein Schild mit der Aufschrift NE PAS DÉRANGER an der Türklinke, und zwei ältere Frauen standen wartend bei den Aufzügen. Sie wussten nicht, dass sie seine Frau war, und erklärten ihr, der Amerikaner in 314 habe »eine Art Zusammenbruch« erlitten.

»Unfug«, erwiderte Iris. »Mein Mann ist erkältet. Deshalb hütet er seit einigen Tagen das Bett.« Dann schob sie sich an den beiden Frauen vorbei und ging auf ihr Zimmer, das neben seinem lag. Daisy lag wimmernd vor der Verbindungstür. Sie drückte den Hund an ihre Brust und wartete, auf das Schlimmste gefasst, während sie bereits die Abreise plante und sich Gedanken über ihr nächstes Ziel machte.

Zwanzig Minuten später öffnete sich die Tür. Der Arzt kam in ihr Zimmer. »Sind Sie Mrs Freleng?«, fragte er.

Sie nickte.

»Nun, ich habe ihren Mann untersucht«, sagte er. »Es ist alles in Ordnung mit ihm, er leidet lediglich unter einer leichten Nervenschwäche. Eine Allerweltskrankheit, die man hier bei Tausenden findet.«

Sie wollte gerade antworten, dass ihr Mann ganz bestimmt kein Allerweltsfall sei, als Edward selbst in der Tür erschien. Zu ihrer Verblüffung war er angekleidet. Er schien ausgesprochen zufrieden, sowohl mit der Diagnose des Arztes als auch mit der empfohlenen Behandlung: ein einmonatiger Aufenthalt in einem jener Sanatorien, für die die Schweizer ebenso berühmt sind wie für ihre nahezu unbegrenzte Fähigkeit, aus menschlichem Elend und menschlicher Gier Kapital zu schlagen. Auf diese Reaktion war Iris ganz und gar nicht vorbereitet. Sie hatte es stets für selbstverständlich gehalten, dass Edward einmalig und außergewöhnlich war, und sollte er krank werden, es sich nur um eine einmalige und außergewöhnliche Krankheit handeln konnte. Die Tatsache, dass Edward sich darüber zu freuen schien, ein neurotischer Müßiggänger zu sein, machte sie sprachlos. Sie war, wie es so schön heißt, vollkommen baff.

Am nächsten Tag brachen sie zum Sanatorium in der Schweiz auf, wo Edward sich als Musterpatient erwies, der widerstandslos jede Anweisung der Schwestern befolgte, wie beliebig sie auch sein mochte. Und das war derselbe Mann, der nur wenige Jahre vorher lieber seine Stelle in Cambridge aufgegeben hatte, als sich der Tradition des Nachmittagstees zu beugen.

Nun, vielleicht wird deutlich, worauf ich hinauswill. Ich glaube, im Grunde seines Herzens war Edward ein ziemlich gewöhnlicher Mensch. Die Triebe, die ihn lenkten und quälten, waren gewöhnliche Triebe. Er schätzte die Diagnose des Arztes aus dem gleichen Grund, aus dem Iris sie verachtete. Sie gewährte ihm die Aufnahme in die Gemeinschaft der durchschnittlichen Männer, selbst wenn sie bestätigte, was er immer schon vermutet hatte, nämlich, dass er kein Genie war.

Er war kein bedeutender Mann. Sein Verstand war scharfsinnig genug, die eigenen Grenzen zu erkennen, nicht, sie zu überschreiten. Das mag auch erklären, warum er sich von Alec Tyndall und mir angezogen fühlte und warum er eine so große Zuneigung für seine Tochter empfand – weil wir von ihm nicht verlangten, etwas Besonderes zu sein.

Edward verbrachte geschlagene drei Monate in dem Sanatorium. Als treue Gattin quartierte sich Iris für die gesamte Zeit ein paar Häuser weiter in einem Hotel ein. Jeden Tag ging sie ihn mit Daisy besuchen. Er nahm sie mit in den Garten, wo Daisy am Edelweiß oder was sonst in einem Schweizer Garten wächst schnupperte. Das *maison de repos* machte seinem Namen alle Ehre, indem dort großer Wert auf Ruhe gelegt wurde. Die Patienten mussten etwa zwölf Stunden am Tag ruhen, was Edward sehr zupass kam, genau wie die Mahlzeiten, die so üppig und reichhaltig wie in einem Kinderhort waren: reichlich Butter und Sahne und Paniermehl, aber kein Fisch mit Gräten, keine Innereien und keine blutigen Steaks. Was nicht heißen soll, dass er keine Behandlung erhielt. Es gab einen hauseigenen Psychiater, mit dem Edward jeden Tag redete. Die meiste Zeit erzählte er von Cambridge und wie er, nach seinem Rücktritt, eine innere Ruhe gespürt habe, wie er sie nie zuvor gekannt hatte. Endlich war er befreit gewesen von allen Launen menschlichen Strebens. Und doch lauerte hinter dem Horizont dieser großen Erleichterung eine große Ungewissheit. Was sollte er mit dem Rest seines Lebens anfangen?

Bei allen Vorbehalten gegenüber der Schweiz muss ich doch zugestehen, dass das Sanatorium Edward und Iris sehr viel Gutes tat. Unter anderem verdankten sie ihm Xavier Legrand. Genau wie ihre Tochter wurde der Schriftsteller unterwegs gezeugt, auf der Fahrt von Montreux nach Genf, glaube ich, als sie wieder nach Frankreich zurückkehrten. Zunächst war Monsieur Legrand ein bloßer Zeitvertreib, was sie dazu bewog, ihrer Figur den gleichen Lebensinhalt zu geben. Gelangweilt vom Rentnerdasein, widmete er sich der Schriftstellerei so wie andere Pensionäre der Aquarellmalerei. Natürlich gab die Tatsache, dass Tyndall Edward die Idee in den Kopf gesetzt hatte, dem ganzen Unternehmen für Iris einen leicht anrüchigen Charakter. Dennoch machte sie dabei mit, einmal, weil Edwards Psychiater glaubte, das Schreiben täte ihm gut, und weil sie zu ihrer eigenen Überraschung entdeckte, dass sie Spaß am Erfinden von Fällen hatte. In Lissabon hatte Edward beteuert, dass ihm nie viel an den Romanen gelegen war, dass sie allein »Iris' Kind« seien und ihm dabei allenfalls die Rolle des besseren Sekretärs zufiele. Ich bezweifele das allerdings, denn seine Handschrift ist überall zu erkennen. Und natürlich gab ihm der erste Roman die notwendige Entschuldigung, um mit Alec Tyndall, dem er sein Entstehen verdankte und dem er gewidmet war, in Kontakt zu bleiben.

Unter diesen höchst ungewöhnlichen Umständen begann Xavier Legrands unvorhergesehene Karriere. Zu gegebener Zeit erschien der erste Roman. Dem Exemplar, das er Tyndall schickte, legte Edward eine Notiz mit der Bitte bei, das Spiel mitzuspielen und das Geheimnis um Monsieur Legrands Identität für sich zu behalten. Tyndall antwortete, dies mit dem größten Vergnügen zu tun. Er bat Edward und Iris lediglich darum, wenn sie das nächste Mal in England seien, ihm und Muriel zu Ehren eine Flasche Champagner zu köpfen. Aber natürlich kehrten sie nie mehr nach England zurück. Der offizielle Grund war Daisy.

Das war ihr Leben, viele Jahre lang. Sie schrieben Romane, Daisy rannte die Korridore der Erste-Klasse-Hotels rauf und runter, und ein- oder zweimal im Jahr hatte Edward eine Episode, der ein erneuter Aufenthalt im Sanatorium folgte. Zunehmend waren diese Episoden mit Männern verbunden – nach Alec Tyndall kamen ein Grieche, dann ein Österreicher und anschließend ein Argentinier –, und jede Episode war für Iris neu und brachte neue Qualen, da das Verhalten von Männern auf erotischem Gebiet unberechenbar ist. Der eine schlug Edward mit der Faust ins Gesicht, ein anderer verliebte sich unsterblich in Iris, und ein dritter eilte, nachdem er mit ihr geschlafen hatte, reumütig zu seiner Frau zurück. Zweimal glaubte sie, schwanger zu sein. Lange zuvor hatte sie den Verzicht auf körperliche Nähe mit Edward akzeptiert, in jenem Geist reumütiger Buße, der die Entbehrung selbst zu einer Art Genuss macht. Dennoch wäre ihr verglichen mit dem, was Edward von ihr verlangte, sogar ein Leben ganz ohne Sex höchst willkommen gewesen.

Ehrlich gesagt, weiß ich nicht, warum sie es so lange ertragen hat, ganz zu schweigen davon, warum er sie dazu zwang, wo es viel einfacher und vernünftiger gewesen wäre, sich selbst nach Männern umzusehen, die mit ihm ins Bett wollten. Eigentlich hatte er keine Ausrede. Er war in Cambridge gewesen und ausreichend mit Krafft-Ebing und Havelock Ellis vertraut, um zu wissen, wie weit verbreitet seine Neigungen waren. Inzwischen bin ich davon überzeugt, Iris hatte ebenso unrecht anzunehmen, Edward habe durch sie nur seine eigenen Triebe befriedigen wollen, wie Edwards Behauptung unredlich war, die Männer als eine Art Entschädigung zu ihr geschickt zu haben. Er schickte sie zu seiner eigenen Befriedigung zu ihr – und um Iris' Duldsamkeit zu testen. Er tat es, um sie zu bestrafen und zu belohnen, sie an sich zu binden und fortzustoßen. Und ist es denn wirklich so ungewöhnlich, aus gemischten oder sogar widersprüchlichen Motiven zu handeln? Wäre Iris nicht gewesen, erzählte Edward mir später, hätte er sich vermutlich am selben Tag, an dem er seine Entlassung in Cambridge einreichte, umgebracht. Tatsächlich verdankte er sein Leben seither einzig ihrer Weigerung aufzugeben. Er trieb sie an die Grenze des menschlich Erträglichen, aber sie gab nicht auf, sondern zwang ihn dazu weiterzuleben, indem sie ihm Lebenswillen einflößte, so wie man einst den inhaftierten Suffragetten Brei eingeflößt hatte. Und er war ihr dankbar, wie der Patient dem Arzt dankbar ist, der sein Leben rettet, und verachtete sie zugleich, wie der Gefangene seinen Wärter verachtet.

Auf diese Weise verbrachten sie die folgenden achtzehn Jahre. Insgeheim fürchtete sich Iris vor dem Zeitpunkt, an dem Edward sich nicht mehr mit Worten und Gerüchen zufrieden geben würde und er dem anderen Mann mit ihr im Bett zusehen wollte oder (Gott bewahre) zu ihnen ins Bett wollte. Aber das geschah nie. Sie wurden älter, und die Zahl der Episoden nahm ab. Davon abgesehen, muss man sagen, führten sie ein relativ gesetztes Leben. Sie hatten das Schreiben von Romanen, mit dem sie ihre Zeit ausfüllten, einen Drahthaar-Foxterrier zu ihrer Unterhaltung und die Verbundenheit und das Einvernehmen, die der Segen der Ehe sind. In ruhigen Zeiten dachte Iris an die anderen Paare, die sie kannten. Sie alle hatten ihre dunklen Geheimnisse: Trunksucht, Spielsucht, Geldsorgen. Sie hörte sich die Geschichten an und dachte: Unsere Probleme sind nicht ärger als die der anderen. Aber dann schickte Edward ihr einen Mann, und sie dachte: Ich belüge mich selbst. Sie sind ärger.

Schließlich bezogen sie das Haus in der Gironde, wo Daisy wie ein Hund herumtollen konnte, solange es noch ging. Edward hatte den Vorschlag gemacht. Iris war zunächst irritiert gewesen. War dies die Falle eines weiteren Teufels, der um vieles verschlagener war als die Teufel, mit denen sie bisher zu tun gehabt hatte? Offenbar nicht, denn Edward blühte in der Gironde auf und widmete sich typisch männlichen Tätigkeiten. Er legte einen Gemüsegarten an und baute eines der Nebengebäude zu einem Studio um. Vormittags schrieben sie. Danach kehrten sie ins Haus zurück und aßen die Köstlichkeiten, die ihre Köchin Céleste für sie bereitet hatte. Anschließend ging Edward mit Daisy an den Strand, und Iris machte einen Mittagsschlaf. Welch ein wunderbares Gefühl, sich nachmittags auf dem Sofa ausstrecken zu können, ohne die Sorge, er könnte verschwinden oder drohen, sich vom Balkon zu stürzen. In der Gironde schien es ausgeschlossen, dass er verschwand, und sie hatten keinen Balkon. Zugegeben, es gab noch eine letzte Episode, der ein letzter Sanatoriumsaufenthalt folgte. Dennoch waren es im Großen und Ganzen unbeschwerte Jahre für sie beide, reich an einfachen, aber darum umso intensiver empfundenen Freuden und mit Problemen, die so unbedeutend waren, dass sie Freuden glichen.

Eines Vormittags beendeten sie vorzeitig ihre Arbeit und machten einen Spaziergang am Strand. Es war Winter, und der Wind trieb den Sand in kleinen Wirbeln über den Boden. Edward ließ Daisy von der Leine, die ausgelassen am Wasser entlanglief, in die Wellen sprang, sodass ihre zarten Pfoten nass wurden, schnupperte, ihr Territorium markierte und dem Ball hinterherjagte, den er für sie warf. Sie schnappte ihn, brachte ihn zurück, wollte ihn anschließend aber nicht loszulassen, was Edward sehr amüsierte. War ein Retriever nicht bloß ein lebender Bumerang, fragte er, eine Kreatur, deren Instinkt sie dazu verdammte, den Ball zu schnappen und zu apportieren? Ein Terrier dagegen war hartnäckig. Er war hin- und hergerissen, um den Ball zu kämpfen und ihn festzuhalten, oder ihn herauszugeben. Ein Terrier verstand etwas von der grausamen Zwickmühle des Lebens und den unmöglichen Entscheidungen, die es einem abverlangte: ein endloses Nachgeben, Festhalten und Feilschen.

Während Edward redete, zog Iris ihren Schal fester um den Hals. Der Wind wehte in ihrem Rücken und trieb sie vorwärts. Und dann tat Edward etwas, das er seit Jahren nicht mehr gemacht hatte: Er nahm ihre Hand.

Sie hütete sich, etwas zu sagen. Sie liefen weiter, bis Daisy mit dem Ball im Maul zurückkam. Erst da ließ Edward ihre Hand los – und in diesem Augenblick war es, als ob ein großes Verzeihen, größer als alles, was sie zu hoffen gewagt hatte, über sie beide käme.

Sechs Monate später kamen die Deutschen – und dann, in Lissabon, kam ich.

16

»Ich wünschte, wir wären in Bukarest«, sagte ich.

»Warum Bukarest?«, fragte Edward.

»Weil ich gelesen habe, dass man als Ausländer – das heißt, als Zivilist – dort für die Dauer des Krieges festhängt. Züge fahren nicht, und um ein Boot zu besteigen, müsste man nach Griechenland kommen.«

»Und was ist mit Iris und Julia?«

»Oh, die wären woanders. Wo es sicher ist. Da wären nur du und ich – und Daisy.«

»Bukarest? Ich weiß nicht, Pete. Nach allem, was ich gehört habe, soll es dort ziemlich trostlos sein. Vielleicht könnten wir außerhalb der Stadt leben. Gibt es in diesem Teil der Welt nicht noch Märchenwälder?«

»Und was würden wir den ganzen Tag über in einem Märchenwald anstellen?«

»Wir würden Bäume fällen und eine Hütte bauen. Im Winter würden wir nackt unter einem Bärenfell schlafen, vor dem offenen Kamin.«

»Und von Nüssen und Beeren leben?«

»Machst du Witze? Vergiss Nüsse und Beeren. Wir würden

tafeln wie die Fürsten. Wildschweinragout mit Pilzen, Löwenzahnsalat, gegrillte Forelle. Natürlich wäre ein See in der Nähe. Und wenn wir Heißhunger auf Fleisch hätten, könntest du ein Einhorn erlegen.«

»Das ist bestimmt verboten.«

»Glaub nicht alles, was du über Einhörner gelesen hast. Das sind bösartige Tiere. Bei der leisesten Möglichkeit spießt ein Einhorn dich auf und schleudert dich wie ein Spielzeug durch die Luft.«

»Hast du das gehört, Daisy? Leg dich nie mit Einhörnern an.«

»Daisy wird viel zu beschäftigt mit Eichhörnchen und Streifenhörnchen sein. Und nachmittags gehe ich mit ihr an den See, wo sie sich in Forellenkadavern wälzen kann. So vergehen die Tage.«

»Bis der Krieg zu Ende ist.«

»Warum wusste ich, dass du das sagen würdest? Du bist ein menschlicher Wecker. Immer denkst du an die Zeit.«

»Sie bleibt nicht stehen, wenn man sie ignoriert.«

»Aber sie vergeht auch nicht langsamer, wenn man ständig auf sie achtet.«

»Tut mir leid. So bin ich nun einmal.«

»Schon gut. Es gibt keinen Wald. Und kein Bukarest. Es ist halb sieben in Lissabon, und Edward und Pete sind um acht mit Julia und Iris verabredet.«

»Verdammt.«

»Kein Grund zu fluchen. Das wird lustig. Wir werden ordentlich auf den Putz hauen.«

»Ich glaube, ich werde es Julia sagen. Reinen Tisch machen.«

»Die Idee ist nie so gut, wie sie klingt. Ebenso gut könntest du das Einhorn bitten, dich aufzuspießen.«

»Weißt du, dass Julia und ich in der ganzen Zeit unserer Ehe nicht eine einzige Nacht getrennt voneinander verbracht haben?«

»Wie interessant. Überflüssig zu sagen, dass Iris und ich zahllose Nächte getrennt waren.«

»So habe ich das nicht gemeint. Ich meine, darum habe ich es nicht gesagt.«

»Ich weiß, warum du es gesagt hast. Es ist die Antwort auf deine eigene Frage. Warum du es ihr niemals sagen darfst – und es auch nicht tun wirst.«

17

Mit einem Mal hatten wir ein festes Programm. Für die Planung und Umsetzung war Iris zuständig. Jeden Tag gewährte sie Edward und mir vier Stunden zu zweit, so etwa zwischen vier und acht, in denen sie Ausflüge mit Julia machte, vermutlich, um sie von jedem Verdacht abzulenken. Um acht trafen wir uns alle im Suiça, um etwas zu trinken und zu essen und noch mehr zu trinken. Abgesehen davon, dass Edward Daisy mitnehmen musste, war dies die einzige Bedingung, die Iris stellte – niemals unser abendliches Treffen zu versäumen. Nun, wir hielten uns daran.

Ich muss sagen, unsere Frauen machten fleißigen Gebrauch von ihren Nachmittagen. Sie besuchten die Ausstellung, verfolgten die Landung des Clippers auf dem Fluss (»wie ein Wasserkäfer, der auf einem See landet«, sagte Julia) und tranken Martinis im Aviz, dem protzigsten Hotel in Lissabon, wo sie aus der Ferne Schiaparelli sahen.

Edward und ich dagegen ließen uns treiben. Wenn wir konnten, nahmen wir ein Zimmer im Bordell auf der Rua do Alecrim. Meistens jedoch waren alle Zimmer belegt, und wir streiften ziellos und missmutig durch die Stadt, ständig auf der

Suche nach einem Ort, wo wir allein sein konnten, was sich als nahezu unmöglich erwies, da Lissabon in diesem Sommer völlig überlaufen war. Heimlich Liebende verstehen besser als die meisten das Elend, private Dinge in der Öffentlichkeit tun zu müssen. Es ist, als versuchte man, sich auf einem Bürgersteig in der Mittagshitze in den letzten schmalen Streifen Schatten zu zwängen. Wenn uns keine andere Möglichkeit blieb, suchten wir Zuflucht in einer Männertoilette, die Hosen bis zu den Knöcheln heruntergelassen, während Edward Daisy wie eine Handtasche unter dem Arm geklemmt hielt. Oder wir machten eine Fahrt mit dem Buick, in der aussichtslosen Hoffnung, auf dem Land eine Stelle zu finden, an der wir nicht von einem vorbeifahrenden Bus oder Eselskarren gestört würden. Einmal fanden wir tatsächlich einen solchen Ort, in einem Pinienwäldchen wenige Meilen hinter Sintra. Nachdem wir aus dem Wagen gestiegen waren, zog Edward uns mit wenigen geübten Handgriffen die Kleider vom Leib, legte sich auf die Kühlerhaube und zog mich auf sich. Ach, die Stille jenes Nachmittags! Nicht das leiseste Geräusch war zu hören, nicht einmal Vogelgezwitscher. Das Einzige, was ich hörte, war das leise Quietschen von Autoreifen. Durch die Zweige der Bäume fielen einzelne Sonnenstrahlen, so stark, dass mein Rücken nachher feuerrot war. »Ich habe dir mein Brandzeichen aufgeprägt«, sagte Edward später, als er mir mit einem Eiswürfel die Haut kühlte.

In der letzten Stunde gerieten wir jedes Mal mit der Zeit in Verzug. »Beeilt euch, bitte, es ist höchste Zeit«, sagte die brennende Sonne, die vor dem Untergang stets am hellsten strahlt. Nie hatten wir die Möglichkeit, uns zu waschen. Wenn wir mit unseren Frauen im Suiça zusammentrafen, waren wir verschwitzt und immer zu spät. Sofern Julia dies merkwürdig vorkam, ließ sie sich nichts anmerken. Ich glaube, ihre Vorstellungen von dem, was Männer gemeinsam machten, waren beschränkt und gründeten auf Erinnerungen an ihre Brüder, die ruderten und boxten. Nun, vielleicht nahm sie an, wir würden rudern. Oder boxen.

Wenn wir den Rossio überquerten und das Suiça vor uns erblickten, hörten Edward und ich auf zu reden. Instinktiv rückten wir weiter auseinander. Dann entdeckte Daisy Iris und zerrte an der Leine, und Iris, der das Klingeln von Daisys Hundemarken so vertraut war wie Pawlows Hund das Klicken des Metronoms, winkte und rief: »Daisy! Daisy!« Mit zerzausten Haaren und vom Schweiß glänzenden Schwanenhals ruderte sie mit den Armen wie eine hysterische Operndiva. Während Julia, bleich und fahl, vollkommen reglos dasaß.

Sobald Edward und ich uns gesetzt hatten, folgte ein kurzer, furchtbarer Moment, wie wenn man mit dem Wagen an einem steilen Hang vor einer roten Ampel gestanden hat und gleichzeitig die Bremse loslassen und Gas geben muss. Ein paar hilflose Sekunden lang rollten die Räder rückwärts und der Asphalt schien unter uns hinwegzugleiten, bis der Motor gesellschaftlicher Konventionen wieder ansprang. Irgendwer fragte irgendwen, wie sein Tag gewesen sei. Iris hob Daisy auf ihren Schoß. Das Trinken half. Wir tranken eine Menge in Lissabon. Alle machten das. Denn die Räder rollten tatsächlich rückwärts, und der Asphalt glitt unter uns hinweg. Dennoch benahmen die Menschen sich so, dass man glauben konnte, es handle sich um eine Vergnügungsfahrt.

Eines Abends begegneten wir den Fischbeins. »Ah, die Amerikaner!«, sagte Monsieur Fischbein und hob zur Begrüßung sein Bierglas. »Wissen Sie, was ich in diesen Tagen gelernt habe? Der amerikanische Pass ist ein *Sesam-öffne-dich*. Wenn ich meinen Pass zeige, schließen sich alle Türen.«

Er lachte, und diesmal machte seine Frau, die an etwas strickte, das aussah wie eine Schlinge, keine Anstalten, sich für ihn zu schämen. Er erklärte weiter, dass, nachdem die Amerikaner ihren Visumsantrag abgelehnt hätten, sie es bei den Argentiniern, den Brasilianern, den Mexikanern und den Kubanern versucht hätten, bevor sie sich zuletzt an die Kambodschaner gewandt hätten, von denen man im Notfall ein Visum zu einem Preis bekommen könne, der sich nach der Nachfrage richte, »wie an der Börse«. Natürlich, fügte Monsieur Fischbein hinzu, sei ein solches Visum ohne jeden praktischen Wert. Sie seien nicht so naiv, sich vorzustellen, jemals nach Kambodscha zu gelangen. »Aber es sieht sehr hübsch aus« – er öffnete seinen Pass – »und ermöglicht uns immerhin, unsere Aufenthaltsgenehmigung für einen Monat verlängern zu lassen.«

»Und was ist in einem Monat?«, fragte Edward.

»Wer weiß schon, was in einem Monat ist. Dann haben wir vielleicht das Visum eines anderen Landes, in das wir niemals reisen können. Oder wir befinden uns in einem anderen Land. Oder wir sind tot.«

Ich glaube, es war der dritte oder vierte Tag der letzten Woche, also drei oder vier Tage nach meiner Unterhaltung mit Iris in der British Bar. Eine aufgesetzte Fröhlichkeit trug uns durch die Abende. Wir taten so, als wären wir bloß zwei Paare, die miteinander ausgingen, während wir tatsächlich eine dreiköpfige Commedia-dell'Arte-Truppe darstellten, die einem ahnungslosen einköpfigen Publikum eine Komödie vorspielte. Ja, ich bin mir sicher, wer uns an diesen Abenden sah, musste uns für gute Freunde halten, die Hummer aßen und *vinho verde* tranken und miteinander redeten. Und worüber? Politik. Bücher. (Meistens über Edwards und Iris' Romane.) Und über so bedeutende Fragen wie: Hatte Salazar eine deutsche Geliebte? War Wallis Simpson ein Hermaphrodit? War die Frau am Nebentisch die Großherzogin von Luxemburg? Wir hielten es für möglich, waren uns aber nicht sicher. Schließlich hatte keiner von uns die leiseste Vorstellung, wie die Großherzogin von Luxemburg aussah, und war das nicht urkomisch, so wie alles andere auch? Ausgelassenheit war unser Mittel, die unter der Oberfläche lauernden primitiven Instinkte im Zaum zu halten, Begierde und Neid und Feindseligkeit und Mordlust. Dabei war nicht einmal besonderes schauspielerisches Talent gefragt, schließlich spielten wir uns selbst – Iris zappelig und redselig, Edward mürrisch und bitter, und ich ängstlich um Julia besorgt. Und, welche Ironie, Julia war von uns vieren die Einzige, die aus der Rolle fiel – und sie war die Einzige, die nicht schauspielerte. Das war seit Sintra so. Sie war – wie soll ich sagen? – verschlossen. Nicht trübsinnig, nicht reizbar oder launisch, einfach nur verschlossen. In der Öffentlichkeit benahm sie sich vollkommen untadelig. Wie unbequem ihr Stuhl auch war, sie saß stets gerade und aufrecht. Welch seltsame Speisen man ihr auch vorsetzte, sie aß einen angemessenen Teil davon. Selbst Daisys unvermeidliches Lecken an ihren Knöcheln ertrug sie ohne Protest. Ich fand es unheimlich. Für mich ist ein Charakterwandel immer beängstigender als ein Sinneswandel.

Ich fragte mich, ob Iris irgendetwas damit zu tun hatte. Abgesehen von dem, was sie sich angesehen hatten, redete Julia nie über ihre gemeinsamen Nachmittage. Aber Iris musste ihr doch etwas sagen an diesen Nachmittagen. Alles andere war unvorstellbar. Schließlich erinnerte sie mich bei jeder Gelegenheit daran, wie abhängig meine Frau von mir war. Warum sollte sie da nicht alles versuchen, diese Abhängigkeit noch zu vergrößern? Am meisten ärgerte mich, dass Julia glaubte, sie bedeute Iris etwas. Iris interessierte sich nicht für sie. Sie dachte nur an sich selbst, und daran, Edward zu halten. Und deshalb musste ich bei unseren gemeinsamen Abendessen daran denken, dass es noch etwas gab, vor dem ich Julia schützen musste: Ich musste sie vor Iris schützen. Vielleicht war genau das Iris' Absicht, mich spüren zu lassen, wie sich die Schlinge ehelicher Pflichten enger um meinen Hals zog. Gewiss, wir waren alle Doppelagenten.

18

Anschließend, allein mit mir im Hotelzimmer, war Julia noch schweigsamer als während des Essens. Flink erledigte sie ihre komplizierte Abendtoilette, rieb eine bestimmte Creme auf die Wangen, eine andere in die Hände und eine dritte unter die Augen, bevor sie sich zu einer letzten Partie Patience an den Tisch setzte, so wie jeden Abend vor dem Schlafengehen, als wollte sie damit irgendeinen Gott des Schlummers besänftigen. Nur saß sie jetzt vollkommen stumm da.

Ich versuchte, sie zum Reden zu bringen. Ich stellte ihr Fragen. Ich fragte sie, worüber sie und Iris redeten, wenn sie allein waren.

»Die üblichen Dinge.«

»Und das heißt?«

»Dies und das.«

»Mich, zum Beispiel? Redet ihr über mich?«

»Warum glauben Männer immer, Frauen würden über sie reden?«

»Tun sie das denn nicht?«

Sie schüttelte verächtlich den Kopf. Die Partie ging nicht auf, und sie mischte die Karten erneut. Wieder und wieder endeten unsere Gespräche an unüberwindlichen Mauern. Es machte mich wahnsinnig. Das Problem war nicht, dass sie mir nicht zuvor schon die kalte Schulter gezeigt hatte. Das hatte sie. Einmal volle zehn Minuten lang – bevor sie, ohne jedes Drängen von mir, eingeknickt war und mir ihren Kummer erzählt hatte. Die Julia, die ich kannte, konnte zwar leidenschaftlich sein, aber niemals konsequent. Sie konnte etwas anfangen, aber nie lange durchhalten. Und deshalb verwirrte mich ihr eisernes Schweigen, das sie seit Tagen unbeirrt und hartnäckig aufrechterhielt. Trotzdem wagte ich nicht, etwas zu sagen, aus Angst vor den möglichen Folgen.

Heute sehe ich klarer, was damals geschah. Mein Doppelleben begann seinen Tribut zu fordern. Und ich geriet in Widerstreit mit mir selbst. Ein Teil von mir fühlte sich nach wie vor verpflichtet, Julia zu beschützen. Ein anderer Teil ... und genau hier lag das Problem. Denn dieser andere Teil sehnte sich einzig und allein nach Edward, doch Edward entfernte sich mit jedem Tag weiter von mir. Wie genau, konnte ich nicht einmal sagen. Es war mehr eine instinktive Wahrnehmung, dass die Leidenschaft, die er zu Beginn unserer Affäre gezeigt hatte, zunehmend abkühlte. Wir kannten uns seit mehr als einer Woche, und eine Woche bedeutete im Sommer 1940 ein Jahr, fünf Jahre, eine Ewigkeit.

Dann verlor ich die Geduld.

Es war bei einem unserer nachmittäglichen Ausflüge. Wie schon am Vortag hatte Señora Inés kein freies Zimmer für uns, und mir schien, als wäre Edward darüber nicht einmal sonderlich enttäuscht. Nicht nur das, als ich ihn fragte, wohin er stattdessen gehen wolle, zögerte er. »Entscheide du.«

»Wir könnten einen Ausflug mit dem Wagen machen.«

»Ja, warum nicht«, sagte er. »Machen wir einen Ausflug.«

Ich nahm die Straße nach Estoril. Während wir an den Docks vorbeifuhren, hielt er Daisy am offenen Fenster in die Höhe, damit sie die salzige Luft schnuppern konnte.

»Warum fahren wir eigentlich immer nach Norden, wenn wir die Stadt verlassen?«, fragte er.

»Ach ja?«, sagte ich. »Mir ist gar nicht aufgefallen … Nun, ich glaube, weil wir diese Strecke an unserem ersten Abend gefahren sind, als wir das Casino besucht haben.«

»Aber es gibt noch so viele andere Wege. Wir könnten zum Beispiel nach Süden fahren.«

»Du möchtest nach Süden? Schön. Dann drehe ich um.«

»Oh, meinetwegen musst du nicht umdrehen. Mir ist es gleich.«

»Warum sagst du es dann?«

»Einfach so.«

Ich biss mir auf die Zunge.

»In gewisser Weise könnte man sagen, dass unser Versagen darin besteht, Gewohnheiten auszubilden.«

»Wie? Was für ein Versagen?«

»Pater. Ich zitiere aus seiner Studie zur Renaissance. ›Nicht in jedem Augenblick eine leidenschaftliche Aufwallung in denen zu entdecken, die um uns sind, bedeutet, an diesem kurzen Lebenstag von Frost und Sonne schon vor dem Abend einzuschlafen.‹ Ich glaube, so heißt es dort. Tut mir leid, Daisy, aber mein Schoß schläft ein.« Er hob sie hoch, nahm das eine Bein vom anderen und schlug sie in umgekehrter Reihenfolge übereinander. »Es entspricht der bürgerlichen Lebensweise, Gewohnheiten auszubilden, immer in denselben Restaurants zu essen, die immergleichen Spaziergänge zu machen. Dann gelangt man an einen neuen Ort und glaubt, ausbrechen zu können. Man fühlt den Reiz des Unbekannten und beschließt, dieses Mal tatsächlich etwas Neues zu entdecken. Nur hält dieser Vorsatz nicht lange an.«

»Aber das trifft auf uns nicht zu. Wir sind überall in Lissabon gewesen.«

»Zu Anfang. Dann wurde der Kreis enger. Rua do Alecrim, die British Bar, die Straße nach Estoril.«

»Also schön. Wie wäre es damit? Wir nehmen die nächste Abzweigung. Ganz egal, wohin sie uns führt.«

Aber die nächste Abzweigung führte uns ausgerechnet zu dem Pinienwäldchen, in dem wir einige Tage zuvor gewesen waren. Nun stand dort ein Cadillac mit polnischem Kennzeichen. Während der Chauffeur rauchte, picknickten zwei Paare auf dem Boden.

»Wie können sie es wagen?«, sagte ich. »Sehen sie nicht, dass das unser Platz ist?«

»Warum regst du dich so auf? Sie haben das gleiche Recht, hier zu sein, wie wir.«

»Das war nur ein Scherz.«

»Ach, tatsächlich?«

Ich legte den Rückwärtsgang ein. Fest entschlossen, die Orientierung zu verlieren, bog ich an der nächsten Kreuzung ab, an der folgenden wieder und dann noch einmal. Zuletzt landeten wir wieder auf der Straße, von der ich hatte fortkommen wollen. Überall waren Leute. Selbst als wir anhielten, um in einer Reihe am Straßenrand zu pinkeln – Edward und ich stehend, Daisy friedlich in der Hocke daneben –, wurden wir von einer Gruppe Nonnen gestört, ihre Sonnenschirme so schwarz wie ihre Gewänder. Ein Stück weiter weg versuchten drei spindeldürre Kinder, einer Katze eine brennende Zigarette ins Maul zu stecken. Wieder auf der Straße, wurden wir von einem uralten Lastwagen aufgehalten, dessen aufgerollte Rindenballen aussahen wie riesige Zimtstangen. Nirgends fand sich eine Möglichkeit zu überholen. Nach ungefähr zwanzig Minuten gabelte sich die Straße.

»Wohin auch immer der Lastwagen fährt, ich nehme die andere Richtung«, sagte ich.

Der Lastwagen fuhr nach rechts. Ich nach links. Kurz darauf tauchte am Straßenrand ein Wagen auf. Der Cadillac. Die polnischen Picknicker.

»Wir fahren im Kreis«, sagte ich. »Schon den ganzen Tag bewegen wir uns nur im Kreis.«

»Wie Francesca da Rimini«, sagte Edward.

»Wieder eine Anspielung, für die ich zu dumm bin«, sagte ich.

»Ich dachte, Dante würde in Wabash auf dem Lehrplan stehen«, sagte Edward.

Ich fuhr an den Straßenrand. »Steig aus«, sagte ich. »Du kannst zu Fuß nach Lissabon zurückgehen.«

»Na schön.« Schwungvoll stieg er aus und nahm Daisy an die Leine. Ich schlug die Tür zu und trat das Gaspedal durch. Die Reifen sollten quietschen.

Nach fünfzig Metern hielt ich an. Wütend und eine Staubwolke aufwirbelnd setzte ich zurück. Als sich der Staub legte, kamen Edward und eine hechelnde Daisy zum Vorschein. Sie standen noch an derselben Stelle.

Ich drückte die Beifahrertür auf. Edward stieg ein, mit einem Gesichtsausdruck, den ich nie zuvor bei ihm gesehen hatte. Nicht ein Funken Humor lag darin, nur Entschlossenheit und Überdruss.

»Schau dir das an«, sagte er und hielt Daisy hoch. »Überall Staub, im Fell, in den Augen. Sie hasst es, wenn sie Staub in die Augen bekommt.«

Inzwischen war mein Zorn verraucht und einem Gefühl zerknirschten Selbstekels gewichen. »Edward, es tut mir leid«, sagte ich. »Aber du hast mich dazu getrieben.«

»Ich soll dich dazu getrieben haben? Du fährst den Wagen.«

»Immerhin habe ich dich nicht einfach hier stehen gelassen. Ich hätte es tun können. So wie du mich damals im Zimmer zurückgelassen hast.«

»Das wäre zumindest mal interessant gewesen.«

»Ach, ich bin also nicht nur dumm, sondern obendrein auch langweilig. Du findest es anscheinend ganz normal, Leute vorzuführen und sie bei jeder Gelegenheit daran zu erinnern, wie sehr sie dich enttäuschen und um wie viel schlauer du bist.«

»Halt still, Daisy!« Er wischte ihr die Schnauze mit seinem Hemdzipfel ab, den er vorher mit Spucke befeuchtet hatte. »Hör zu, ich verstehe wirklich nicht, warum du dich so ereiferst. Wenn du etwas nicht verstehst, brauchst du mich nur zu bitten, dass ich es dir erkläre.«

»Ich bin es leid, dich um Erklärungen zu bitten.«

»Aber wie kann man es leid sein, andere um Erklärungen zu bitten? Ich bitte dich ständig, mir Dinge zu erklären. Zum Beispiel, wie dieses Dingsda heißt.«

»Der Choke.«

»Aha, der Choke.«

»Aber das ist nicht das Gleiche. Das ist so, als würde der Professor das Hausmädchen fragen, womit sie die Toilette reinigt, und als würde das Hausmädchen im Gegenzug den Professor fragen – was weiß ich –, wer Aristoteles war.«

»Wenn ich der Professor wäre, wäre ich begeistert über die Frage des Hausmädchens.«

»Und wenn ich das Hausmädchen wäre … Hör zu, lassen

wir das, okay? Einigen wir uns darauf, dass du der Klügere von uns beiden bist, und belassen es dabei.«

»Gott, das ist tatsächlich wie Francesca da Rimini. Haargenau wie Francesca da Rimini.«

»Du willst mir unbedingt erzählen, wer sie ist, nicht wahr? Also gut, schieß los.«

Er räusperte sich. »Francesca verliebte sich in den Bruder ihres Mannes«, sagte er. »Ihr Mann war ein Zwerg oder ein Buckliger oder so etwas, und der Bruder war edel und gutaussehend und spielte die Laute. Francesca und der Bruder trafen sich in einer Laube, wo er auf der Laute spielte und ihr die Sage von Lancelot und Guinevere vorlas, bis der missgestaltete Ehemann von der Sache erfuhr und sie töten ließ. Sie wurden in den zweiten Kreis der Hölle verbannt, um dort für immer von einem gewaltigen Wind umhergewirbelt zu werden – das Schicksal aller in verbotener Liebe vereinten Paare, wenn man Dante glauben darf.«

»Und genau da befinden wir uns? Im zweiten Kreis der Hölle?«

»Vielleicht. Oder vielleicht auch im zehnten Graben des achten Kreises, der für Alchemisten, Falschmünzer, Hochstapler und falsche Zeugen reservierten Zone. Ich würde sagen, das ist eine ziemlich genaue Beschreibung von Lissabon, oder? Georgia Kendall ist eine Falschmünzerin, du bist ein Alchemist, und ich bin ein Hochstapler. Und wir alle sind falsche Zeugen – außer Daisy. Keine Lüge ist je über ihre entzückenden schwarzen Lippen gekommen.«

Wie zur Antwort machte Daisy ein Geräusch, das halb Stöhnen und halb Jaulen war. Ich sah zu ihr hinüber, ob alles mit ihr in Ordnung war. Edward hatte die Augen geschlossen. Mit der rechten Hand streichelte er ihre Ohren.

»Weißt du, du irrst, wenn du mich für so schlau hältst«, sagte er. »In Wahrheit bin ich bloß eine Müllhalde. All die vielen Anspielungen, Verweise und Verknüpfungen – das ist alles bloß Müll. Und den ganzen Tag über mache ich nichts anderes, als ihn durchzukämmen, zu sortieren und hin und her zu schieben.«

»Ich habe nichts gegen deine Anspielungen. Das ist ja nicht der Grund, warum ich dich aus dem Wagen geworfen habe. Zuerst dachte ich, es wäre so. Aber es war nicht deswegen.«

»Was war es dann?«

»Ich wünschte bloß, ich wüsste, was du willst. Von mir. Von dem hier.«

»Dem hier?«

»Dem hier.«

»Was ich will«, sagte Edward nachdenklich. »Alle fragen mich das ständig, während ich in Wahrheit nicht einmal sicher bin, ob ich überhaupt je irgendetwas will. Nein, das stimmt nicht. Ich will niemals andere unglücklich machen. Und eben das tue ich ständig.«

Ohne dass wir es bemerkt hatten, befanden wir uns wieder in Lissabon. Ich sah auf die Uhr am Armaturenbrett. Viertel nach acht.

»Wir sind schon wieder zu spät«, sagte ich.

»Egal«, sagte Edward. Dennoch nahm er Daisy auf den Arm, nachdem wir ausgestiegen waren, damit es etwas schneller ging. Ich sah, dass sein Hemd ziemlich verdreckt war. Wie um alles in der Welt würde er Iris das erklären, später, wenn sie allein in ihrem Zimmer im Francfort Hotel waren, alle anderen Gäste schliefen und am Himmel der Morgen dämmerte? Eine weitere Szene, bei der die arme Daisy stumme Zeugin wäre. Aber Edward hatte recht: Nie würde eine Lüge über ihre Lippen kommen, noch würde sie, könnte sie sprechen, je etwas Negatives über Herrin und Herrchen sagen. Nicht einmal zu mir.

Daisy, du warst ein gutes Mädchen. Mögest du für immer in jenem Paradies herumtollen, in das die braven Hunde gelangen. Möge es dort Berge von Fischkadavern geben, in denen du dich wälzen kannst. Und wenn es nicht zu viel verlangt ist, mögest du mir verzeihen, dass ich dir Dreck in die Augen gespritzt habe.

19

Es war beinahe halb neun, als wir den Rossio erreichten. Sobald sie Daisy sah, stand Iris wie immer auf und winkte, während Julia, wie immer, auf ihrem Stuhl sitzen blieb und rauchend in die Ferne sah. In ihrem Gleichmut ähnelte sie einer jener schläfrigen italienischen Madonnen aus dem achtzehnten Jahrhundert, deren Lächeln das baldige Entsetzen und die Apotheose verleugnet.

»Verzeiht, dass wir so spät sind«, sagte Edward, als wir uns setzten.

»Was ist mit deinem Hemd passiert?«, fragte Iris.

»Was soll schon passiert sein? Es ist dreckig geworden«, sagte Edward.

»Und Daisy ist auch ganz staubig.«

»Das ist bei Hunden so. Besonders bei weißen Hunden. Berufsrisiko.«

Iris hob Daisy auf ihren Schoß und begann ihr Fell zu zupfen. »Ich wünschte, du würdest besser auf sie achtgeben«, sagte sie zu Edward, zog einen undefinierbaren Klumpen aus Daisys Fell und hielt ihn zwischen ihren Fingern in die Höhe.

»Meine Liebe, wenn ich das Wetter beeinflussen könnte, würde ich das tun, aber das steht nicht in meiner Macht«, sagte er. »Wenn es nicht regnet, trocknet die Erde. Und wenn die Erde trocken ist, werden Hunde staubig.«

»Ich werde sie heute Abend baden.« Mit einer einzigen Bewegung setzte sie Daisy auf den Boden und richtete sich auf. »Nun, wir machen uns besser auf den Weg. Wir haben im Negresco einen Tisch reserviert.«

»Aber ich habe noch nicht einmal einen Drink gehabt.«

»Wenn du einen Drink haben wolltest, hättest du pünktlich sein sollen. Du kannst dort etwas trinken.«

Mit übertriebener, beinahe komischer Schwäche erhob Edward sich von seinem Stuhl. Iris reichte ihm Daisys Leine. Einmal mehr folgte jenes rätselhafte Umstellen der Paare, wie auf einem Bahndepot, nur gingen diesmal Iris und ich voran, während Julia und Edward in einigem Abstand folgten.

»Ich dachte, Sie gehen lieber hinter Ihrem Mann«, sagte ich zu ihr, als wir so weit weg waren, dass sie uns nicht mehr hören konnten.

Sie lächelte hintergründig. »Haben Sie schon einmal daran gedacht, dass es einen Grund geben muss, warum ich jeden Abend zu viert essen gehen möchte?«, sagte sie. »Wenn wir zusammen sind, weiß ich, dass er nicht verschwindet. Und zwar weil sein ritterlicher Anstand ihm verbietet, sich unfein gegenüber einer Frau zu benehmen. Es sei denn, natürlich, es geht um mich. Und Sie müssen zugeben, dass es nur fair ist, wenn auch ich etwas von unserer Vereinbarung habe.«

»Und das wäre?«

»Schlaf. Seit Sie aufgetaucht sind, schlafe ich so gut wie schon seit Jahren nicht mehr. Weil ich weiß, dass er da ist, wenn ich aufwache.«

Ich schwieg. Ich schob beide Hände in die Taschen und umklammerte die Schlüssel fest in meiner Faust. Irgendwie war ihr Gewicht in diesem Moment ein Trost.

»Und wo wir schon beim Thema Ehe sind, wie geht es Julia?«, fragte Iris.

»Komisch, ich hatte gehofft, Sie würden es mir sagen.«

»Woher soll ich das wissen?«

»Nur so ein Gefühl.«

Sie lachte schelmisch. »Wie üblich überschätzen Sie meine hellseherischen Fähigkeiten.«

»Ich sorge mich nicht um Ihre hellseherischen Fähigkeiten, sondern um Ihren Einfluss.«

»Meinen Einfluss! Für wen halten Sie mich, eine schwarze Magierin?«

»Ich weiß nicht. Das ist ja das Problem. Seit sie Ihnen begegnet ist, verhält Julia sich … nun, ganz und gar anders als je zuvor.«

»Und Sie glauben, ich sei dafür verantwortlich?« Iris schnalzte mit der Zunge. »Diese Neigung der Männer, alles stets anderen statt sich selbst zuzuschreiben! Das ist fast schon komisch. Haben Sie schon einmal daran gedacht, dass sie sich vielleicht anders verhält, seit sie Edward kennt? Immerhin schlafen Sie mit ihm.«

Ich sah über meine Schulter nach hinten, um sicherzustellen, dass sie uns nicht hörten. »Gemäß Ihrem Ratschlag habe ich darauf geachtet, dass sie davon nichts erfährt.«

»Oh, das stimmt, Sie haben es ihr nicht unter die Nase gerieben. Aber das heißt nicht, dass sie es nicht weiß. Sie weiß, dass da etwas vor sich geht, auch wenn sie nicht weiß, was es ist. Was das Ganze nur noch schlimmer macht.«

»Warum es ihr dann nicht sagen?«

»Nun, warum nicht die Beziehung zu Edward beenden?«

»Ich glaube, Sie haben unrecht. Ich glaube, dass Julia nicht die leiseste Ahnung hat, was vor sich geht. Wie dem auch sei, wenn ich der Mistkerl wäre, für den Sie mich halten, könnte ich ihr doch einfach sagen: ›Na schön, du bleibst in Sintra, ich gehe. Wenn ich zu Hause bin, schicke ich dir Geld.‹ Dann gäbe es für mich kein Hindernis mehr, mit Edward zusammen zu sein. Aber das habe ich nicht getan, wie Sie vielleicht bemerkt haben. Ich weigere mich, meine Frau im Stich zu lassen.«

»Wie edel von Ihnen.«

»Ich will damit sagen, Julia bedeutet mir so viel, dass ich sie beschützen möchte. Und das wollen Sie auch, nicht wahr?«

»Oder fürchten Sie sich vor Schuldgefühlen? Was aber auch egal ist, weil Sie die Situation völlig missverstehen. Julia bedrückt mehr als die Rückkehr nach Hause.«

»Und das wäre?«

Iris legte ihre Hand an die Stirn. »Oh je, wie soll ich das sagen? Ich nehme an, es ist schon einige Zeit her, dass Sie, wie heißt es bei Gericht, geschlechtlichen Verkehr hatten?«

»Das hat Sie Ihnen erzählt?«

»Die Dinge würden natürlich anders liegen, wenn das schon immer so gewesen wäre. Aber da Sie bislang ein so verliebtes Paar waren – durchschnittlich zweimal die Woche, nicht wahr?«

»Schweigen Sie. Ich kann nicht glauben, dass sie Ihnen das erzählt hat.«

»Sie wissen wirklich nicht viel von Frauen. Und das überrascht mich auch nicht im Geringsten.« Sie blieb stehen und sah mir in die Augen. »Na schön, dann will ich Ihnen ein wenig Nachhilfeunterricht geben. Frauen sind anders als Männer. Sie reden miteinander über alles. Wirklich alles. Aber, Pete, Sie schauen ja ganz verdutzt! Sie armer Kerl, wie ahnungslos Sie in manchen Dingen sind. So vollkommen naiv. Sie glauben, es gäbe bestimmte Regeln, und mit Ihrer Frau zu schlafen hieße, Ihren Liebhaber zu betrügen. Aber es gibt auf diesem Gebiet keine Regeln. Und falls Sie Angst haben, wie Edward darüber denkt, können Sie ganz entspannt sein. Ich werde ihm kein Wort sagen. Versprochen. Das bleibt unser kleines Geheimnis.«

»Und warum sollte ich Ihnen in irgendeiner Sache vertrauen?«

»Das sollen Sie nicht. Aber Sie sollen mir glauben.«

Inzwischen hatten unsere Ehepartner uns eingeholt. »Entschuldigung«, sagte Edward ein wenig außer Atem, »aber Daisy hat uns aufgehalten.«

»Du solltest sie nicht überall lecken lassen«, sagte Iris. »Gott weiß, was hier alles auf dem Pflaster herumliegt.«

»Es liegt nicht bloß daran, dass sie überall lecken will. Es liegt daran, dass sie alt ist. Sie ist nicht mehr so flott wie früher.«

»Mit mir ist sie noch ganz schön flott unterwegs.« Iris machte ein Geräusch, als würde sie einen anderen Gang einlegen. »Ach ja, Pete, das wollte ich Ihnen noch erzählen: Heute Nachmittag hat Julia mir die Bilder Ihrer Wohnung in der *Vogue* gezeigt. Wir hatten sie schon früher gesehen, nur wussten wir damals nicht, dass es Ihre Wohnung war.«

»Das wundert mich nicht, schließlich wird unser Name nicht genannt.«

»Ich dachte, Klient wäre der Name des Paares«, sagte Edward.

»Die Räume wirken ziemlich *dramatisch*«, sagte Iris. »So … aufgeräumt.«

»Das stimmt«, sagte ich. »Wenn ich mich darin aufhielt, hatte ich immer das Gefühl, irgendeinen Effekt zu ruinieren.«

»Nur aus Neugier: Warum wollten Sie nicht, dass Ihr Name genannt wird?«

»Das war Julias Entscheidung. Ich weiß noch, dass ich damals sagte: ›Aber, Liebling, wie soll deine Familie wissen, dass es unsere Wohnung ist, wenn kein Name dabei steht?‹ Und sie sagte: ›Für meine Familie wäre es der Gipfel der Vulgarität, den Namen zu nennen.‹ In viel mehr Dingen, als sie zugeben will, ist sie die Tochter ihrer Mutter.«

»Du täuschst dich«, sagte Julia. »Es war unsere gemeinsame Entscheidung. Wir wollten nicht, dass man uns für Angeber hält.«

»Warum sonst sollte man Bilder seiner Wohnung in der *Vogue* haben, wenn man nicht damit angeben will?«

»Sehr witzig.«

»Ich denke, Pete hat recht«, sagte Iris. »Ich meine, natürlich will man mit einer solchen Wohnung angeben. Auf jeden Fall würde ich das tun.«

»Ich verstehe einfach nicht, warum du jetzt einen solchen Wirbel darum machst«, sagte ich. »Schließlich hast du dich dort nie wohlgefühlt.«

»Natürlich habe ich mich dort wohlgefühlt.«

»Ach, ja? Ich erinnere mich, dass du ständig Angst hattest, irgendetwas auf dem Teppich zu verschütten oder eine Lampe umzustoßen oder irgendwo einen Kratzer zu hinterlassen. Deshalb hatten wir auch nie Gäste.«

»Das stimmt nicht. Wir hatten Gäste.«

»Und dann der lederbezogene Schreibtisch, den ich nie benutzen durfte.«

»Man *benutzt* einen solchen Tisch nicht.«

»Warum hat man ihn dann?«

»Von schönen Dingen umgeben zu sein, ist ein Wert an sich.«

»Dem stimme ich zu«, sagte Iris. »Schöne Dinge führen zu schönen Gedanken.«

»In dieser Wohnung hatte nie jemand schöne Gedanken«, sagte ich bitter. »Zumindest keiner ihrer Bewohner.«

»Warum bist du nur so gemein?«, sagte Julia.

»Ich wünschte, Ihr Innenarchitekt könnte sich unser Haus vornehmen«, sagte Iris. »So viel Zeug! Eddie gehört zu den Leuten, die nie etwas wegschmeißen.«

»Das ist jetzt ohnehin alles egal«, sagte ich.

»Was soll das heißen?«, fragte Julia.

»Nun, wie wahrscheinlich ist es, dass irgendwer von uns nach Frankreich zurückkehren wird?«

»Iris, würdest du mich entschuldigen?«, sagte Julia. »Mir ist nicht gut. Ich glaube nicht, dass ich etwas essen kann.«

»Julia …«, sagte Iris.

Aber sie war bereits verschwunden. Es ist erstaunlich, wie schnell meine Frau sein konnte, wenn sie wollte. In der Hinsicht war sie wie Daisy.

Plötzlich wandte sich Iris zu mir. »Gütiger Gott, was haben Sie sich dabei gedacht?«, sagte sie.

»Wie meinen Sie das? Wenn sie sich nicht wohlfühlt …«

»Sind Sie verrückt? Gehen Sie ihr hinterher. Sie könnte sich etwas antun.«

»Ja«, wiederholte Edward beinahe fauchend. »Gehen Sie ihr hinterher.«

Ich sah ihn an. Sein Gesicht war von einer Art Wut verzerrt. Und ich dachte: Natürlich. Er kann die Szenen anderer Leute nicht ertragen – nur seine eigenen.

20

Als ich zurück ins Francfort kam, hing der Schlüssel nicht am Haken. Ich war darüber erleichtert und erschrocken zugleich, falls das überhaupt möglich ist.

Langsam stieg ich die Treppen hinauf. Ich habe auf diesen Seiten wenig über die sexuelle Seite meiner Ehe mit Julia gesprochen. Vor dem Hintergrund der Geschichte, die ich erzähle, könnte man glauben, unsere Ehe sei sexuell eine Katastrophe gewesen. Tatsächlich aber war sie sexuell ein Erfolg. Damit meine ich, dass meine Frau und ich im Schlafzimmer ein Glück erlebten, das uns im Wohnzimmer oder Esszimmer, geschweige denn in Restaurants, Cafés oder im Wagen meist verwehrt blieb. Dennoch hätte ich zu ihren Lebzeiten wegen ihrer angeborenen seltsamen Vorstellungen von Diskretion niemals mit Fremden über diese Dinge gesprochen, genauso wenig wie ich sie je dazu gedrängt hätte, ihren Namen in der *Vogue* preiszugeben. Deshalb war ich so verblüfft darüber, dass sie sich Iris anvertraut hatte. Sich *irgendjemandem* anzuvertrauen, entsprach nicht ihrem Charakter. Das deutete darauf hin, dass sie sich in höchster Not befand. Es stimmte zwar, dass sich unser Sexualleben seit der Flucht aus Paris verändert hatte, aber das traf ebenso auf unsere Ess- und Schlafgewohnheiten und auf unsere Verdauung zu. Es war mir nie in den Sinn gekommen, dass Julia dem Abbruch des geschlechtlichen Verkehrs (um Iris' charmante Phrase zu benutzen) unter den vielen erlittenen Veränderungen besondere Bedeutung beimessen könnte – oder dass er unter den vielen erlittenen Veränderungen tatsächlich besondere Bedeutung haben könne. Wie Edward bemerkt hatte, war ich es nicht gewohnt, ein Doppelleben zu führen.

Als ich ins Zimmer kam, saß sie am Toilettentisch und legte auf ungewohnt heftige Art eine Patience.

»Warum bist du so früh zurück?«, fragte sie.

»Ich wollte nur nachschauen, ob es dir gut geht«, sagte ich.

»Nun, wie du siehst, geht es mir bestens«, sagte sie. »Du kannst also zurück zum Restaurant gehen.«

»Zwecklos«, sagte ich. »Das Essen wurde abgeblasen.«

»Wieso das?«

»Hast du geglaubt, wir drei würden ohne dich essen gehen?«

»Ja, habe ich.«

»Da hast du dich getäuscht.«

Sie widmete sich wieder ihrer Patience. Die Karten knallten auf den Tisch wie das Patschen einer Fliegenklatsche. Die Spielvariante hieß »Die belagerte Burg«.

Ich löste meine Krawatte, legte mich aufs Bett und verschränkte die Arme hinter dem Kopf. Auf Julias Nachttisch lag aufgeschlagen *Der ehrbare Ausweg*. Offenbar hatte sie das Buch zur Hälfte gelesen.

»Wie gefällt es dir?«, fragte ich und nahm es in die Hand.

»Wie gefällt mir was?«

»Ihr Buch.«

»Recht gut, würde ich sagen. Natürlich ahnt man ziemlich bald, wie es ausgeht.«

»Du hast das Ende schon gelesen?«

»Natürlich nicht.«

»Woher weißt du dann, wie es ausgeht?«

»Ich weiß es nicht. Ich könnte mich irren. Vermutlich tue ich das auch.«

Sie knallte eine weitere Karte auf den Tisch. Ich legte das Buch zurück.

»Julia.«

»Ja, bitte?«

»Warum bist du plötzlich weggerannt?«

»Ich bin nicht weggerannt. Ich hatte einfach keinen Hunger.«

»Die Frelengs waren beunruhigt. Sie machen sich Sorgen um dich.«

»Sie kommen schon darüber hinweg.«

»Ich weiß, dass du dich darüber geärgert hast, was ich über unsere Wohnung gesagt habe.«

»Warum sollte es mir etwas ausmachen, wie du über unsere Wohnung denkst?«

»Oder dass ich es in ihrem Beisein gesagt habe.«

»Wenn du mich vor anderen Leuten lächerlich machen willst, kann ich nichts dagegen tun – außer hoffen, dass sie deine wahren Motive durchschauen.«

»Und die wären?«

»Ich habe nicht die leiseste Ahnung. Du bist mir ein Rätsel.«

»Aber, Julia, du musst zugeben, dass du seit Sintra kaum ein Wort mit mir gesprochen hast. Deshalb … Nun, vielleicht wollte ich dich provozieren.«

»Ah, darum geht's also. Sintra. Nun, mach dir keine Sorgen. Das habe ich abgeschrieben.«

»Aber genau das meine ich. Es passt nicht zu dir, einfach aufzugeben.«

»Willst du damit sagen, ich soll mich zur Wehr setzen, damit du mich einmal mehr niedermachen kannst? Mich einmal mehr demütigen kannst? Nein, vielen Dank.«

»Iris hat dir das in den Kopf gesetzt, nicht wahr?«

»Iris? Was hat sie damit zu tun?«

»Ich habe nur den Eindruck, dass du – ich weiß nicht – in ihrem Bann stehst.«

»Ich! Wenn jemand in ihrem Bann steht, dann du. Du bist doch ganz besessen von ihr. Manchmal denke ich fast, du bist in sie verliebt.«

»In Iris? Gott bewahre!«

»Nun, zu deinem eigenen Wohl hoffe ich, du bist es nicht, denn weit wirst du damit nicht kommen. Sie sieht dich nicht einmal als richtigen Mann. Sie redet immer nur davon, wie lieb du bist, und wie aufopfernd, und wie dankbar ich sein sollte, dass du mich wie Dreck behandelst, weil du es nur zu meinem eigenen Besten tätest. Nicht unbedingt die Art, wie eine Frau über einen Mann redet, den sie haben will.«

»Willst du mich verletzen? Meinem Ego einen Dämpfer verpassen?«

»Denk, was du willst. Du machst unsere Wohnung schlecht, aber ich träume jede Nacht davon. Dass ich wieder dort bin. Und eine andere Frau – eine Deutsche – an meinem Tisch sitzt. Und meine Sachen benutzt. Ich wünschte, ich wäre geblieben. Dann hätte ich sie verteidigen können. Vielleicht wäre ich getötet worden, aber was soll's? Ich habe alles verloren, was mir etwas bedeutet hat. Und als wäre das noch nicht schlimm genug, habe ich jetzt auch noch Tante Rosalie gesehen.«

Unvermittelt warf sie die Karten auf den Tisch. Ihre Stimme zitterte. Ich richtete mich im Bett auf.

»Tante wer?«

»Tante Rosalie. Aus Cannes.«

»Das schwarze Schaf der Familie?«

Sie nickte. »Ich war mit Iris im Aviz, und plötzlich stand sie da und fragte nach einem Tisch. Rosalie. Ich geriet in Panik und tat so, als wäre mir schlecht. Ich bat Iris, die Rechnung zu bezahlen, und rannte auf die Toilette. Ich glaube nicht, dass sie mich gesehen hat.«

Ich lachte. Ich konnte nicht anders. Plötzlich überkam mich ein vollkommen unpassendes Gefühl der Erleichterung.

»Was ist daran so lustig?«

»Nichts.«

»Warum lachst du dann? Oh, das ist mal wieder typisch. Erst drängst du mich, dir etwas zu erzählen, und dann machst du dich darüber lustig.«

»Nein, das ist es nicht. Ich meine – selbst wenn Tante Rosalie in Lissabon ist, was soll's?«

»Verstehst du denn nicht? Es bedeutet, dass sie an Bord der *Manhattan* sein wird. Sie wird an mir hängen wie eine Klette und mir keine Minute Ruhe geben, genau wie früher, wenn sie uns in New York besucht hat. Meine Mutter wollte sie nicht einmal im Haus haben, aber das hat sie nicht weiter gestört. Und dann kam sie im Flur oder im Wohnzimmer – einmal war sie sogar in meinem Zimmer – auf mich zu und hielt ihr Gesicht so nahe an meins, dass ich ihre Weinfahne riechen konnte, und sagte: ›Wir gleichen einander wie ein Ei dem anderen.‹« Julia schauderte.

»Aber ist es nicht so?«

»Was?«

»Dass ihr euch gleicht wie ein Ei dem anderen.«

»Pete!«

»Ich meine bloß, dass eure Lebenswege die gleichen sind. Ihr seid beide aus New York weggegangen und habt euch beide in Frankreich niedergelassen.«

»Wie kannst du mich mit dieser Frau vergleichen? Sie ist eine Schmarotzerin. Lebt die ganzen Jahre in Saus und Braus und macht Gott weiß was mit Gott weiß wem – und alles mit Edgars Geld. Dem Geld der Loewis.«

»Aber, Julia, bist du sicher, dass sie es ist?«

»Natürlich bin ich sicher. Ich habe schließlich Augen im Kopf.«

»Aber in Paris hast du häufiger Leute gesehen, von denen du glaubtest, sie seien deine Verwandten, und dann waren sie es doch nicht.«

Sie legte ihren Kopf auf die Tischplatte. »Verstehst du jetzt, warum ich dir nichts davon erzählt habe? Ich wusste, du würdest mich nicht ernst nehmen. Ich wusste es. Die ganzen Jahre über habe ich geglaubt, ich wäre entkommen – für immer. Aber man entkommt nicht. Niemals.«

»Wem? Wem entkommt man nicht?«

Sie schüttelte den Kopf. Sie weinte nicht, sondern holte tief Luft, setzte sich aufrecht hin und legte die Karten zurück in ihre Schachtel. Dann ging sie ins Badezimmer. Einige Minuten später kam sie im Schlafanzug zurück.

Ich entkleidete mich und zog meinen Schlafanzug an. Wir legten uns ins Bett. Ich hatte vergessen, die Fensterläden zu schließen. Gedämpftes Mondlicht fiel ins Zimmer.

»Die Straßenlaternen«, sagte ich. »Sie brennen noch. So früh sind wir noch nie zu Bett gegangen, deshalb habe ich nie bemerkt, wann sie ausgeschaltet werden.«

»Es macht mir nichts aus.«

»Du willst wirklich nicht, dass ich die Läden schließe?«

»Es macht mir nichts aus.« Wie üblich drehte sie mir den Rücken zu. Sie hielt so viel Abstand zu mir, wie das schmale Bett zuließ. Dennoch konnte ich ihren Herzschlag hören, das Pochen jenes heißen kleinen Motors, ihr Herz; und war ich nicht der Mechaniker, der für die Wartung der Maschine verantwortlich war – und zwar lebenslang? Man hatte mich nicht dazu gezwungen. Ich hatte mich für diesen Weg entschieden. Nur hatte ich nie gedacht, es könnte der Tag kommen, an dem meine Frau etwas wollte, das ich ihr nicht geben konnte oder nicht geben wollte – um ihret- oder um meinetwillen.

Ich legte meine Hand auf ihren Rücken. Sie zitterte, aber sie wich nicht zurück.

»Soll ich dir ein wenig den Rücken kraulen?«

Sie nickte leise. Sanft fuhr ich mit meinen Nägeln ihre Wirbelsäule entlang, und sie seufzte.

»Du kraulst mir nie mehr den Rücken. Früher hast du das ständig gemacht.«

»Tut mir leid. Ich bin immer so müde.«

»Erst, seit wir die Frelengs kennen.«

»Aber Julia, es ist nicht wegen Iris.«

»Das habe ich auch nicht gesagt.«

»Nein, ich meine, es liegt nicht an dir. Die Tage hier sind so lang, und ich bin abends immer …«

»Es liegt an deinen ständigen Eskapaden mit Edward. Da wäre jeder erschöpft.«

»Ja.«

»Iris sagt, wir sollten uns glücklich schätzen, denn solange ihr zu zweit loszieht, besteht zumindest nicht die Gefahr, dass ihr irgendwelchen fremden Frauen in die Fänge geratet. Weißt du, ich werde ihrer überdrüssig ... Oh ja, da. Tiefer. Etwas nach links. Ein Stück höher. Ist das ein Mückenstich?«

»Ich glaube nicht.«

Mein Handgelenk wurde taub. Julia atmete tiefer, und ich verlangsamte die Bewegung meiner Finger, um mich dem Rhythmus anzupassen. Alle Erleichterung, die ich zuvor gespürt hatte, war verflogen und hatte neuen Ängsten und Sorgen Platz gemacht. Irgendetwas musste bis zu Julia durchgedrungen sein, irgendeine verräterische Regung oder eine Äußerung, sonst wäre sie niemals auf den Gedanken gekommen, ich hätte mich verliebt. Schließlich hatte ich das nie. Außer in sie.

Ich hatte furchtbare Kopfschmerzen. Das trübe Mondlicht schien scharfe Kanten zu haben, als wären Splitter der Mittagssonne darin eingeschlossen. Dabei brauchte ich bloß aufzustehen und die Fensterläden zu schließen, doch dazu hätte ich meine Hand fortnehmen müssen, und das wagte ich nicht.

»Wenn sie zurück in den Staaten sind, gehen sie auf Lesereise«, sagte sie kurz darauf, ein wenig schläfrig. »Durch vierzig Städte.«

Ich kraulte ihr weiter den Rücken. Ich versuchte, nicht zu grob zu sein.

»Komisch, Edward hat mir nie davon erzählt.«

»Ah ja? Iris redet von nichts anderem. Angeblich hat sie eine Klausel in den Vertrag aufnehmen lassen, dass sie nicht am selben Tag reisen und lesen müssen. Irgendwer hat ihr erzählt, Opernsänger machten das so, und da hat sie gesagt: ›Was für Opernsänger gilt, sollte auch für Schriftsteller gelten.‹«

»Schlau von ihr.«

»Pete ... Wünschtest du manchmal, wir wären ihnen nie begegnet? Den Frelengs?«

»Wünschst du es dir?«

»Ich weiß nicht ... Manchmal scheint es, als wäre es vorher einfacher gewesen. Zu zweit. Ich meine ... ach, was weiß ich.«

»Mach dir keine Sorgen«, sagte ich. »Es war ein langer Tag. Für uns beide.« Ich ließ meine Hand weiter nach unten gleiten, bis zur Spalte oberhalb ihres flachen Pos. Sie stieß einen kleinen spitzen Seufzer aus, beinahe ein Wiehern.

Nach einer weiteren Minute drehte sie sich zu mir um. »Verzeih mir, wie ich mich benommen habe«, sagte sie. »Ich bin schon seit Tagen nicht mehr ich selbst.«

»Unsinn«, sagte ich. »Ich muss mich entschuldigen.«

»Schon gut«, sagte sie. »Oh, Pete ... Mein Pete ...«

Dann nahm sie meine Hand, presste sie zwischen ihre Beine und hielt sie mit ihren kräftigen Schenkeln fest.

»Ich liebe dich«, sagte ich, nicht sicher, ob ich log. Schließlich hatte ich nicht ihren Namen gesagt.

21

Mitten in der Nacht wachte ich auf. Ein paar Sekunden lang wusste ich nicht, wo ich war und wer neben mir lag. Ich war nackt. Wie die schlafende Person neben mir. Julia schlief niemals nackt, wie konnte es dann Julia sein? Ich schlief niemals nackt, wie konnte es dann ich sein? Ich richtete mich auf, und da sah ich ihren und meinen Schlafanzug zusammengeknüllt auf dem Fußboden. Fahles Mondlicht erfüllte den Raum. Die Möbelstücke sahen aus, als würden sie phosphoreszieren.

Ich hatte keine Ahnung, wie spät es war. Ich dachte, es müsse sehr spät sein, aber als ich auf meiner Uhr nachsah, stellte ich fest, dass es erst zwei Uhr früh war. Normalerweise kamen wir um diese Zeit zurück ins Hotel und putzten uns die Zähne. Dann erinnerte ich mich, wie früh wir am Vorabend zu Bett gegangen waren, und im selben Moment hatte ich das Gefühl, hinabzusinken und in ein unruhiges Wachsein gezogen zu werden, tiefer als der Schlaf und seltsamer als ein Traum. So leise ich konnte, stieg ich aus dem Bett. Ich zog mich im Dunkeln an und ging aus dem Zimmer. Das Licht im Flur brannte in meinen Augen. Alle Türen waren geschlossen, selbst die zum Zimmer der Frau, die Julia Messalina getauft hatte und die den ganzen Tag rauchend in der Tür stand und auf jemanden wartete, der niemals kam. Der Lift war außer Betrieb, also nahm ich die Treppe. Ich steckte dem Nachtportier ein Trinkgeld zu, damit er mich später wieder hineinließ. Die Straße war menschenleer. Ich hörte lediglich das ferne Rumpeln von Taxis und das Gurren der schlafenden Tauben. Ich ging zum Rossio, wo ich eine Weile vor dem Francfort Hotel stehen blieb und zum Mond hinaufsah. Einzelne Fenster leuchteten in der dunklen Fassade. Ich wusste, keines davon gehörte Edward, weil er mir gesagt hatte, ihr Zimmer gehe auf die andere Seite, zum Markt hinaus. Was passierte jetzt dort – in diesem Zimmer? Waren sie nackt? War Daisy bei ihnen im Bett? Es gab so vieles, was ich nicht von ihnen wusste.

Wie lange war es her, dass ich mit dem Zug nach Estoril gefahren war, in der Hoffnung, Edward würde dort auf mich warten, und er bei meiner Ankunft tatsächlich auf mich wartete? Mindestens eine Woche. Warum schien es mir jetzt abwegig, dass, wenn ich nur hartnäckig genug auf die Tür des Francfort Hotels starrte, sie sich öffnen würde und er hinausträte? Trotzdem probierte ich es. Ich konzentrierte mich ganz auf die Tür, wünschte mir, dass sie sich öffnete und er hinaustrat. Aber er kam nicht. Es war noch ruhig auf dem Rossio. Ein Bettler bat um Almosen, ein alter Mann sang einen Fado, aus dem Café Chave d'Ouro kam ein Paar – der Mann mit schwarzer Krawatte, die Frau im Abendkleid – und lief zum Brunnen neben der Statue Pedros IV., wo die beiden ihre Schuhe auszogen und vorsichtig über den Brunnenrand ins Wasser stiegen. Doch da erschien ein Polizist, und sie kletterten hinaus und liefen schnell davon. Ich hatte zwei Möglichkeiten. Ich konnte die ganze Nacht hierbleiben oder zurück auf mein Zimmer gehen. Ich beschloss, zurückzugehen. Trotz des Trinkgelds öffnete der Nachtportier nur mürrisch die Tür, und als ich ihn fragte, ob er mir ein Sandwich machen könne, verstand er mich entweder nicht oder tat so, als ob er mich nicht verstehen würde. Ich betrat das Zimmer auf Zehenspitzen, um Julia nicht aufzuwecken. Dann zog ich mich aus und wollte gerade in meinen Schlafanzug steigen, als mir einfiel, dass ich ihn vorher auch nicht angehabt hatte. Nackt legte ich mich zu Julia ins Bett. Sie drehte sich auf den Rücken. Erst als ich das Laken über meine Brust gezogen hatte, fiel mir auf, dass ich die Fensterläden wieder nicht geschlossen hatte.

22

Den Rest der Nacht lag ich wach. Gibt es das wirklich, Nächte ohne Schlaf? Viel später würde ich von einem Psychiater erfahren, dass Menschen, die über schlaflose Nächte klagen, tatsächlich schlafen – sie träumen nur, wach zu sein. Für mich sind das Spitzfindigkeiten.

Wie auch immer, in meiner Erinnerung war es keine Nacht banger Untätigkeit, sondern eine Nacht ununterbrochener, mühevoller Arbeit. Ich befand mich in unserer Pariser Wohnung, aber es war nicht die Wohnung, in der ich gelebt hatte, sondern die Wohnung, die in der *Vogue* abgebildet war: blasse Farben, weit und breit kein Mensch, teuer, kalt, prunkvoll und streng. Die ganze Nacht über lief ich durch die Flure und Räume und versuchte mir alles einzuprägen, ein Vermesser ohne Werkzeug. Ich habe einen schlechten Orientierungssinn – in meinem Kopf mag zwar ein Wecker sein, aber kein Kompass – und wollte nie akzeptieren, dass die Wohnung auf der einen Seite nach Süden und auf der anderen nach Norden zeigte, weil es sich für mich so anfühlte, als zeigte die eine Seite nach Osten und die andere nach Westen. Auch das versuchte ich in jener Nacht: die

Wohnung räumlich zu erfassen, meine Perspektive zu korrigieren, mich auszurichten.

Offenbar fühlte ich mich schuldig, dafür, wie ich über die Wohnung geredet hatte und für mein grobes Verhalten Julia gegenüber. »Von schönen Dingen umgeben zu sein, ist ein Wert an sich«, hatte sie gesagt, und ich hatte ihre Worte verspottet. Aber wer war ich, an ihrem Wahrheitsgehalt zu zweifeln, ist doch mein Sinn für Ästhetik ähnlich ausgeprägt wie der von Daisy? Meiner Erfahrung nach sind die meisten Menschen genau so, wie sie nach außen scheinen. Sich etwas anderes vorzustellen und etwa zu glauben, dass unsere Liebsten in unserer Abwesenheit ein geheimes Leben führen, mit dem Sohn der Concierge schlafen oder Diamanten klauen, das sind Geschichten, die sich die Leute zu ihrer eigenen Unterhaltung erzählen. Ich wünschte, Julia hätte nicht so viel Zeit mit ihren Patiencen verbracht, aber das tat sie nun einmal, und für ihre Patiencen brauchte sie wohl auch eine teure, kalte, prunkvolle und strenge Wohnung. Darüber hinaus war die Frau, die zu Hause blieb und Karten spielte, gar nicht so weit von dem Mädchen entfernt, das seiner Familie getrotzt hatte und mit mir nach Paris gegangen war. Denn Julias Haupteigenschaft waren ihre starren Vorsätze – wie weit ist es da zur Erstarrung schlechthin? Was wie Veränderung aussieht, ist oft genug bloß geistige Verhärtung.

Sie jedenfalls schlief in dieser Nacht. Ihre Atmung wurde langsamer, ihre Haut kühler. Der Motor lief im Leerlauf. Angeblich hat Sex nach einer längeren Pause häufig eine einschläfernde Wirkung auf Frauen. Für mich war es eine verwirrende Erfahrung gewesen. Ich hatte mich inzwischen so sehr an Edwards Körper gewöhnt, seine Härte, Behaarung und scheinbare Unzerstörbarkeit, dass ich Julia mit übertriebener Vorsicht behandelte, als sei ich Gulliver und sie meine liliputanische Braut. Nicht, dass meine Frau besonders zart gewesen wäre. Ganz im Gegenteil. Sie war zwar klein, aber kräftig – so kräftig wie Edward. Meine Furcht, sie körperlich zu erdrücken, war tatsächlich die Furcht, sie moralisch zu erdrücken. Ich fragte mich, ob mein Vater sich so gefühlt hatte, als er von seiner Geliebten zurückkehrte und meine Mutter bewusstlos am Küchentisch fand: voller Reue, Bedauern und Schuld – und mit dem einen Wunsch, so schnell wie möglich zu verschwinden. Und gleichzeitig froh, zu Hause zu sein. Denn es ist immer tröstlich, nach Hause zurückzukehren, vor allem, wenn man rudernd und boxend durch die Wildnis gezogen ist. Es ist, als würde man jemandem begegnen, der die gleiche Muttersprache hat, nachdem man sich wochenlang in einer Fremdsprache abgemüht hat. Die fließende Beherrschung ist wie eine Befreiung, selbst wenn man die Dinge, die man am dringendsten zu sagen hat, nicht sagen kann.

Schließlich ging die Sonne auf. Julia stand auf. Ich hielt meine Augen geschlossen, bis die Badezimmertür ins Schloss gefallen war. Dann sprang ich aus dem Bett und zog mich an.

»Oh«, sagte sie, als sie aus dem Bad kam. »Ich dachte, du schläfst noch.« Auch sie hatte sich angezogen, heimlich, damit ich ihr nicht dabei zusehen konnte.

»Nein, ich bin auf.« Ich fühlte in meiner Tasche nach den Schlüsseln. »Bist du fertig?«

»Ja. Aber, Pete … können wir heute nicht hier frühstücken? Im Hotel?«

»Warum? Was ist mit dem Suiça?«

»Gar nichts ist damit. Ich dachte nur, warum unnötig Geld fürs Frühstück ausgeben, wenn es im Hotelpreis eingeschlossen ist? Seit wir in Lissabon sind, geben wir unser Geld mit beiden Händen aus.«

»Eine Tasse Kaffee macht da keinen großen Unterschied.«

»Restaurants, Drinks, der Sprit für deine vielen Ausflüge mit Edward. Das läppert sich. Haben wir überhaupt noch genug Bargeld, um das Hotel zu bezahlen? Hast du mal nachgesehen?«

»Wir haben genug, wenn ich den Wagen verkaufe.«

»Aber du hast ihn nicht verkauft.«

»Nur keine Sorge, das werde ich schon.«

»Ich verstehe nicht, warum du es nicht längst getan hast, wo du doch so versessen darauf bist, von hier fortzukommen.«

Diese letzte Bemerkung nahm mir den Wind aus den Segeln. Wir gingen nach unten. Kaum einen der Hotelgäste kannte ich vom Sehen, geschweige denn, dass ich mit einem von ihnen gesprochen hatte. Es gab noch einen freien Tisch. Auf der einen Seite ging es in die Küche, und auf der anderen Seite saß eine furchtbar fette Frau, an der ich mich mit Mühe vorbeiquetschte, um an meinen Platz zu gelangen.

»Scheint wohl zu viel verlangt, dass sie aufsteht und mich durchlässt«, sagte ich.

»Nicht so laut«, sagte Julia. »Sie spricht Englisch.«

Die Frau sprach wirklich Englisch, jenes Schulenglisch, das die Lingua franca des Exils ist. »Ich habe ein Visum, ich habe Geld«, sagte sie zu ihrer Begleiterin, die uns den Rücken zuwandte, »und jetzt sagen sie mir, ich dürfe nicht auf die *Manhattan* – die *Manhattan* sei nur für Amerikaner.«

»Hast du das gehört?«

»Was?«

»Sie lassen nur Amerikaner auf die *Manhattan*.«

»Ich weiß. Iris hat es mir gesagt. Wieso?«

»Aber es kann nicht mehr als sechs- oder siebenhundert Amerikaner in Portugal geben. Das Schiff wird halb leer sein.«

»Wie schade. Und ich kann ihr nicht einmal mein Ticket geben.«

»Die Freiheitsstatue dreht mir den Rücken zu und spuckt auf mich«, sagte die Frau.

Ein Kellner in fleckiger Uniform kam an unseren Tisch, schenkte aus einer verbeulten Silberkanne Kaffee ein und verschwand wieder. Ich nahm einen Schluck Kaffee und spuckte ihn aus.

»Der Kaffee ist widerlich. Noch schlimmer als in den Hotels in Frankreich.«

»Ich finde ihn ganz in Ordnung.«

»Und warum nimmst du dann Zucker? Das machst du doch sonst nicht.«

»Ich nehme so viel Zucker, wie ich will. Und du nimmst ja auch welchen.«

»Ja, aber das mache ich immer. Und wo bleibt das Essen? Garçon!«

»Entspann dich. Du wirst schon nicht verhungern.«

»Im Suiça wären wir längst bedient worden.«

»Herrgott, wenn du so versessen darauf bist, dann geh doch.«

»Ich mache nur darauf aufmerksam, dass wenn der Sinn dieser Übung darin besteht, etwas für unser Geld zu bekommen, wir zumindest etwas zu essen erwarten dürfen. Oder geht es in Wirklichkeit um die Frelengs?«

»Was ist mit ihnen?«

»Im Suiça ist die Chance größer, ihnen zu begegnen.«

»Ich habe keine Angst davor, ihnen zu begegnen.«

Formlos stellte der Kellner einen Korb mit Croissants auf unseren Tisch. Ich biss in eins. »Die sind trocken«, sagte ich. »Das sind nicht einmal richtige Croissants. Nur die Franzosen wissen, wie man richtige Croissants macht. Die italienischen sind schon schlimm genug, aber die hier ... Julia?«

Aber sie war nicht mehr da. Verschwunden. Als hätte sich ein Porträt aus seinem Rahmen davongestohlen.

Ich fand sie auf unserem Zimmer, wo sie sich hektisch die Hände eincremte.

»Was ist passiert? Warum bist du gegangen?«

»Sie war's. Tante Rosalie.«

»Wer?«

»Im Speisesaal. Ich glaube nicht, dass sie mich gesehen hat. Ich glaube, ich war schnell genug. Geh runter und sieh nach, ob sie noch da ist.«

»Warum?«

»Weil wir sonst den ganzen Tag auf dem Zimmer bleiben müssen.«

»Also gut. Aber Julia – wie soll ich sie erkennen?«

»Sie saß zwei Tische weiter. Allein. Mit einer Mütze auf dem Kopf. Eine Art Matrosenmütze.«

Ich ging wieder nach unten. Zwei Tische von unserem entfernt saß tatsächlich eine Frau mit Matrosenmütze. Es war nicht Tante Rosalie. Es war Georgina Kendall.

»Ahoi!«, rief sie und winkte mit seemännischer Begeisterung. »Eddies Freund, stimmt's?«

»Genau der.«

»Ich war mir nicht sicher, ich kann mir Gesichter so schlecht merken. Trinken Sie doch einen Kaffee mit mir. War das vorhin Ihre Frau? Sie ist so plötzlich gegangen.«

»Sie fühlte sich nicht wohl.«

»Zu viel Absinth, vermute ich.« Sie blinzelte mir zu. Im hellen Licht des Speisesaals sah ich, dass ihre Haut ganz gefleckt war, wie die Vorsatzblätter eines Buches. »Sie fragen sich jetzt bestimmt, was ich hier mache. Ich werde es Ihnen sagen. Man hat uns aus dem Hotel in Estoril hinausgeworfen. Es war Lucys Schuld. Dieses Mädchen! Sie hatte zu viel Champagner getrunken und ist über eine Vase gestolpert. Eine dieser großen chinesischen Vasen. Zehn zu eins, dass es keine echte war, aber versuchen Sie mal einen Hotelmanager davon zu überzeugen. Zum Glück hatte unser Fahrer Mitleid mit uns und brachte uns hierher. Nicht ins Aviz, aber es ist ja nur für ein paar Tage, bis zur Ausfahrt der *Manhattan*. Das habe ich Lucy auch gesagt. Sie wollte unbedingt das Flugzeug nehmen, aber irgendwo muss man eine Grenze ziehen. Ich bin doch kein Dukatenesel! Und was ist mit Ihnen? Fahren Sie mit der *Manhattan*?«

»Wir? Ja.«

Sie beugte sich vertraulich zu mir. »Sie haben sicherlich gehört, dass sie keine Ausländer an Bord lassen wollen. Das hat für viel Unmut gesorgt, aber wenn Sie mich fragen, geht es gar nicht anders. Besonders nach den Vorfällen vor einem Monat in Genua. Die Idee war genau wie hier, gestrandete Amerikaner aufzunehmen, nur hat sich niemand darum gekümmert, die Tickets zu kontrollieren. Ausländer hatten das gesamte Kontingent aufgekauft. Juden. Eine Freundin von mir war an Bord und hat mir davon berichtet. Das Schiff war völlig überladen! Die Leute hockten auf dem Fußboden im Palmensaal, im Grand Salon, sogar in der Poststelle. Und so viele Säuglinge, dass die Wäscherei mit den Windeln nicht mehr hinterherkam. Ich hoffe, Sie glauben mir, wenn ich sage, dass ich alle Sympathie der Welt für diese Leute empfinde, ganz bestimmt, aber wenn es so weit kommt, dass ein amerikanischer Bürger auf einem amerikanischen Schiff seine Wäsche nicht mehr gewaschen bekommt ... Nun, irgendwo muss man eine Grenze ziehen, meinen Sie nicht auch?«

»Und wie geht es mit Ihrem Buch voran?«

»Oh, ganz fabelhaft. Wissen Sie, ich verstehe wirklich nicht, worüber Eddie an jenem Abend geredet hat. Ich kann es mir nur so erklären, dass er selbst so ein Buch schreiben wollte, und jetzt wütend ist, dass ich ihm zuvorgekommen bin. Sind er und Violet auch auf der *Manhattan*?«

»Ja, sind sie.«

»Wie schön. Wir werden viel Spaß miteinander haben, wir fünf. Wir sechs. Und Sie werden zugeben« – sie senkte gravitätisch ihre Stimme – »es wird eine viel angenehmere Reise, eine *sehr* viel angenehmere Reise, wenn wir Amerikaner unter uns bleiben.«

Der Kellner kam mit dem Kaffee, was mir die ersehnte Gelegenheit gab, mich zu entschuldigen und zurück aufs Zimmer zu gehen.

Julia stand am Fenster und sah auf die Straße.

»Warum hat es so lange gedauert? War sie dort?«

»Nein. Ich meine, ja. Aber es war nicht sie. Darum hat es so lange gedauert. Ich kannte sie. Ich bin ihr mit Edward begegnet.«

»Wem?«

»Dieser Frau. Die du für deine Tante gehalten hast.«

»Aber es war meine Tante. Du musst mit jemand anderem gesprochen haben.«

»Julia, wie viele Frauen mit Matrosenmützen sitzen unten im Speisesaal?« Ich berührte sie an der Schulter, und sie zuckte zurück. »Wirklich, Liebling, du solltest nicht so nervös sein.«

»Hör auf. Sie war es. Ich habe sie gesehen.«

»Ich bin sicher, dass du geglaubt hast, sie gesehen zu haben. Aber du hast dich geirrt. Vermutlich, weil du so nervös bist.«

»Glaub nicht alles, was sie sagt. Versprich mir das. Sie ist eine Lügnerin.«

»Julia …«

»Meine Mutter meint, sie hat Onkel Edgar getötet. Die Seebestattung kam ihr sehr gelegen. Denn so gab es keine Autopsie.«

»Aber ich dachte, er sei an einem diabetischen Koma gestorben.«

»Wir haben nur *ihre* Version der Dinge. Ihre und die des Schiffsarztes – und denen kann man bei Gott nicht trauen. Und dann hatte sie auch noch die Dreistigkeit, jedes Jahr im Winter nach New York zu kommen und sich in einer Suite im St. Regis einzuquartieren – ausgerechnet im St. Regis! – und Leute zum Tee zu empfangen. Natürlich haben wir ihre Einladungen stets abgelehnt. Aber einmal bin ich doch hingegangen. Aus reiner Neugier. Mein Gott, was für eine Enttäuschung. Ich hatte zumindest etwas Glamour erwartet. Stattdessen war da dieses plumpe kleine Ding in einem Kleid von Dior. Und sie bemerkte nicht einmal, dass man sie von oben herab behandelte. Das war das Ironische daran. Sie dachte, sie könnte beides zugleich haben, in Frankreich auf großem Fuß leben und zu Hause mit offenen Armen empfangen werden.«

»Wie traurig.«

»Und dann, als wir nach Paris gingen, fing sie an, mir Briefe zu schreiben und mich zu drängen, sie in Cannes zu besuchen, wobei sie den ganzen Unfug wiederholte, wie sehr wir uns gleichen würden, und dass ich die Tochter sei, die sie nie hatte.

Einmal stand sie sogar vor unserer Wohnung, genau so wie sie früher bei meiner Mutter aufgetaucht ist.«

»Ach wirklich? Wann war das?«

»Vor sechs oder sieben Jahren. Ich wollte es dir nicht sagen. Ich ließ durch das Zimmermädchen ausrichten, ich sei nicht zu Hause. Ich hörte die beiden reden. Rosalie glaubte die Geschichte nicht eine Sekunde. Sie wusste, dass ich zu Hause war. Was sie nur noch mehr angestachelt haben muss, mich zu finden und bloßzustellen.«

»Aber Julia, vielleicht will sie dich gar nicht bloßstellen? Vielleicht sucht sie einfach nur einen gleichgesinnten Menschen?«

»Oh, Gott!« Julia wandte sich ab. »Vielen Dank, dass du meine schlimmsten Befürchtungen bestätigst. Und für die Bestätigung, dass mein eigener Ehemann genauso denkt wie alle in meiner Familie. Dass ich genau wie sie bin.«

»Das habe ich nicht gesagt. Hör zu. Ich sage, dass wenn man es objektiv betrachtet, eure Lebensumstände, oberflächlich gesehen, eine gewisse Ähnlichkeit haben.«

»Und deshalb müssen wir auch innerlich gleich sein? Ist es das? Wie ein Ei dem anderen? Und jetzt fahren wir auf demselben Schiff nach New York. Wenn wir von Bord gehen, wird sie sich an mich klammern … Oh, ich kann es nicht ertragen.«

»Aber Julia, nichts davon wird geschehen. Bitte, Liebling, das ist doch alles irreal. Die Frau, die du im Speisesaal gesehen hast, ist nicht deine Tante. Deine Tante ist nicht hier. Sag, soll ich mit dir nach unten gehen und euch einander vorstellen, damit du dich selbst überzeugen kannst?«

»Nein! Um Gottes willen. Die ganzen Jahre über dachte ich, ich wäre frei, aber das war eine Täuschung. Paris war nur ein Aufschub, eine Galgenfrist. Ich werde niemals frei sein.«

»Julia …«

Sie hielt ihre Hand in die Höhe. »Bitte. Sag nichts mehr.«

»Aber du weißt nicht einmal, was ich sagen will.«

»Das brauche ich nicht. Was du auch sagst, es wird falsch sein. So wie immer. Selbst wenn du glaubst, das Richtige zu sagen. Gerade dann, wenn du glaubst, das Richtige zu sagen.«

Plötzlich war sie ganz still.

»Leg dich hin«, sagte ich. »Vielleicht solltest du eine Tablette nehmen.«

»Ich will keine Tablette.«

»Das wird dich beruhigen.« Ich holte das Röhrchen Seconal aus dem Badezimmer, schüttelte eine Tablette auf meine Handfläche und gab sie ihr. Sie schluckte die Tablette. Ich schloss die Fensterläden. »Ruh dich aus«, sagte ich und zog ihr die winzigen Schuhe aus. »Ich bin in ein paar Stunden zurück.«

»Wo gehst du hin?«

»Ich versuche, den Wagen zu verkaufen.«

Das war gelogen. Ich wollte ins Suiça. Ich wollte Edward sehen.

Als ich die Lobby durchquerte, winkte mich Senhor Costa an die Rezeption. Er hielt den Telefonhörer in der Hand und bedeckte die Muschel mit der Hand. »Sir, für Sie, Madame Freleng.«

»*Madame* Freleng?«

Er nickte. Ich nahm den Hörer.

»Pete, sind Sie das? Hier ist Iris. Hören Sie, sind Sie allein? Ist Julia bei Ihnen?«

»Nein.«

»Gut, weil ich Sie privat sprechen muss. Aber zunächst, wie geht es ihr?«

»Wie es ihr geht? Wie soll es ihr schon gehen?«

»Deshalb rufe ich an. So wie Sie sich gestern Abend benommen haben – das war ausgesprochen … nun, beunruhigend. Vielleicht sehen Sie nicht so deutlich, wie kritisch ihr Zustand ist. Edward ist völlig aufgelöst.«

»Edward?«

»Er war die ganze Nacht auf. Und deshalb rufe ich Sie an und bitte Sie, sanfter mit ihr umzugehen.«

»Ich möchte mit Edward sprechen. Geben Sie ihn mir, bitte.«

»Das geht nicht. Er ist ausgegangen. Er hat mich gebeten, Sie anzurufen. Ich bin sicher, Sie glauben das nicht. Ich bin sicher, Sie halten es für eine Intrige meinerseits, irgendein Ränkespiel, aber das stimmt nicht. Ich mache mir ernstlich Sorgen um Julia, Pete. Wir beide tun das.«

In diesem Augenblick kam Georgina aus dem Speisesaal. Die Mütze hing schräg auf ihrem Kopf. Auf halber Strecke zum Aufzug blieb sie stehen und kramte in ihrer Handtasche. Vielleicht suchte sie nach dem Zimmerschlüssel.

»Wenn Edward mir etwas zu sagen hat, kann er das persönlich tun«, sagte ich zu Iris und hängte auf, woraufhin Senhor Costa sich in der altehrwürdigen Manier der Lauscher mit seinem Gästebuch beschäftigte.

»Sir«, rief er, als ich zum Ausgang ging.

»Ja?«

»Wie Sie wissen, läuft die *Manhattan* in einigen Tagen aus.«

»Ja.«

»Darf ich davon ausgehen, dass Sie und Ihre Frau …«

»Ja.«

»Vielleicht können wir dann über die Rechnung sprechen – natürlich nicht jetzt sofort.«

»Selbstverständlich, setzen Sie sie auf, ich nehme sie mit, wenn ich zurückkomme.«

»Vielen Dank, Sir.«

Wonach auch immer Georgina in ihrer Handtasche suchte, sie hatte es noch nicht gefunden. Ich ging an ihr vorbei und trat durch die Drehtür in den hellen Morgen. Ein paar Tauben befleckten den ansonsten makellos blauen Himmel. Und ich dachte: Sie hat Angst vor mir. Iris. Sie hat mehr Angst vor mir als ich vor ihr.

23

Als ich im Suiça eintraf, war Edward nicht dort. Er hatte aber beim Oberkellner eine Nachricht für mich hinterlassen und schlug vor, dass wir uns nicht wie üblich in der British Bar, sondern am Eingang zur Burg treffen sollten. Sie lag genau auf der anderen Seite von Lissabon, und ich fragte mich, ob er uns absichtlich möglichst weit von Señora Inés' Etablissement fernhalten wollte. Und warum hatte er die Nachricht statt im Francfort im Suiça hinterlassen, wo sie mich unter Umständen nicht erreichen würde?

Fast den ganzen Tag lang lief ich in der Gegend umher. Alle halbe Stunde ging ich am Suiça vorbei, für den Fall, dass Edward dort auftauchen würde, was er aber nicht tat. Anschließend kehrte ich ins Francfort zurück, um nach Julia zu sehen. Sie schlief immer noch. Also ging ich wieder los. Mir fiel auf, dass ich in Lissabon kaum eine Minute alleine verbracht hatte. Immer hatte ich mich von dem einen oder anderen leiten lassen. Jetzt, da ich ohne Begleitung war, bemerkte ich Dinge, die mir vorher entgangen waren. Zum Beispiel die Wagen. Neben den üblichen Citroëns und Fiats mit ihren tuckernden Rasenmähermotoren gab es auch Studebakers, Chevrolets und Cadillacs. Die meisten von ihnen waren neu oder fast neu. Zweifellos waren einige für ein Butterbrot, wie es so schön heißt, von Flüchtlingen wie mir erstanden worden. Natürlich hatte ich Julia am Morgen gesagt, ich würde versuchen, das Auto zu verkaufen, und natürlich tat ich nichts dergleichen. Während ich durch die Gegend lief, die Hände in den Hosentaschen, ließ ich die Schlüssel durch die Finger gleiten. Dann umklammerte ich sie fest, sodass sie rote Striemen auf meiner Handfläche und einen beißenden metallischen Geruch auf meinen Fingern hinterließen. Die Schlüssel hatten ein Loch in meine Hosentasche gescheuert, durch das hin und wieder Centavo-Münzen fielen. Und doch konnte ich mir genauso wenig vorstellen, sie nicht mehr in meiner Tasche zu haben, wie keine Uhr oder keine Krawatte zu tragen.

Dann hatte ich eine Idee. Was, wenn ich den Wagen nicht verkaufte? Was, wenn Edward und ich stattdessen unsere Frauen an Bord der *Manhattan* brächten, sie in ihre Kabinen begleiteten und uns dann aus dem Staub machten? Wir könnten irgendwohin fahren. Oder meinetwegen auch in Lissabon bleiben. Mit Edward war Portugal nicht das triste Land, das es mit Julia war. Es war ein Abenteuer. Wenn wir wollten, konnten wir sogar unsere Dienste der amerikanischen Regierung anbieten und die Spione werden, für die man uns mit Sicherheit schon hielt. Und auch wenn Julia leiden würde, wäre doch zumindest für die Dauer der Überfahrt Iris an ihrer Seite. Mit ein wenig Glück würde sich vielleicht an Bord eine Romanze entspinnen, und sie würde in New York als Verlobte eines Diplomaten oder eines Journalisten eintreffen, der ihr ein besserer Ehemann sein würde als ich. Heute, da ich mehr Erfahrung mit Untreue habe, erkenne ich den Irrglauben, dem ich an diesem Nachmittag aufsaß – dass nämlich, wenn die

Ehefrau eine Affäre hat, die eigene Untreue dadurch gewissermaßen aufgehoben wird. Ja doch, solche Dinge passieren, besonders bei den Franzosen. Nur waren wir keine Franzosen. Noch gehörte Julia zu der Sorte Frauen, die losgehen und sich einen neuen Mann suchen, ob zu ihrem eigenen Vergnügen oder um den anderen eifersüchtig zu machen. Nichts von dem hielt mich allerdings davon ab, den Rest dieses langen Tages mit meinem Plan zu spielen, ihn hoch in die Luft zu werfen und ihn von meiner Nasenspitze abprallen zu lassen, zum Entzücken der Zuschauer mit den Flossen zu klatschen, während ein unsichtbarer Dompteur mir einen Fisch zuwarf, den ich mit dem Maul auffing und ganz verschluckte ...

Dann geschah etwas.

Es war gegen zwei Uhr nachmittags. Ich war auf dem Weg ins Francfort, um mich umzuziehen für mein Treffen mit Edward. Als ich mich dem Elevador de Santa Justa näherte, rannten zwei Jungen an mir vorbei. Sie mochten acht oder neun Jahre alt sein. Sie zogen an einem Seil befestigte Lotterielose wie den Schwanz eines Drachens hinter sich her. Allerdings weckte etwas anderes meine Aufmerksamkeit. Jeder von ihnen trug nur einen Schuh. Soweit ich sehen konnte, gehörten beide Schuhe zum selben Paar. Der eine Junge trug den linken, der andere den rechten Schuh.

Sie stolperten die Straße entlang auf die Schlange zu, die sich am Eingang zum Aufzug gebildet hatte. Vermutlich wollten sie ihre Lose den Wartenden verkaufen, aber bevor sie dort ankamen, wurden sie von zwei Polizisten gestellt. In jenen Jahren trugen die Lissaboner Polizisten ähnliche Helme wie die Londoner Bobbys, die ihnen ein täuschend freundliches Aussehen gaben. Ein Wortwechsel folgte. Zuerst dachte ich, es wäre wegen der Lose, doch dann sah ich, dass die Polizisten auf die Füße der Jungen zeigten. Sie brüllten. Der Fahrstuhlführer stand rauchend an seinem Platz und wartete offenbar auf die Minute, in der er fahrplangemäß die Türen öffnen durfte. Plötzlich lachte einer der Polizisten und verpasste im selben Moment dem Jungen, der den linken Schuh trug, eine Ohrfeige. Der Junge schrie auf. Der Polizist schlug ihn ein zweites Mal, diesmal noch heftiger. Der Junge fiel auf die Knie. Der andere Junge wollte wegrennen, aber der zweite Polizist packte ihn am Kragen und hielt ihn in die Luft, wie eine Hündin ihren Welpen. Der Schuh des Jungen fiel zu Boden. Seine Beine waren spindeldürr, seine Füße noch kleiner als Julias. Einen Moment später sah der Fahrstuhlführer auf seine Uhr, drückte seine Zigarette aus und öffnete die Tür. Schweigend bestiegen die anständigen Bürger den Aufzug.

Neben mir stand eine Frau. Sie war etwa so alt wie ich und machte einen resoluten Eindruck. »Das ist schrecklich«, sagte sie mit breitem amerikanischem Akzent. »Wissen Sie, Salazar hat gesetzlich untersagt, keine Schuhe zu tragen, als Teil seiner Kampagne, das Land für die Ausstellung herauszuputzen. Aber diese Leute sind arm. Sie können es sich kaum leisten, Schuhe für ihre Kinder zu kaufen, geschweige denn für sich selbst, also muss ein Paar für zwei reichen. Und die Jungen kennen es auch nicht anders. Sie sind ihr Leben lang ohne Schuhe herumgelaufen.«

»Was passiert mit ihnen? Werden sie eingesperrt?«

»Wer weiß? Es geht gar nicht so sehr um die beiden. Sondern um die Leute, die zuschauen. Es ist vor allem zu ihrem Besten – eine kleine Erinnerung daran, was ihnen blüht, wenn sie irgendwie aus der Reihe fallen. Denken Sie daran, wenn irgendein Schwachkopf das nächste Mal davon anfängt, was für ein Segen Salazar für Portugal ist. Einen schönen Tag noch.«

Sie ging davon. Der Junge, den der Polizist geschlagen hatte, kniete noch am Boden. Der andere hing wie ein Leichnam am Galgen in der Luft. Einer der Polizisten schien auf mich aufmerksam geworden zu sein, denn er brüllte mir etwas zu und bedeutete mir, die Straßenseite zu wechseln. Sofort machte ich mich auf den Weg zum Hotel Francfort. Ich drehte mich nicht um. Sollte er mich an der Schulter fassen, würde ich so tun, als verstände ich die Sprache nicht. Aber er fasste mich nicht an der Schulter. Ich stürzte durch die Drehtür des Francfort und hätte beinahe den Pagen umgerannt. »Verzeihung«, sagte ich und eilte die Treppe hinauf, nur um an der Tür festzustellen, dass ich den Schlüssel vergessen hatte.

Ich klopfte. Keine Antwort.

»Julia, ich bin's.«

War sie ausgegangen? War sie im Badezimmer?

Mir blieb nichts anderes übrig, als zurück in die Lobby zu gehen. Messalina stand wie üblich in der Tür und rauchte. Sie nickte mir zu, und ich nickte zurück. Ich überlegte kurz, sie zu fragen, ob sie den Schlüssel für mich holen könne, aber sie war im Morgenmantel, und ich wusste nicht, ob sie Englisch sprach, also ließ ich es bleiben. In der Lobby war alles ruhig. Kein Polizist wartete auf mich oder redete mit Senhor Costa. Ich nahm den Schlüssel in Empfang, ging wieder nach oben und öffnete die Tür.

Julia lag im Bett. Sie schlief noch immer.

Ich sah auf die Uhr. Nach meinen Berechnungen schlief sie seit fünf Stunden.

»Julia«, sagte ich. Wieder keine Antwort. Ich hob sie an den Schultern hoch. Ihr Kopf kippte zur Seite. »Julia, wach auf!«

Aber sie wachte nicht auf. Ich griff nach ihrem Handgelenk und fühlte den Puls. Das Pillenröhrchen befand sich noch am selben Ort, auf dem Rand des Waschbeckens. Es waren acht Pillen darin. Wie viele waren es heute Morgen gewesen? So wenige konnten es nicht gewesen sein, das wäre mir aufgefallen. Als Ehemann hatte ich die Pflicht, darauf zu achten, dass stets genügend Tabletten vorrätig waren, und vor allem darauf, dass sie nie ganz ausgingen. Wären es weniger als ein Dutzend gewesen, hätte ich mir im Kopf eine Notiz gemacht, vor der Abfahrt der *Manhattan* neue zu besorgen.

Ich ging zurück ins Schlafzimmer. Ich öffnete die Vorhänge, die Fenster und die Läden. Sonnenlicht fiel auf Julias Gesicht und beschien die blassen Sommersprossen, die sie gewöhnlich mit Puder überdeckte. Ihre Augen blieben geschlossen.

»Julia«, sagte ich. »Wie viele Tabletten hast du genommen?«

Sie murmelte irgendetwas Unverständliches.

»Warte kurz«, sagte ich. »Ich hole einen Arzt. Es dauert nicht lange.«

Ich rannte hinaus auf den Flur. Messalina starrte mich neugierig an. »Arzt«, sagte ich und stolperte die Treppe hinunter in die Lobby. »Arzt«, sagte ich zu Senhor Costa.

»Sir?«

»Meine Frau. Sie wacht nicht auf. Ich brauche einen Arzt.«

Hinter mir hörte ich eine Stimme sagen: »Ich bin Ärztin. Kann ich helfen?«

Ich drehte mich um. Es war die Frau, die gemeinsam mit mir beobachtet hatte, wie die beiden Jungen schikaniert worden waren. Sie saß in einem der Lehnsessel, vor sich eine Kanne Tee und einen Teller Plätzchen.

»Oh, hallo, Sie sind das. Ich bin Dr. Cornelia Gray.« Sie stand auf und wischte sich die Krümel vom Rock. »Was ist passiert?«

»Meine Frau ... Ich fürchte, sie hat zu viele Tabletten genommen.«

»Was für Tabletten?«

»Seconal.«

»Barbiturate. Ich begleite Sie besser.« Sie lief zur Treppe. »Na los, kommen Sie.«

Ich sah Senhor Costa an. Er zuckte mit den Schultern. Mit ihrem steifen Rock, den flachen Schuhen und der hellen Haut wirkte Dr. Gray wie einem Hollywoodfilm entsprungen – das naive Mädchen aus der Provinz, das sich in die Kreise gebildeter New Yorker oder Europäer verirrt und dem eine berühmtere Schauspielerin in einer Nebenrolle unvermeidlich die Schau stiehlt. In einem solchen Film wäre sie eine Krankenschwester gewesen. Hier war sie eine Ärztin. Ich hatte keinen Grund, daran zu zweifeln. Also folgte ich ihr die Treppe hinauf, zwei Stufen auf einmal nehmend. »Entschuldigen Sie«, sagte sie zu Messalina, die sofort zur Seite sprang.

Ich öffnete die Tür zu unserem Zimmer. »Julia?«

Das Bett war leer. Im Badezimmer lief Wasser.

»Julia!«

»Was ist?«, fragte sie und kam durch die Tür.

Sie trug ihren Morgenmantel. Im Bad lief weiter das Wasser.

Dr. Gray sah Julia an. Julia sah Dr. Gray an. Beide sahen mich an.

»Pete?«

»Tut mir leid. Ich dachte …«

Ich setzte mich aufs Bett.

»Pete, alles in Ordnung?«

»Nicht weiter schlimm«, sagte Dr. Gray. »Er hat einen kleinen Schock. Er dachte, Sie wären tot.«

»Tot? Ich habe geschlafen.«

»Ja, das denke ich auch«, sagte Dr. Gray und legte eine Hand auf Julias Stirn. »Kein Fieber. Sehen Sie mich an. Keine geweiteten Pupillen.« Sie fühlte Julias Handgelenk. Während die Sekunden vergingen, hielt ich den Atem an. Über ihre Schulter hinweg sah Julia mich verwirrt an.

»Zweiundsechzig«, sagte Dr. Gray. »Etwas unter Durchschnitt. Sie haben keine Überdosis genommen, oder?«

»Nein«, sagte Julia.

»Öffnen Sie den Mund. Sagen Sie: *Aah*. Alles normal.« Dr. Gray zog ihre Jacke aus. »Nun, wo ich schon einmal da bin, kann ich Sie genauso gut untersuchen. Darf ich mir die Hände waschen? Wir sehen uns dann unten.«

Es dauerte einen Moment, bis ich begriff, dass die letzte Bemerkung mir galt.

»Unten?«

»Wenn ich fertig bin.«

»Ja, natürlich.«

Ich ging. In der Lobby eilte Senhor Costa auf mich zu. »Alles in Ordnung, Sir?«, fragte er. In seiner Stimme lag etwas Flehentliches, als bäte er mich inständig um eine positive Antwort.

»Alles in Ordnung. Die Ärztin untersucht sie gerade.«

»Sie meinen, sie ist nicht …«

»Nein. Sie ist wach.«

Senhor Costas Bauch dehnte sich merklich. Er ging an seinen Schreibtisch zurück.

Weil ich nichts Besseres zu tun hatte, setzte ich mich in den Sessel gegenüber dem von Dr. Gray. Der Tee wurde allmählich kalt. Gedankenlos griff ich nach einem Plätzchen. Erst als ich hineinbiss, bemerkte ich meinen Fauxpas. Ich hatte die Plätzchen nicht bezahlt. Sie gehörten Dr. Gray. Doch da ich nun einmal hineingebissen hatte, sah ich keinen Sinn darin, es wieder zurückzulegen. Also aß ich es. Ich aß alle Plätzchen. Anschließend leckte ich mir die Krümel von den Fingern. Den Tee ließ ich unangetastet.

Zwanzig Minuten später kam Dr. Gray die Treppe hinab. Ich erhob mich. »Ihrer Frau geht es gut«, sagte sie und nahm meine Hände. »Nun, ja, ich meine, sie hat nicht versucht, sich umzubringen. Aber sie ist dehydriert. Vermutlich auch entkräftet. An Ihrer Stelle würde ich dafür sorgen, dass sie möglichst rasch viel Flüssigkeit zu sich nimmt. Und sagen Sie ihr, sie soll die Finger vom Seconal lassen.«

»Vielen Dank«, sagte ich. »Der Fehlalarm tut mir leid.«

»Oh, keine Umstände. Um ehrlich zu sein, habe ich hier schon die ganze Zeit darauf gebrannt, ein wenig ärztliche Hilfe zu leisten. Sie tragen wirklich furchtbar dicke Brillengläser. Kurzsichtig, richtig? Astigmatismus?«

»Nicht, dass ich wüsste.«

»Glaukom? Katarakt? Schauen Sie her. Bewegen Sie Ihre Augen, nicht den Kopf. Wie viele Finger halte ich hoch?«

»Zwei.«

»Gut. Abgesehen von Ihrer Blindheit scheinen Sie ganz gesund zu sein. Warum setzen Sie sich nicht?«

»Ich denke, ich sollte lieber wieder hochgehen.«

»Warten Sie noch. Sie nimmt ein Bad. Geben Sie ihr etwas Zeit, sich zu sammeln. Ich nehme an, Sie sind auf dem Weg nach Hause.«

Ich nickte. »Wir fahren mit der *Manhattan*. Und Sie?«

»Wir? Mein Mann und ich sind gerade erst angekommen, vor einer Woche. Mit dem Flugzeug. Mit dem Unitarian Service Committee. Wundern Sie sich nicht, wenn Sie noch nie davon gehört haben, es wurde erst letzten Monat gegründet. Wir wollen etwas für die Flüchtlinge tun, die in Frankreich festsitzen. Ihnen helfen, nach Lissabon zu gelangen und von dort in die Staaten auszureisen. Wenn es irgendwie in unserer Macht steht. Allerdings ist Lissabon ein bürokratisches Wespennest. Es ist noch schlimmer als in Prag, wo wir letztes Frühjahr waren. Glücklicherweise kümmert sich Don, mein Mann, um diese Dinge. Augenblicklich trifft er sich mit dem Konsul und versucht eine Visaregelung auszuhandeln. Seit Tagen widmen wir uns dem aussichtslosen, aber ehrbaren Kampf, eine Güterwagenladung Milchpulver nach Marseille zu bringen. In Frankreich herrscht eine furchtbare Milchknappheit. Anders als hier, wo man alles bekommen kann. Da wir gerade davon reden, möchten Sie eine Tasse Tee? Oh, er hat zu lange gezogen. Macht nichts, ich lasse uns eine neue Kanne bringen.«

Sie rief den Kellner, der prompt erschien. Offenbar hätte er nie gewagt, Dr. Gray warten zu lassen. Irgendetwas an ihr verlangte Respekt, auch wenn sie das genaue Gegenteil dessen war, was man als glamourös bezeichnen würde, mit ihrer adretten Frisur, den kurzgeschnittenen Fingernägeln und ihrer bestimmten, schnörkellosen Stimme.

Der frische Tee stand in Windeseile auf dem Tisch. »Ein furchtbarer Zwischenfall vorhin beim Aufzug«, sagte Dr. Gray, während sie den Tee eingoss. »Das erinnert einen daran, dass man sich in einer Diktatur befindet. Natürlich fällt es hier weniger auf – zumindest weniger als in Prag. Ich meine, wenn man am Kiosk jede Zeitung aus der Heimat kaufen kann, warum sollte man da nachschauen, ob die hiesigen Zeitungen zensiert werden? Was im übrigen der Fall ist. Dieser Gleichmut gegenüber Salazar macht mich ganz wahnsinnig, dabei ist er kein Deut besser als Mussolini. Der einzige Unterschied ist, dass Salazar nur daran interessiert ist, seine Macht zu sichern, und nicht die ganze Welt erobern will. Wir Ausländer sind bloß eine Ablenkung für ihn, eine Art Wanderzirkus. Sobald wir fort sind, wird er sich wieder seinem eigentlichen Anliegen widmen, nämlich den Bürgern Portugals blinden Gehorsam einzuprügeln.«

»Das habe ich heute erkannt. Vorher war es mir nicht bewusst.«

»Wie auch? Ich selbst weiß es nur, nun ja, weil ich im Geschäft bin, wie man sagen könnte. Und es ist auch nicht so offenkundig wie beispielsweise in Prag. Oder Berlin, Gott bewahre. Wir können uns hier schlimmstenfalls über Langeweile beklagen, dass wir zu viel Zeit in den Cafés auf dem Rossio verbringen müssen. Dennoch sollten wir nicht vergessen, dass auf dem Rossio einst die grausamsten Exekutionen stattfanden. Unter dem Beifall Tausender. Zur Zeit der Inquisition galt das als Unterhaltung. Und es könnte wieder so weit kommen. Haben Sie die jungen Männer in den lächerlichen Uniformen gesehen? Sie wissen, warum Salazar Grün gewählt hat, oder? Weil Schwarz und Braun bereits vergeben waren.«

»Ich nehme an, Sie wollen hierbleiben?«

»Nicht für lange, hoffe ich. Wenn Don erst die bürokratischen Hürden überwunden hat, wollen wir nach Marseille fahren, dort unser Hauptquartier einrichten und hier in Lissabon bloß eine Nebenstelle unterhalten. Natürlich gibt es in diesem Geschäft viele unerwartete Hindernisse. Wer hätte zum Beispiel gedacht, dass es so schwierig sein könnte, einen internationalen Führerschein zu bekommen?«

»Haben Sie einen Wagen?«

»Noch nicht. Wieso, kennen Sie jemanden, der einen verkaufen will?«

»Ja, mich, um ehrlich zu sein. Einen Buick. Fast neu.«

»Dann sollten Sie mit Don sprechen. Er wird heute Abend zurück sein. Oh, ich habe noch gar nicht nach Ihrem Namen gefragt.«

»Winters. Pete Winters.«

»Sehr erfreut, Pete Winters.«

Wir gaben uns die Hand. Dauerte der Handschlag tatsächlich einige Sekunden länger als üblich? Ich war mir nicht sicher. Denn plötzlich erschien es mir so, als gehörte die Hand gar nicht mir und als gehörte die Stimme aus meinem Mund einem Bauchredner. Ich war da, in der Lobby, aber gleichzeitig war ich weit entfernt, in der letzten Reihe eines Kinos, und schaute einen Film.

»Nun, ich gehe dann mal«, sagte ich und zog mein Portemonnaie aus der Tasche. »Wie viel schulde ich Ihnen?«

»Wofür?«

»Für den Hausbesuch.«

»Machen Sie sich nicht lächerlich. Sie haben mir etwas zu tun gegeben. Seit wir hier sind, langweile ich mich zu Tode. Ich verabscheue diese Bürokratie und kann es gar nicht abwarten, aus dieser gottverdammten Stadt herauszukommen und endlich wieder etwas zu tun.«

»In diesem Fall kann ich mich nur bei Ihnen bedanken.« Ich stand auf. »Aber ich habe Ihre Plätzchen aufgegessen. Lassen Sie mich zumindest dafür bezahlen.«

»Ich kann mir jederzeit neue bringen lassen. Also, auf Wiedersehen. Und wenn Sie irgendetwas brauchen, zögern Sie nicht, mich anzusprechen.«

»Ganz bestimmt nicht.«

»Klopfen Sie einfach an meine Tür. Zimmer 111. Leicht zu merken.«

»Ja.«

»Ganz gleich, ob Tag oder Nacht.«

Zum zweiten Mal gaben wir uns die Hand. Ich ging nach oben. In der Zwischenzeit hatte Julia sich angezogen.

»Was sollte das alles?«, fragte sie. »Wie bist du auf die Idee gekommen, ich hätte eine Überdosis Tabletten genommen?«

»Es waren nur noch acht Stück im Röhrchen.«

»Ja, und als du morgens gegangen bist, waren es noch neun.«

»Aber es können unmöglich so wenige gewesen sein. Das hätte ich bemerkt.«

»Offenbar doch nicht.«

»Aber warum bist du nicht wach geworden? Ich habe dich geschüttelt, und du bist trotzdem nicht aufgewacht.«

Sie begann, ihr Haar zu bürsten. »Ich *wollte* nicht aufwachen. Wozu auch? Das schäbige kleine Zimmer, die Frau unten.«

»Du meinst Dr. Gray?«

»Nein, nicht Dr. Gray. Du weißt, wen ich meine.«

»Tante Rosalie.«

»Du gibst also zu, dass sie es war?«

»Nein. Ich meine, die Frau, die du für Tante Rosalie hältst. Sie heißt übrigens Georgina. Georgina Kendall. Wie spät ist es? Ich muss mich beeilen. Ich komme zu spät.«

»Wozu? Wo gehst du hin?«

»Ich bin mit Edward verabredet.«

»Pete, musst du heute Nachmittag fortgehen? Kannst du nicht absagen?«

»Das ist zu kurzfristig.«

»Aber ich fürchte mich vor dem Alleinsein.«

»Du wirst nicht allein sein. Iris wird jede Minute eintreffen.«

»Oh Gott, Iris! Ich kann sie heute nicht ertragen. Ich fühle mich unwohl in ihrer Nähe. Und mir ist nicht gut, Pete. Die

Ärztin hat gesagt, ich sei dehydriert. Und entkräftet. Heißt es nicht, man soll sich auf keinen Fall an Bord eines Schiffes begeben, wenn man krank ist?«

»Aber du bist nicht krank. Du musst nur mehr Wasser trinken. Außerdem gibt es einen Schiffsarzt.«

»Ja, genau wie auf dem Schiff, auf dem Onkel Edgar gestorben ist.«

»Sei nicht albern.«

Sie zupfte Haare aus ihrer Bürste. »Manchmal habe ich das Gefühl, ich kenne dich gar nicht mehr«, sagte sie. »Der Mann, den ich geheiratet habe, würde mich niemals so im Stich lassen.« Plötzlich drehte sie sich um und sah mich an. »Was steckt eigentlich hinter deinen angeblichen Verabredungen mit Edward?«

»Wieso angeblich? Natürlich treffe ich ihn.«

»Ist es denn so wichtig für dich, ihn zu treffen? So wichtig, dass du deine Frau im Stich lässt, wenn sie dich braucht? Oder ist es bloß ein Vorwand? Mit wem bist du tatsächlich verabredet, Pete?«

»Ich sagte doch, mit Edward.«

»Du hast eine Affäre, stimmt's? Deshalb hast du mich nicht angerührt. Bis gestern.«

»Julia, das ist absurd. Diese ganze Unterhaltung. Wie kommst du darauf, dass ich eine Affäre habe?«

»Du streitest es nicht ab. Mit dieser Ärztin, nicht wahr? Ich habe es in ihren Augen gesehen, wie sie mich angeschaut hat …«

Ich holte tief Luft. »Also gut, ich wiederhole es nicht noch einmal. Ich habe dich nicht belogen. Der einzige Mensch, mit dem ich mich nachmittags treffe, ist Edward. Ich habe mich gestern mit Edward getroffen, und vorgestern ebenfalls, und ich werde Edward heute treffen. Wen sollte ich denn sonst treffen, wenn ich es überhaupt noch schaffe … Woher hast du bloß diese verrückten Ideen? Von Iris?«

»Du traust mir nicht viel zu, nicht wahr? Du glaubst, ich bin dumm oder blind. Aber das bin ich nicht. Ich habe Augen im Kopf.«

»Ich weiß nicht, was ich noch sagen soll. Du glaubst nicht, dass die Frau unten Georgina Kendall ist, du glaubst nicht, dass ich mich mit Edward treffe. Und du sagst, ich hätte mich verändert.«

Sie setzte sich an die Frisierkommode und legte den Kopf auf die Hände. »Hör zu, vergiss es einfach. Geh einfach.«

»Nein, ich bleibe.«

»Aber ich möchte nicht, dass du bleibst. Ich muss allein sein.«

»Vor fünf Minuten war das aber noch anders.«

»Das war vor fünf Minuten.«

Ich zog meine Jacke aus. »Egal. Ich bleibe.«

»Um Gottes willen, Pete, geh bitte! Hör zu, ich verspreche dir, ein braves Mädchen zu sein, ja? Ich werde eine Patience legen, und dann werde ich etwas mit Iris unternehmen, und heute Abend treffen wir uns im Suiça, und alles ist wie früher. Wir werden uns prächtig amüsieren.«

»Aber es ist nicht wie früher.«

»Kein Wort mehr. Du hast einen Freibrief, verstehst du das denn nicht? Wohin du auch gehst und wen immer du triffst, geh einfach. Zieh deine Jacke an und geh.«

Ein paar Sekunden lang blieb ich unschlüssig stehen. Wie sehr wünschte ich jetzt, ein Foto von Julia in diesem Moment zu haben! Sie sah einfach großartig aus. Ihre Wangen waren gerötet. Ihre Augen strahlten, wie ich es zuletzt in New York gesehen hatte, als ich ihr versprach, sie aus den Fängen ihrer Familie zu befreien und mit ihr nach Frankreich zu gehen. Und jetzt nahm ich das, was ich ihr einst gegeben hatte, wieder fort – nichts weniger als ihre Freiheit. Dennoch war sie in ihrer Niederlage – und das war das Überraschende – noch prächtiger als in ihrem Triumph, dessen ich sie fünfzehn Jahre zuvor versichert hatte, als wir aus dem Hafen von New York ausliefen, in der Absicht, nie mehr zurückzukehren.

Ich nahm meine Jacke und ging. Ich zog die Tür hinter mir zu. Messalina lächelte mir von ihrem Posten auf eine Art zu, die man nur als mitleidig bezeichnen konnte. Ich habe nie erfahren, wer diese Frau war, die wir Messalina nannten. Ich habe nie erfahren, woher sie stammte oder worauf sie wartete. Und doch kam es mir in diesem Augenblick so vor, als würde sie mich besser kennen als sonst jemand auf der Welt, und als gäbe sie mir mit ihrem Lächeln eine Art Erlaubnis ...

Dr. Gray hatte ihren Armsessel in der Lobby verlassen. Auf dem Tisch lag ein aufgeschlagenes Buch. Der Schriftzug des Titels war zu klein, aber der Name des Autors war eindeutig zu erkennen: Xavier Legrand.

24

Edward wartete auf mich am Eingang zur Burg. Daisy lag zu seinen Füßen.

»Danke, dass du gekommen bist«, sagte er und nahm meine Hand. »Ich wollte unbedingt die Pfauen sehen. Uns bleiben nur noch wenige Tage.«

»Nicht nur, um die Pfauen zu sehen«, sagte ich.

Er öffnete den Mund, schien für einen Moment im Kopf etwas nachzurechnen, sagte aber nichts. Wir betraten die Burganlagen. Ich habe gehört, dass sie inzwischen restauriert wurden. 1940 drückten Wurzeln das Pflaster nach oben. Die Befestigungsmauern zerfielen. Lange, dürre Rosenstöcke blühten zwischen zerzausten Zypressen und Jacaranda-Bäumen. Über die staubigen Wege und Innenhöfe stolzierten die Pfauen, mindestens ein Dutzend. Bis auf einige blaue oder grüne Streifen auf der Brust waren sie leuchtend, beinahe wichtigtuerisch weiß. Auf dem Kopf trugen sie kleine weißgefiederte Tschakos, und ihre weißen Schwanzfedern zogen sie wie Brautschleier hinter sich her. Abgesehen von den Vögeln gab es nur die Aussicht zu bewundern, die mich noch mehr beeindruckt hätte, wenn ich nicht bereits auf der Aussichtsplattform des Elevador de Santa Justa gewesen wäre. Die Burg selbst wirkte modrig, als ob der Regen vieler Jahrhunderte jegliche menschliche Spur von ihr abgewaschen hätte.

Die Pfauen fesselten Daisy. Reglos, Ohren und Schwanz aufgestellt, beobachtete sie sie. »Ruhig, Mädchen«, sagte Edward, ging in die Knie und kraulte ihr den Nacken. »Seltsam, dass sie sich plötzlich so für Vögel interessiert. Terrier sind eigentlich keine Vogelfänger.«

»Ich vermute, sie ist nicht die Einzige, die seit der Ankunft in Lissabon neue Wege beschreitet«, sagte ich.

Diesmal entlockte ich ihm eine Reaktion, auch wenn es nur ein halbherziges Lachen war. Wir setzten uns auf eine Bank. »Du hast den Teufel im Leib«, sagte meine Mutter immer, wenn ich als Kind in dieser Stimmung war und nicht eher Ruhe gab, bis sie mir eine Ohrfeige versetzte. Ich wusste auch nicht, warum ich vom Teufel geritten wurde, da nun doch endlich der Moment gekommen war, auf den ich seit heute früh gewartet hatte – der Moment, in dem ich mit Edward allein sein konnte. Und doch war es so. Ich wünschte, es wäre anders gewesen, aber so war es nun einmal. Ich war wütend, dass er mich unbedingt hier hatte treffen wollen, so weit von der Rua do Alecrim entfernt, und dass er seine Nachricht im Suiça und nicht im Francfort hinterlassen hatte, und dass ich zu spät gekommen war, weil Julia keine Überdosis Seconal geschluckt hatte. Einer der Pfauen stolzierte auf uns zu. Er legte den Kopf zur Seite, schlug ein halbes Rad und zog sich wieder zurück. Daisys Leine straffte sich. Sie war voller Anspannung und Aufmerksamkeit, während Edward reserviert dasaß, die Beine ausgestreckt, den linken Arm hinter meinem Nacken, aber ohne ihn zu berühren.

»Du bist furchtbar still heute? Was bedrückt dich?«

Ich ballte meine Hände. Ich versuchte, den Teufel niederzuringen.

»Was mich bedrückt?«, sagte ich. »Da fällt mir einiges ein. Ich habe den Wagen immer noch nicht verkauft. Die Nazis sind in Paris einmarschiert. Ich betrüge meine Frau. Was noch? Oh, natürlich! Soeben habe ich erfahren – nicht von dir –, dass du und Iris auf Lesereise geht, wenn ihr zurück in den Staaten seid.«

Edward schloss die Augen und hielt sein Gesicht in die Sonne.

»Durch vierzig Städte, stimmt's?«

»Wenn ich recht informiert bin.«

»Wenn du recht informiert bist?«

»Es ist ein Beschluss der Regierung.«

»Und beugst du dich jedem Regierungsbeschluss?«

»Ich finde es so am einfachsten.«

»Wenn Iris dir also sagt, du darfst nie wieder mit mir reden, würdest du das tun?«

»Aber das hat sie ja nicht. Und das würde sie auch nie.«

Wieder näherte sich der Pfau. Und wieder führte er seine kleine Striptease-Nummer auf, ein aufreizender Anblick, der schon im nächsten Moment vorbei ist.

»Was erzählst du ihr, wenn sie nach mir fragt?«

»Nichts. Sie fragt nie nach dir.«

»Nicht einmal am Anfang? Als ihr die Bedingungen dieser – wie sollen wir es nennen – dieser Vereinbarung ausgehandelt habt? Dass wir die Nachmittage bekämen und sonst nichts?«

»Das war alles ihre Idee.«

»Aber irgendwann muss sie verlangt haben, dass du mich nicht mehr triffst. Sie muss darauf bestanden haben.«

»Nein. Niemals.«

»Und wenn sie es getan hätte?«

»Ich sagte doch. Sie würde es niemals tun.«

»Und wenn ich es getan hätte?«

»Was?«

»Dich gebeten hätte, sie zu verlassen?«

»Bitte, tu das nicht, Pete.«

»Warum? Weil du dann ausnahmsweise zu einer Antwort gezwungen wärst? Weil du nein oder ja sagen müsstest?«

In diesem Moment blühte der Pfau auf. Ich weiß nicht, wie ich es anders beschreiben soll. Die Wirkung war verblüffend. Als würden tausend winzige weiße Vögel aus seinen Federn in die Freiheit entlassen und gen Himmel steigen. Die Tauben stießen wehklagende Schreie aus. Ein leichter Wind erhob sich und spannte den Fächer wie ein Segel. Nur die Pfauenhennen blieben gleichmütig, wie Frauen es oft sind, wenn sie mit dem Anblick männlicher Eitelkeit konfrontiert werden.

Dann war die Aufführung vorüber. Daisy bellte mehrmals hintereinander wie eine Hupe. Die Federn falteten sich ineinander wie gekonnt gemischte Karten.

Ich drehte mich Edward zu. Er hatte Tränen in den Augen.

»Es tut mir leid«, sagte er. »Ich wünschte, ich könnte dir sagen, was du hören möchtest. Aber ich kann es nicht. Ich bin nicht tapfer, Pete. Das heroische Leben, das abenteuerliche Leben – dafür bin ich nicht gemacht.«

»Und du glaubst, ich sei es?«

»Ja. Auch wenn du es erst jetzt entdeckst.«

»Ich glaube dir nicht.«

»Du musst es. Ich lebe nur, weil Iris für mich da ist.«

»Dann lebe, weil ich für dich da bin.«

»Nein. Es gibt würdigere Objekte.«

»Ist das nicht meine Entscheidung?«

»In all den Jahren hat Iris mich wieder und wieder vor der Hölle gerettet. Nie hat sie sich von mir abgewendet. Auch du wirst dich nicht abwenden. Ich wünschte, nur ein einziges Mal wäre es so, und einer von euch würde sich abwenden, würde mir in die Augen sehen und mich gehen lassen. Ich habe nie um etwas gebeten.«

»Aber natürlich hast du das. Du bist in mein Zimmer gekommen, du hast mich mit nach Guincho genommen –«

»Ich habe es angefangen, und du hast es fortgeführt.«

»Wir beide haben es fortgeführt.«

Er trocknete sich die Augen. »Du hast recht. Du hast recht. Ich habe dich enttäuscht, Pete. Aber verstehst du, ich hätte nie gedacht, dass es so weit kommen würde. Oder dass du jemals denken könntest … Ich meine, ich habe geglaubt, Julia wäre ein Schutz. So lange Julia da wäre, gäbe es eine Linie, die wir nicht überschreiten könnten. Und als Iris sagte, Julia dürfe es nie erfahren, weil sie es nicht überleben würde, habe ich mitgemacht, um sie zu besänftigen, aber auch, weil es mir entgegenkam. Verstehst du jetzt? Ich bin ein Feigling. Ein Grund mehr, mich loszuwerden.«

»Ist das nicht eine unredliche Art zu sagen, dass du mich loswerden willst?«

»Nein. Ich wünschte, es wäre so einfach. Aber nein.«

Ich schwieg. Die Pfauen verstreuten sich. Irgendwo musste es Nachwuchs geben. Nester mit Jungen. Wie nannte man sie? Pfauenküken?

»Und wie geht es jetzt weiter?«, fragte ich.

»Keine Ahnung. Wir besteigen das Schiff. Wir überqueren den Atlantik. Wenn uns unterwegs kein U-Boot versenkt, kommen wir nach New York …«

»Und Julia und ich reisen weiter nach Detroit, und du und Iris, ihr geht auf Lesereise, und vielleicht sind wir in ein paar Jahren zufällig einmal in derselben Stadt und gehen gemeinsam essen? Nein. Unerträglich.«

»Und das hier? Lissabon? Der Krieg? Frag die Leute hier, ob irgendetwas davon erträglich ist. Nichts davon ist erträglich. Dennoch ist es real.«

»Ich weigere mich, das zu akzeptieren. Wir haben mehr Möglichkeiten als sie. Zum Beispiel könnten wir bleiben. Andere tun das auch. Einige kommen sogar hierher. Ich meine, die Flugzeuge, die jede Woche landen, die sind nicht leer.«

»Hör auf, Pete. Das ist unrealistisch.«

»Vielleicht. Aber es ist möglich.«

»Nicht für mich. Und bestimmt nicht für Julia.«

»Ich bin nicht ihr erster Ehemann, weißt du. Und es gibt keinen Grund zu glauben, dass ich ihr letzter bin.«

»Oh, doch. Es tut mir leid, aber den gibt es. Wenn du Iris nicht glaubst, glaube mir. Wir gleichen uns sehr, Julia und ich. Wie ein Ei dem anderen.«

Ich lachte.

»Was ist daran so lustig?«

»Nichts weiter. Ich lache bloß über den Ausdruck.«

Während des ganzen Gesprächs hatte Daisy die Pfauen beobachtet. Plötzlich machte sie einen Satz nach vorn. »Daisy, aus!«, befahl Edward und sprang auf, um sie einzufangen.

Als er sich wieder setzte, rückte er etwas weiter von mir ab. Auch sein Arm ruhte nicht mehr hinter meinem Rücken.

Ich legte mein Gesicht in meine Handflächen. Ich konnte meinen Herzschlag spüren. In Paris waren Julia und ich manchmal in ein Kino gegangen, unter dem die Métro herfuhr. Manchmal wurden wir durch das Rumpeln der Bahn aus dem Film gerissen – bei einer Liebesszene oder einem Lied –, aber manchmal rumpelte es genau in dem Moment, wenn auf der Leinwand ein Zug in einen Tunnel fuhr, oder ein Flugzeug ins Meer stürzte, oder Salutschüsse abgefeuert wurden. Und jetzt war mein Herzschlag dieses Rumpeln, und auf der Leinwand saßen zwei Männer und ein Hund auf einer Bank vor einer Burgruine, und Pfauen stolzierten in der Sonne. Nichts davon hatte irgendetwas mit mir zu tun. Ich war weder einer der Männer, noch war ich der Hund oder ein Pfau. Ich war bloß das Rumpeln, das der Verkehr auf den Prachtstraßen oder der viele Hundert Kilometer entfernt wütende Krieg sein konnte, aber tatsächlich nur mein Herzschlag war. Ich weinte nicht. Ich wünschte, ich hätte es gekonnt. Ich schloss die Augen und versuchte, mir eine Träne abzupressen, aber ich konnte genauso wenig weinen wie Julia früher an diesem Nachmittag, nachdem sie mich enttäuscht hatte, indem sie sich nicht umgebracht hatte.

Plötzlich fühlte ich etwas Feuchtes auf meiner Wange. Ich öffnete die Augen. Daisy war auf meinen Schoß geklettert und leckte mir übers Gesicht.

»Oh, Daisy«, sagte ich und kraulte ihr den Nacken. »Schließlich und endlich bist du diejenige, die ich am meisten vermissen werde.«

»Wir alle werden sie am meisten vermissen«, sagte Edward.

ÜBERALL

25

Im Frühjahr 1941 erschienen zwei in Lissabon spielende Bücher: Xavier Legrands *Inspektor Voss im Hotel Francfort* und Georgina Kendalls *Flucht aus Frankreich*. Ich komme in beiden vor, auch wenn man mich kaum erkennen dürfte. Im ersten bin ich »Mr. Hand«, ein amerikanischer Geschäftsmann, der nach mehreren Jahren in Frankreich nach Hause zurückkehrt. Im zweiten bin ich »Bill«, der Ehemann von »Alice«, der Nichte der Autorin, die sie seit vielen Jahren nicht gesehen hat.

Inspektor Voss im Hotel Francfort beginnt mit dem folgenden, wie ich finde, ziemlich gelungenen Absatz:

»An einem Juninachmittag im Jahr 1940 saßen ein Amerikaner und ein Engländer in der British Bar in Lissabon und spielten Karten. Ihre Namen waren Hand und Foot. Zufällig waren beide Handelsvertreter, der eine für Messer, der andere für Staubsauger.«

Zwei Seiten weiter gewinnt Hand das Spiel. Foot beschuldigt ihn, geschummelt zu haben. Es kommt zum Streit, an dessen Ende beide der Bar verwiesen werden. Am nächsten Morgen findet man Hand von der Decke seines Zimmers im Hotel Francfort baumelnd, während Foot in Lissabon untergetaucht ist, was, in Verbindung mit ihren Namen, den Erzähler des Romans, Fred Gentry vom amerikanischen Konsulat, vermuten lässt, es handle sich bei den beiden um Spione. In der Hoffnung, einen Spionagering aufzudecken und dadurch seine Karriere voranzutreiben, bittet Gentry den berühmten Inspektor Voss von der Pariser Sûreté, der sich in Lissabon aufhält, weil sein Name auf einer Gestapo-Liste steht, ihn bei seinen Ermittlungen zu unterstützen. Voss zögert zunächst, willigt aber ein, als Gentry andeutet, die Ausstellung eines amerikanischen Visums könne von seiner Kooperation abhängen. Die beiden Männer machen sich daran, das Leben von Hand und Foot zu erforschen, aber je mehr sie erfahren, desto verwirrender wird die Situation. So stoßen sie unter anderem auf ein offenbar in Codeschrift verfasstes Tagebuch; ein abgewetztes Exemplar von *Clarissa* (»das letzte Buch, das man bei einem Handelsvertreter für Messer erwarten würde«); einen Brief von einem Fräulein Lipschitz, in dem sie Hand Geld verspricht, wenn er sie heiratet und mit nach New York nimmt; und einige Patience-Karten, von denen eine, die Pik-Dame, an einer Ecke umgeknickt ist. Aber die Teile fügen sich nicht zu einem Ganzen. Hinter jedem entschlüsselten Geheimnis steckt ein neues, und die meisten bleiben völlig rätselhaft. »Wenn alles etwas anderes bedeuten kann«, bemerkt Gentry gegen Ende, »wie soll man da wissen, ob irgendetwas überhaupt etwas bedeutet?«

Ich gehe davon aus, dass diese Zeilen von Edward stammen. Und ich bin mir sicher, dass er für die Auflösung des Verbrechens zuständig ist, die Inspektor Voss auf den letzten Seiten mit verblüffender Kaltschnäuzigkeit enthüllt. Hand und Foot sind keine Spione. Sie sind genau das, was sie scheinen: Handelsvertreter. Und auch der Mord ist genau das, was er zu sein scheint. Aus Zorn darüber, von Hand beim Kartenspiel betrogen worden zu sein, erwürgt ihn Foot und versucht es anschließend wie einen Selbstmord aussehen zu lassen. Zuletzt steht Gentry selbst als Einfaltspinsel da: »Alles, was ich meinte, entdeckt zu haben – das Codebuch und dessen Entschlüsselung, den Brief, die geknickte Karte –, war bloßer Staub auf einer Landstraße, aufgewirbelt von meinen eigenen rastlosen Füßen.« Dennoch hält er Wort und beschafft Inspektor Voss ein Visum. Am Ende des Romans steht der Inspektor an Deck der *Excambion*, betrachtet die entschwindende Küste Portugals und fragt sich, was die Zukunft bringen mag – für ihn und für Europa.

Anstatt mich an einer Zusammenfassung von Georginas »Memoiren« zu versuchen, was ohnehin unmöglich ist, werde ich nur das entscheidende Kapitel wiedergeben:

»Seit ich Paris verlassen hatte, war ich den ungewöhnlichsten Menschen an den ungewöhnlichsten Orten begegnet. Ich hatte die Großherzogin von Luxemburg gesehen, wie sie im Schneidersitz auf einem Abstellgleis in Vilar Formoso saß und ein Sandwich aß, und ich hatte Elsa Schiaparelli gesehen, als sie sich auf der Toilette des Sud-Express die Haare wusch. Ich hatte Julien Green beim Gebet in der alten Kathedrale von Lissabon gesehen, und ich hatte Madeleine Carroll an einer Zapfsäule in Spanien gesehen. Immer wieder tauchten alte und neue Freunde auf, sei es im portugiesischen Konsulat in Bayonne, im Zollhaus in Fuentes d'Oñoro oder am Spieltisch in Estoril. Die überraschendste Begegnung aber war die mit meiner Nichte aus New York, die ich seit vielen Jahren nicht mehr gesprochen hatte. Um ihren Ruf nicht vollends zu zerstören, werde ich sie Alice nennen.

Sie war die jüngste Tochter der Schwester meines ersten Mannes, ein ganz reizendes Mädchen, aber in einem entsetzlich konservativen Haushalt aufgewachsen. Lange vor ihrer Geburt war ihre Zukunft bereits beschlossen – sie würde einen geeigneten jungen Mann heiraten und ihm Kinder gebären. Doch bereits als kleines Kind wurde deutlich, dass Alice andere Vorstellungen hatte. Und zwar in allem, was sie tat: in der Art, wie sie die Schleifen aus ihrem Haar riss und sich weigerte, die Suppe zu essen, daran, dass sie lieber mit ihren Brüdern raufte, als mit ihren Schwestern mit Puppen zu spielen, an ihrem Stolz und ihrem Widerspruchsgeist. Noch größere Sorgen aber machte ihrer Mutter die Zuneigung, die das Kind für mich empfand, eine junge Dame zweifelhafter Herkunft, die ihr Bruder dumm genug war zu heiraten! Auch ich war nicht gleichgültig gegenüber dieser Nichte, die mir an den Lippen hing. Ganz im Gegenteil, ich erkannte in Alice vieles von mir in jenem Alter wieder und war entschlossen, ihr das zu geben, was ich niemals bekommen hatte: die Unterstützung einer Erwachsenen, die sie wahrhaftig verstand!

An anderer Stelle habe ich von jener schicksalhaften Reise über den Atlantik nach Europa erzählt, wo ich mich sechs Monate aufhalten wollte und schließlich dreißig Jahre blieb. Ich habe bislang aber noch nicht davon gesprochen, welche Wirkung die Ankündigung meiner bevorstehenden Abreise auf die kleine Alice hatte. Zu sagen, dass sie ihr Qual und Kummer bereitete, wäre eine Untertreibung. Verzweifelt kam sie zu mir und flehte mich an, sie mitzunehmen. Geduldig erklärte ich ihr, warum das nicht ging, so sehr ich es auch wünschen mochte. Aber sie ließ sich nicht besänftigen, bis sie mir das Versprechen abgerungen hatte, dass sie mich in den nächsten Schulferien besuchen dürfe. Zusammen, versicherte ich ihr, würden wir die Hauptstädte Europas bereisen und uns die Sehenswürdigkeiten anschauen. Ach, wie konnten wir ahnen, welches Schicksal uns bevorstand – erst der verfrühte Tod meines Mannes und dann der Krieg.

Ich kann nur vermuten, wie groß der Schmerz meiner armen Nichte war, als sie einige Monate später erfuhr, dass unsere Trennung länger, wenn nicht gar für immer währen würde, und wie viele Tränen sie aus Kummer vergossen haben muss, während ihre Mutter Tränen der Freude weinte. Denn es gibt keinen Zweifel, dass meine Schwägerin ihr Entzücken kaum zurückhalten konnte, als sie erfuhr, dass ihre Tochter – zumindest für einige Jahre – meinem teuflischen Einfluss entzogen war. Jetzt, so musste sie gedacht haben, war sie an der Reihe! Endlich würde sie das Mädchen auf den rechten Weg zurückführen, von dem ich sie abgebracht hatte! Aber natürlich übersah sie in ihren Überlegungen, was alle Mütter, einschließlich meiner eigenen, übersehen: die Entschlossenheit eines jungen Mädchens, seinen Willen durchzusetzen.

Den ganzen Krieg hindurch blieben Alice und ich in Kontakt. In meinen Briefen schrieb ich ihr von meinem ereignisreichen Leben in Cannes und meinem Hilfsdienst im Krieg. Sie erzählte mir von ihren kindlichen Hoffnungen, von dem französischen Edelmann, der in ihren Träumen auf einem weißen Pferd vorbeigeritten kam und sie zu sich hinaufzog, um für immer glücklich mit ihr auf seinem Märchenschloss in Frankreich zu leben. Und ich bestärkte sie – was sich später als unklug erwies – in ihren unschuldigen Phantasien. Denn oft werden aus diesen Launen kleiner Mädchen die ehrgeizigen Ziele mutiger Frauen – Journalistinnen, Schriftstellerinnen oder Künstlerinnen. Zum Glück hatte ich in etlichen New Yorker Geschäften noch ein Konto, sodass ich Alice auch aus dem Ausland weiter mit *petits cadeaux* versorgen konnte: mit Hüten und Handschuhen und sämtlichen Claudine-Romanen von Colette in englischer Übersetzung und einem entzückenden kleinen Patience-Kartenspiel in einer Box aus Krokodilleder.

Schließlich war der Krieg vorbei. Bei der ersten Gelegenheit fuhr ich mit dem Schiff nach New York, wo ich bestürzt feststellte, dass Alice während meiner Abwesenheit zu einer jungen Dame mit viel Charme, aber wenig Verstand herangewachsen war. Sie hatte dem Drängen ihrer Mutter nachgegeben und die Dummheit begangen, den ›geeigneten‹ jungen Mann zu heiraten, den man für sie ausgesucht hatte. Ich möchte hier ausdrücklich klarstellen, dass an dem jungen Mann nichts auszusetzen war, außer seiner himmelschreienden Einfalt! Ja, der junge Mann schien selbst völlig überrascht zu sein, eine so temperamentvolle Braut an seiner Seite zu haben, da er ein Mädchen wie ihre Schwestern erwartet hatte, allesamt fade häusliche Kreaturen. Abgesehen davon, war er ein echter Kavalier und bereit, alles zu tun, um die Liebe seiner Frau zu gewinnen. Ich riet Alice, das Beste aus der Situation zu machen, und erinnerte sie daran, was für eine trostlose Figur mein eigener erster Ehemann, ihr Onkel, abgegeben hatte, und was ich zuletzt aus ihm gemacht hatte! Unter Anleitung einer klugen Frau kann jeder noch so wenig versprechende Mann eine glänzende Karriere machen. Es bedarf dazu nur Geduld und intensiver Arbeit. Doch leider gehörte Geduld nicht zu den Stärken meiner Nichte.

Von da an, so traurig es ist, ging es nur noch abwärts. Von zuverlässigen Freunden erfuhr ich, dass Alice meinen Rat in den Wind geschlagen hatte. Sie hatte ihrem Ehemann den Laufpass gegeben und sich in eine Affäre mit einem Franzosen von edler Abstammung, aber unedlem Charakter gestürzt, dessen schlechter Ruf ihm erst noch über den Atlantik folgen musste. Sobald ich diese grässliche Nachricht hörte, bestellte ich Alice in meine Suite und warnte sie eindringlich, dass sie im Begriff sei, einen schweren Fehler zu begehen, und dass sie entweder die Affäre sofort beenden müsse oder riskieren würde, von einem Skandal in den Abgrund gerissen zu werden. Aber sie wollte von beidem nichts hören. Sie erklärte, sie sei verliebt und beabsichtige, sich in Kürze von ihrem tumben Ehemann zu trennen, den Taugenichts zu heiraten und mit ihm nach Paris zurückzukehren, um dort das große Leben zu führen, zu dem sie sich seit ihrer Kindheit berufen glaubte.

Oh, furchtbare Illusion! Ich wünschte, ich hätte etwas für Alice tun können, aber es war zu spät. Starrsinn, der nicht von Intelligenz gebändigt wird, ist eine Kraft, gegen die selbst eine Frau mit den größten Überredungskünsten nichts auszurichten vermag. Kaum hatte sie meine Suite verlassen, eilte Alice zum Gemach ihres Liebhabers, warf sich ihm zu Füßen und schwor ihm ewige Liebe. Für einen Franzosen mit einem mehr als zweifelhaften Ruf in der Heimat ist es eine Sache, sich mit einer hübschen jungen Amerikanerin zu vergnügen, und eine andere, von einer Furie überfallen zu werden, die ihn zur Ehe zwingen will. Und so machte dieser *jeune homme*, was jeder *jeune homme* unter diesen Umständen tun würde: Er erfand einen familiären Notfall und sprang im Hafen von New York auf das nächstbeste Schiff nach Europa. Erst als er in Frankreich und in Sicherheit war, schrieb er Alice, dass er bereits mit einem reichen Mädchen aus einer Kaufmannsfamilie, die sich in den Adelsstand einkaufen wollte, verlobt sei und er sie deshalb nicht heiraten könne, weder jetzt noch irgendwann. Um die Sache noch schlimmer zu machen, hatte Alice kurz zuvor festgestellt, dass sie ›in anderen Umständen‹ war. Und ihr einfältiger Ehemann war wiederum nicht so einfältig zu glauben, das Kind sei von ihm. Wütend verlangte er die Scheidung.

Und so schlugen die Wellen des Skandals über meiner Nichte zusammen – und, oh, wie sehr bedauerte ich damals meine arme Schwägerin! Doch als ich sie anrief, um ihr meinen Beistand anzubieten und sie jeder erdenklichen Hilfe zu versichern, wies sie das angebotene Mitgefühl zurück und gab stattdessen mir die ganze Schuld. Ja, doch, ich sei für Alice' übereiltes Handeln verantwortlich! Ich hätte ihr Flausen in den Kopf gesetzt! Ein so unberechtigter Vorwurf aus dem Mund einer so stumpfsinnigen Kreatur schockierte mich weder, noch erstaunte er mich, war ich doch inzwischen an die Schmähungen gewöhnt, die das unausweichliche Los jeder eigenständig denkenden Frau sind. Nein, enttäuscht war ich vielmehr über die Entdeckung, dass Alice selbst sich der Sichtweise ihrer Mutter anschloss und dem Heer der Verleumder beitrat, die mir vorwarfen, sie ins Unglück gestürzt zu haben. Beleidigungen kann ich mit Gleichmut ertragen. Treulosigkeit jedoch trifft mich ins Mark.

Wenige Tage darauf kehrte ich klüger und trauriger nach Frankreich zurück. Von Alice' weiterem Schicksal erfuhr ich nur aus zweiter Hand, von verlässlichen Freunden in New York. Als sich ihre Schwangerschaft nicht mehr verheimlichen ließ, verfrachtete man sie aufs Land, in eine dieser Einrichtungen, wo junge Mädchen gegen eine hohe Geldsumme mit größter Diskretion von ihrer ungewollten Fracht befreit werden. Gleichzeitig begann eine ihrer Schwestern in New York mit einem Kissen unter dem Rock umherzulaufen. Als das Kind, ein Junge, geboren wurde, war es nicht weiter schwer, ihn als Sohn seiner Tante auszugeben, zumal Alice keinen Wunsch hatte, das Kind zu behalten oder auch nur zu sehen, geschweige denn ihre Mutterschaft öffentlich zu machen. Nach ihrer Scheidung ließ sie sich einige Jahre ziellos treiben, bis sie schließlich einen naiven, wenngleich wohlmeinenden jungen Mann kennenlernte, einen Angestellten, der sich in sie verliebte und mit ihr nach Paris ging, wo sie bis zum Zweiten Weltkrieg eine Art Abklatsch jenes Lebens lebte, von dem sie seit ihrer Kindheit geträumt hatte.

In den folgenden Jahren trennten mich bloß wenige Hundert Kilometer von meiner Nichte. Dennoch sahen oder sprachen wir uns nie, obwohl sie viele Male versuchte, unser enges Verhältnis wiederherzustellen, und mir Briefe schrieb, die ich aber nicht beantwortete, oder wenn ich in Paris war, Nachrichten in meinem Hotel hinterließ, auf die ich aber nicht reagierte. Dies geschah nicht aus Grausamkeit, sondern aus Selbstschutz. So sehr ich das Beste für Alice wünschte, ich konnte sie nicht ertragen. Heute weiß ich, dass es falsch war zu glauben, sie habe das Zeug dazu gehabt, das Leben zu führen, das ich für sie ersehnte – das aufregende Leben einer Flugpionierin, einer unerschrockenen Anwältin, einer Salonière –, denn in Wirklichkeit war sie, genau wie ihre Mutter, ein ganz und gar kleines Licht. In meinem Bestreben, eine junge Version meiner selbst heranzuziehen, hatte ich größere Hoffnungen in Alice gesetzt, als sie verdiente.

Und dann lief ich ihr in Lissabon über den Weg. Es war am Ende meines Aufenthalts. Nachdem wir von Estoril genug hatten, waren Lucy und ich ins Hotel Berlino gezogen. Eines Nachmittags bemerkte ich beim Gang durch die Lobby zwei nicht mehr ganz junge Frauen an der Bar. In der einen erkannte ich Fleur, Verfasserin belangloser Kriminalromane, die ich zusammen mit ihrem Mann und ihrem *petit chien* im Sud-Express kennengelernt hatte. Das Gesicht der anderen Frau lag im Schatten. Während Fleur redete, legte die andere Frau eine Patience. Angetrieben von jener Neugier, die Privileg und Fluch eines jeden Schriftstellers ist, trat ich einen Schritt näher und sah, dass die Karten, mit denen sie ihre Patience legte, in einer Box aus Krokodilleder ruhten. Konnte es sein? Ja! Die Frau, die diese Karten auf dem Tisch auslegte, war niemand anderes als Alice!

Ich schlich noch weiter heran. Obwohl die Zeit ihr viel von der Frische und dem Charme geraubt hatte, den nur die Hoffnung auf die Zukunft aufrechterhalten kann, war es unverkennbar das Gesicht, das ich einst mit mütterlicher Zärtlichkeit betrachtet hatte. Und als mir bewusst wurde, dass die ungeduldige Alice in all den Jahren an den Patience-Karten festgehalten hatte, die ich ihr einst geschickt hatte, machte mein Herz einen Sprung. Unwillkürlich sagte ich ihren Namen. Sie drehte sich um. Ich breitete meine Arme aus, woraufhin sie einen spitzen Schrei ausstieß, aufsprang, den Tisch umwarf und die Treppe hinaufrannte. ›Alice‹, rief ich noch einmal, und diesmal sprang Fleur auf. Die winzigen Spielkarten lagen zwischen Gläsern und Zigarettenstummeln auf dem Teppich verstreut. Fleur und ich sagten kein Wort. Stattdessen gingen wir beinahe unwillkürlich auf die Knie und begannen die Karten einzusammeln. Heute frage ich mich natürlich, warum wir uns dieser nebensächlichen Aufgabe widmeten, anstatt Alice hinterherzulaufen. War es, weil wir beide wussten, dass sich dieses Durcheinander – anders als das in Alice' Kopf – leicht beheben ließ?

Wenig später erschien Alice' Ehemann, Bill. Auch ihm war ich schon vorher begegnet – zufälligerweise in Begleitung von Fleurs Ehemann. Wir erklärten ihm rasch, was vorgefallen war, worauf er sehr verwirrt reagierte: Wie konnte ich bei meinem Namen die Tante seiner Frau sein?

Ich hatte in dem Augenblick wenig Lust, ihm die lange Geschichte über die Herkunft meines Künstlernamens zu erzählen, sondern sagte nur, dass seine Frau plötzlich nach oben gestürmt sei, und gab ihm die Krokodillederbox, in die ich hastig die Karten gestopft hatte. Er nahm sie, bedankte sich und verschwand.

Fleur und ich unterhielten uns noch eine Weile. Obwohl sie mich drängte, Details meiner Beziehung mit Alice zu erzählen, gab ich nicht mehr als die banalsten Dinge preis. (Das Erste, was ein Schriftsteller lernt, ist, den Mitgliedern seiner eigenen Sippe zu misstrauen!) Sie ging verärgert und irritiert davon. Lucy kam die Treppe herunter.

›Was ist denn los?‹, fragte sie, als sie mein bedrücktes Gesicht sah.

Ich schüttelte bloß den Kopf. ›Ein Gesicht aus der Vergangenheit‹, sagte ich. ›Nur ein weiteres Gesicht aus der Vergangenheit.‹

Als ich am nächsten Abend vom Essen zurückkam, erfuhr ich, dass eine junge Dame, ein Gast aus meinem Hotel, sich vom Dach des Elevador de Santa Justa gestürzt hatte. Ich musste nicht nach ihrem Namen fragen. Ich wusste ihn bereits.«

26

Ich glaube, ich bin kein besonders guter Geschichtenerzähler. Jedenfalls wäre das wohl die Prognose von Georgina Kendall. Vor einigen Jahren entdeckte meine Frau im Wartezimmer eines Arztes unter dem unvermeidlichen Stapel alter Zeitschriften in einer Ausgabe von *Haus & Garten* einen Artikel von Georgina mit dem Titel »Zehn Regeln für angehende Schriftsteller«. Aus Gefälligkeit und weil sie wusste, dass ich mich seit meinem Ausscheiden bei Ford mit dem Gedanken trug, ein Buch zu schreiben, riss meine Frau den Artikel heraus und gab ihn mir. Sie erwähnte mit keinem Wort, ob sie den Namen der Verfasserin wiedererkannte oder wusste, welche Rolle sie in meinem Leben gespielt hatte – wobei es ganz ihrem Charakter entsprochen hätte, es gezielt zu verschweigen.

Ich las den Artikel nicht. Stattdessen legte ich ihn in die Schublade zu all den anderen Erinnerungsstücken meiner europäischen Vergangenheit: den wenigen Fotografien, die ich von Julia hatte, und der Handvoll Briefe, die Edward mir über die Jahre geschrieben hatte; meinen Exemplaren von *Flucht aus Frankreich* und den Legrand-Romanen; der Ausgabe der

Vogue, in der unsere Wohnung vorgestellt wurde; und einem Sammelsurium verschiedener Objekte, Anstecker und Bleistifte und Schlüssel und Krawattennadeln, deren Bedeutung mir entfallen war und die gerade darum eine umso größere Wehmut auslösten. Das Buch, von dem ich meiner Frau erzählt hatte, sollte ein Bericht der wenigen Wochen werden, die ich im Sommer 1940 in Lissabon verbracht hatte. Seit fast einem Jahr stand alles dazu bereit: jungfräulich weiße Blöcke Papier, angespitzte Bleistifte und eine neue Reiseschreibmaschine. Dennoch hatte ich bis zu diesem Abend noch kein einziges Wort zu Papier gebracht. Heute weiß ich, dass Georginas Artikel – nicht dessen Inhalt, sondern seine Funktion als Talisman – den Anstoß gab, mit dem Schreiben zu beginnen. Noch am selben Abend, an dem meine Frau mir den Artikel gegeben hatte, fing ich an und schrieb in den kommenden sechs Monaten kontinuierlich weiter, bis zu dem Kapitel, das von meinem und Edwards Ausflug zur Burg handelte. Dann wusste ich nicht mehr weiter, auch wenn ich nicht sagen konnte, woran es lag. Ich legte das Manuskript in die Schublade zu den alten Briefen, Fotografien, Büchern, Ansteckern und dem übrigen Krimskrams und rührte es sechs Monate nicht an. Erst vor einigen Tagen zog ich spontan die Schublade auf, nahm aber nicht das Manuskript zur Hand, sondern den Artikel »Zehn Regeln für angehende Schriftsteller«.

Georgina, ich muss dir für dieses Werk danken. Es war die Entdeckung, dass ich jede einzelne deiner Regeln gebrochen hatte, die mir den Antrieb gab, es fertigzustellen.

Als da wären:

1. Dialogszenen niemals in Cafés spielen lassen. Die Charaktere sind dort zur Untätigkeit verdammt.

(Aber haben wir nicht die meiste Zeit in Lissabon in Cafés verbracht?)
2. Handlungsfäden niemals offen lassen.
(Was aber, wenn der Krieg alle Handlungsfäden zerreißt?)
3. Nie einen Charakter einführen, auf den man später nicht mehr zurückkommt.
(Ich habe nie erfahren, was aus den Fischbeins geworden ist.)
4. Die Konkurrenz im Auge behalten.
(Nach einer kurzen Woge der Popularität Mitte der vierziger Jahre gerieten die Xavier-Legrand-Romane in Vergessenheit.)
5. Nicht vergessen, dass ein unglückliches Ende in der Regel höhere Verkaufszahlen verspricht als ein glückliches.
(Aber meine Geschichte hatte ein glückliches Ende.)
6. Die Motive für das Handeln eines Charakters sollten so klar sein, dass der Leser sie problemlos einem Freund erklären kann.
(Ich weiß bis heute nicht, warum Julia Selbstmord begangen hat.)
7. Die Glaubwürdigkeit nicht überstrapazieren.
(Die Besatzung der *Manhattan* war überwiegend deutschstämmig, antisemitisch und aufseiten der Achsenmächte. Die Schiffszeitung hätte von Ribbentrop höchstpersönlich geschrieben haben können.)
8. Niemals zulassen, dass ein Ich-Erzähler seinen Beobachtungshorizont überschreitet.
(Wo zieht man die Grenze zwischen Beobachtung und Traum?)
9. Nicht auf den Zufall bauen.

(Wer hätte es gedacht, Georgina? Du warst tatsächlich Tante Rosalie.)
10. Nicht zulassen, dass die Fakten einer guten Geschichte in die Quere kommen.
(Meine Geschichte versucht gerade zu zeigen, wie uns die Fakten in die Quere kommen.)

27

Dennoch fühle ich mich verpflichtet zu berichten, was aus den Beteiligten wurde: Drei Wochen, nachdem die *Manhattan* in New York anlegte, starb Daisy. Iris und Edward gingen auf Lesereise, aber nach der Hälfte der Reise – ich glaube, es war in Terre Haute – verließ Iris ihn. Später heiratete sie einen französischen Juwelier und begann eine eigenständige, durchaus erfolgreiche literarische Karriere.

Edward lebt bis heute – allein, soweit ich weiß – auf der Upper West Side in Manhattan. Ich habe keine Ahnung, womit er seinen Lebensunterhalt verdient.

Julias Sohn – auch dies, soweit ich weiß – glaubt bis heute, der Neffe seiner verstorbenen Mutter zu sein. Er ist Anwalt und hat ein Büro in der Wall Street. Er ist verheiratet und hat drei Kinder.

Edwards und Iris' Tochter lebt nach wie vor in der theosophischen Gemeinde, die ihre Großmutter gegründet hat. Sie ist nicht geisteskrank, sondern Autistin. (Als sie ein Kind war, kannte man dieses Krankheitsbild noch nicht.)

Georgina Kendall hat im letzten Jahr ihr siebenundfünfzigstes Buch veröffentlicht.

Salazar ist immer noch Ministerpräsident von Portugal.

Vor zwei Monaten entdeckte ich in einem Schaufenster in der Madison Avenue den lederbezogenen Schreibtisch aus unserer Wohnung in Paris; er sollte viertausend Dollar kosten.

28

Was so viele Europäer an jenem Tag nach Alcântara trieb, obwohl sie genau wussten, dass sie niemals an Bord des Schiffes gelangen würden, war mir ein Rätsel. Ich vermute, es war aus Verzweiflung geborene Hoffnung. Jedenfalls blieb denjenigen von uns, die ein Ticket hatten, nichts anderes übrig, als sich mit Händen und Füßen einen Weg durch die Menge zu bahnen, die sich auf dem Anleger versammelt hatte, Männer, Frauen und Kinder inmitten von Bergen von Gepäck, das sie in wenigen Stunden zurück zum Bahnhof oder zu ihrer Pension würden schleppen müssen. Drei Gepäckträger gingen unserer Gruppe voraus. Jeder trug vier an zwei Seilen befestigte Koffer über der Schulter. Weitere Koffer und Kisten stapelten sich auf hölzernen Gepäckwagen, die sie trotz der Enge und der vielen Widerstände überraschend flink manövrierten. Ich glaube nicht, dass wir es ohne diese Gepäckträger jemals an Bord geschafft hätten.

»Wo bleibt Lucy bloß?«, fragte Georgina. »Ich hoffe, das dumme Ding hat nicht die Abfahrtszeit vergessen.«

»Ich bin sicher, sie wird rechtzeitig da sein«, sagte Edward. Er hielt Daisy auf dem Arm. Sie sah durch trübe Augen über seine Schulter auf die Stadt, die sie für immer verlassen würde, mit gleichgültiger Miene, als könnte noch nicht einmal der Gestank der vielen dichtgedrängten Leiber ihre Neugierde wecken. Und das bei einer Hündin, die ihr Lebtag immer höchst wachsam gewesen war! Doch im Verlauf der letzten Tage schien der Alterungsprozess, den Daisy viele Jahre abgewehrt hatte, sie so plötzlich überfallen zu haben, dass es beängstigend für sie gewesen wäre, wenn er nicht auch ihr Angstempfinden wie so vieles andere gedämpft hätte. Was sie noch wahrnahm – oder jemals wahrgenommen hatte –, blieb ihr Geheimnis. Aber ich glaube, dass sie mehr verstand, als Edward und Iris ihr zutrauten.

In der Nähe des Schiffs nahm das Gedränge zu. Für einen Augenblick glaubte ich, Messalinas Gesicht zu sehen. Dann war es verschwunden. Wir zwängten uns weiter durch, bis wir zuletzt das Seil erreichten, mit dem die Polizei den Zugang zum Schiff abgesperrt hatte. Dreißig Meter weiter ragte der Rumpf der *Manhattan* empor, schwarz und glänzend wie ein Wal.

»Vor zwei Jahren bin ich zuletzt mit der *Manhattan* gefahren«, sagte Georgina, als würde sie in ein Aufnahmegerät sprechen. »Kein schlechtes Schiff, doch wenn Sie mich fragen, ist das Thema amerikanische Kolonialzeit zu dick aufgetragen. Allein die Bilder im Speisesaal! Furchtbar.« Sie reichte ihren Pass dem Inspektor, der sie durchwinkte. Er winkte uns alle durch, bis auf Iris, die einen britischen Pass hatte. Der Inspektor verlangte einen Nachweis, dass sie und Edward verheiratet waren, was zu einer längeren Auseinandersetzung führte, die Edward zuletzt gewann, als er den Inspektor fragte, ob er denn seine Heiratsurkunde ständig bei sich trage. »Die Gründlichkeit, mit der unsere englische Freundin untersucht wurde, vertrieb bei mir jeden Zweifel bezüglich der Ernsthaftigkeit der Politik meiner Regierung«, sagte Georgina in ihr eingebautes Aufnahmegerät, was mich zu der Überlegung veranlasste, eine der angenehmeren Seiten ihrer Gesellschaft sei die Tatsache, dass es sie nicht kümmerte, ob man ihr zuhörte oder nicht. Seit Julias Selbstmord hatte sie sich mit einem Eifer an uns gehängt, der wegen seiner offenkundigen Arglosigkeit umso verwirrender war. Jeden Morgen beim Frühstück saß sie an meinem Tisch. Jeden Abend sahen wir sie im Restaurant. Nie luden wir sie ein. Sie kam einfach hinzu. Ihre geschwätzige Gegenwart störte uns aber nicht weiter, da sie uns von der Notwendigkeit befreite, eigene Gespräche zu führen. Aus freien Stücken und in ihrer Funktion als Julias Tante hatte Georgina die bürokratische Seite des Selbstmords in die Hand genommen und sich zielstrebig mit der Polizei, dem Konsulat und den übrigen Verwaltungsbehörden auseinandergesetzt, die dafür zuständig waren, dass der Tod meiner armen Frau bezeugt, beurkundet, für rechtsgültig erklärt, verifiziert und amtlich bekannt gemacht wurde. Dank ihrer Hilfe war dieser Prozess, der sich leicht über Monate hätte hinziehen können, binnen achtundvierzig Stunden erledigt.

Eine seltsame Trägheit kennzeichnete unsere letzten Tage in Lissabon, als hätte man uns, nachdem wir wochenlang gegen die Strömung angeschwommen waren, plötzlich in eines der warmen Salzwasserbecken entlang der portugiesischen Küste gesetzt, die Kranke zu therapeutischen Zwecken aufsuchen. Was war diese Stadt letztlich für uns gewesen? Ein Landungssteg, eine Warteschleife, eine Durchgangsstation. Alles, was wir hier gemacht hatten, war warten. Zuerst hatten wir uns gegen das Warten aufgelehnt. Dann hatten wir uns daran gewöhnt. Und jetzt ging es zu Ende – und ich wollte das nicht.

Jeden Morgen wachte ich auf und wünschte mir schlechtes Wetter, einen Sturm, irgendetwas, das die Abfahrt der *Manhattan* verhindern würde. Denn mit Julias Tod war alle Anspannung aus meinen Tagen gewichen und hatte eine Dumpfheit zurückgelassen, die beinahe angenehm war. Ich fühlte keinerlei Drang mehr, meine Hand unter dem Tisch nach Edwards Bein auszustrecken, obwohl er dies kurioserweise ständig bei mir tat und mein Knie mit plumper, unermüdlicher Ausdauer knetete, die in mir nur Überdruss und Gefühllosigkeit weckte. Auch warf Iris ihm keine vernichtenden Blicke mehr zu, wenn seine Hand unter der Tischplatte verschwand. Stattdessen saß sie mit offenem Mund da, das Kinn auf die Hand gestützt, und hörte Georginas endlosem Reden über alles und jedes zu, denn jetzt war kein Thema mehr tabu – nicht Julias frühe Jahre, nicht das Kind, das sie geboren hatte, bevor sie mich kennenlernte, nicht einmal das Geheimnis ihres Selbstmords, der für Georgina überhaupt kein Geheimnis war. »Meine Nichte konnte einfach den Gedanken nicht ertragen, dass Sie die Wahrheit über ihren Jungen herausgefunden hatten«, sagte sie im nüchternen Ton eines Detektivs, der einen Fall zum Abschluss bringt. »Deshalb war sie auch so eisern dagegen, nach New York zurückzukehren, weil Sie in New York jemandem hätten begegnen können, der Ihnen etwas darüber verraten hätte.« Zu der Zeit fehlte mir die Kraft, diese Theorie mehr als zur Kenntnis zu nehmen. Seither jedoch habe ich viel darüber nachgedacht und bin zu dem Schluss gekommen, dass sie nicht stichhaltig ist. Julia kannte mich besser als jeder andere Mensch. Sie hätte gewusst, dass ich ihr weder mit Scheidung noch mit dem Tod drohen würde, wenn sie mir die Existenz ihres Sohnes offenbarte. Vielmehr hätte ich sie in den Arm genommen und ihr die Tränen aus dem Gesicht gewischt, sie vielleicht ermuntert, den Jungen zu suchen, um irgendeine Art von Beziehung zu ihm aufzubauen, was für sie sehr viel schrecklicher gewesen wäre als jede Drohung. Denn solange ein Ozean Julia von ihrem Kind trennte, konnte sie ihre Schuld gerade noch ertragen. Wenn sie aber in die Situation versetzt worden wäre, von ihm zu hören, Bilder von ihm zu sehen, oder – Gott bewahre – ihm gegenüberzustehen, wäre vielleicht ein ungeahnter mütterlicher Impuls in ihr erwacht, und ihr schlechtes Gewissen hätte sie bei lebendigem Leib geröstet.

Ich kann mich nicht daran erinnern, in diesen letzten Tagen tiefen Schmerz über Julias Tod empfunden zu haben. Ich kann mich nicht daran erinnern, überhaupt irgendetwas empfunden zu haben, außer dass ich mir Vorwürfe machte. Wieder und wieder hatte Julia mir erzählt, sie würde lieber sterben, als nach New York zurückzukehren, und ich hatte ihr nicht geglaubt. Aber reichte das als Erklärung? Ich glaube nicht, dass man einen Selbstmord tatsächlich erklären kann. Hatte Julia es getan, um mir oder ihrer Familie wehzutun? Um sich selbst die Demütigung zu ersparen? Um unerträglichen Qualen ein Ende zu bereiten? Oder wählte sie nur, um den Titel Xavier Legrands zu borgen, »den ehrbaren Ausweg«, um mir oder ihrem Sohn zuliebe von der Bildfläche zu verschwinden? Ich weiß es bis heute nicht. Und schon gar nicht war ich während der letzten Tage in Lissabon in der Lage, darüber nachzudenken. Es gab zu vieles zu erledigen. Unter anderem stand noch die Hotelrechnung aus. Um Geld zu beschaffen, verkaufte ich einen Teil von Julias Schmuck. Den Wagen verkaufte ich nicht. Ich hatte mir vorgenommen, ihn Dr. Gray und ihrem Mann zu überlassen. Doch das eine Mal, das ich Dr. Gray in der Lobby des Francfort begegnete, zog sie mich zur Seite und erkundigte sich mit so großer Anteilnahme nach meiner Situation, dass ich keine Gelegenheit hatte, den Wagen anzusprechen. »Sie müssen auf sich aufpassen«, sagte sie und drückte meine Hand. »Vergessen Sie nicht zu essen! Und ertränken Sie Ihren Schmerz nicht in Alkohol, wenn es irgend geht. Die Erleichterung ist nur vorübergehend, und nachher ist es noch schlimmer. Dasselbe gilt für das Seconal. Spülen Sie es durch den Abfluss.«

»Seltsam. Das Seconal hatte ich ganz vergessen.«

»Verzeihen Sie die Frage, aber hat sie eine Notiz hinterlassen? Ihre Frau?«

Ich schüttelte den Kopf. »Sie hat nie irgendwelche Andeutungen gemacht. Und an ihrem letzten Tag war sie sogar ungewöhnlich schweigsam.«

»Sie hätten nichts tun können. Ihr Entschluss stand fest.« Dr. Gray drückte meine Hand. »Also, wenn Sie irgendetwas brauchen, Sie wissen, wo Sie mich finden. Zimmer 111. Egal, ob Tag oder Nacht.«

29

Sobald wir die Absperrung passiert hatten, fiel die Temperatur um drei Grad. Der Asphalt unter meinen Füßen fühlte sich weniger hart an. Ich musste an Edwards Geschichte über ihren Fußmarsch von Portugal nach Spanien denken, wie der Regen genau in dem Augenblick aufhörte, als sie die Grenze überquerten. Und so wie sich in dem Moment Spanien und alle damit verbundenen Entbehrungen in Luft aufzulösen schienen, rückte nun die Menge hinter uns, ihre Angst und Frustration, in unwirklich weite Ferne. Schweigend liefen wir die Gangway hinauf, an deren Ende uns der Zahlmeister mit einem Klemmbrett erwartete. Sein deutscher Akzent war unüberhörbar.

»Der Hundezwinger ist an Deck B«, sagte er zu Edward, während er unsere Namen auf der Passagierliste abhakte.

»Wie bitte?«, sagte Edward. »Oh, Sie meinen Daisy? Schon gut, wir nehmen sie zu uns in die Kabine.«

»Tut mir leid, Sir, aber die Schiffsvorschriften verlangen, dass alle Hunde im Zwinger untergebracht werden.«

»Aber sie ist fünfzehn Jahre alt«, sagte Iris. »Sie ist in ihrem ganzen Leben noch nie in einem Zwinger gewesen. Bestimmt können Sie eine Ausnahme machen.«

»Es werden keine Ausnahmen gemacht, Madame.«

»Aber das ist unerhört! Ich werde das nicht akzeptieren!« Wie um ihre Aussage zu unterstreichen, nahm Iris Daisy aus Edwards Armen und drückte sie gegen ihre Brust. »Ich kann nicht glauben, dass ein amerikanischer Staatsbürger auf einem amerikanischen Schiff seinen Hund nicht mit in seine Kabine nehmen darf. Ich möchte den Kapitän sprechen. Und sagen Sie mir bitte Ihren Namen, Sir.«

»Sie können selbstverständlich den Kapitän sprechen. Aber er wird Ihnen das Gleiche sagen.«

»Ich lasse mir von einem deutschen Schiffsangestellten keine Vorschriften machen.«

»Ich bin amerikanischer Staatsbürger, Madame. Im Gegensatz zu Ihnen.«

Georgina zog uns zur Seite. »Ich habe gerade mit der Dame dort drüben gesprochen. Sie versteht Deutsch, und sie sagt, die gesamte Mannschaft sei deutsch. Oder zumindest deutschstämmig. Sie habe vorhin ein Gespräch der Stewards belauscht, und einer habe gesagt, in einem Jahr würde der Führer die Fifth Avenue in einer Konfetti-Parade abschreiten. Unglaublich, nicht wahr?«

»Ich lasse mir von niemandem etwas vorschreiben«, sagte Iris. »Ich habe Daisy nie im Stich gelassen, und ich werde es auch jetzt nicht tun. Wenn es hart auf hart kommt, schlafe ich mit ihr im Zwinger.«

»Bitte«, sagte ich und berührte mit der Hand ihre Schulter, die sie im selben Moment wegriss. »Warten Sie eine Minute. Ich werde sehen, ob ich etwas tun kann.«

Ich ging los und traf auf einen Steward, der keinen deutschen Akzent hatte und mir den Weg zum Hundezwinger wies. »Man fängt mehr Fliegen mit Honig als mit Essig« – dieser

Rat meiner Großmutter hatte mir in meiner beruflichen Karriere stets gute Dienste geleistet. Und so war es auch in dieser Situation. Wie sich herausstellte, stammte der Aufseher des Zwingers wie ich aus Indiana, ein freundlicher alter Herr mit einem Gesicht wie ein Vanillepudding, und in nur fünf Minuten erhielt ich von ihm eine Ausnahmeregelung, die die Frelengs nicht in einer Million Jahren bekommen hätten. Und das bloß deshalb, weil sie zu der Sorte Mensch gehörten, die dadurch zum Erfolg zu kommen glaubt, dass sie sich über die Köpfe anderer hinwegsetzt. Doch ich frage Sie, über wie viele Köpfe kann man sich hinwegsetzen, bis man zu dem Kopf kommt, über dem kein anderer mehr steht? Jeder Verkäufer wird bestätigen, dass man mit der Drohung, sich über den Kopf eines anderen hinwegzusetzen, bloß seiner Eigenliebe Genüge tut. Was wir an Würde einbüßen, holen wir durch die Provision wieder herein.

Zehn Minuten später war alles geregelt. »Kein Problem«, sagte ich zu Edward. »Sie darf mit in Ihre Kabine.«

Er lächelte. »Wie haben Sie das geschafft?«

»Nicht der Rede wert«, sagte ich. Ich war weder in der Stimmung für hämische Freude, noch kümmerte es mich, dass Edwards Augen anerkennend strahlten oder dass Iris mich mit unverhohlenem Hass ansah, als hätte ich ihr durch meinen Gefallen ein letztes Mal ein Messer in den Rücken gestoßen. Schließlich war ich der letzte Mensch auf Erden, dem sie in irgendeiner Weise verpflichtet sein wollte. In Wahrheit hatte ich es nicht für sie und noch weniger für Edward getan. Ich hatte es für Daisy getan.

Iris wandte sich von mir ab. »Ich gehe in unsere Kabine«, sagte sie zu Edward.

»Ich komme gleich nach«, erwiderte Edward.

Sie ging ohne ein Nicken. Georgina war zur Reling gegangen, um nach Lucy Ausschau zu halten. Zum ersten Mal seit der Burg waren Edward und ich allein.

Er trat zu mir und stellte sich dicht neben mich. »Ich habe doch gesagt, dass du tapfer bist.«

»Tapfer? Ich habe lediglich einen alten Mann bestochen.«

»Das meine ich nicht. Ich meine, wie du dich in den letzten Tagen verhalten hast.«

»Ich sehe nicht, was mir anderes übrig geblieben wäre, außer mich ebenfalls umzubringen.«

»Aber das hättest du nie getan. Du hast es selbst gesagt.«

»Habe ich.«

»Weißt du, dass ich mich in gewisser Weise schuldig an Julias Tod fühle?«

»Es hatte nichts mit dir zu tun. Das hat sich ja gezeigt.«

»Das stimmt. Aber weißt du, sie und ich waren uns so ähnlich. Und deshalb frage ich mich, ob ich hätte erkennen müssen, wie verzweifelt sie war. Dann hätte ich es vielleicht verhindern können.«

»Aber dich hat Iris daran gehindert, und du hast es ihr bloß übel genommen. Letztlich hätte es auch keinen Unterschied gemacht. Julia mochte dich nicht. Sie sagte, du seist ein Besserwisser.«

»Siehst du? Sie hat mich verstanden.«

»Und sie war fest entschlossen. Weißt du, was uns der Aufzugführer gesagt hat? Dass sie kopfüber gesprungen ist. Zumindest ein Ratschlag von Iris, den sie beherzigt hat.«

Ein Nebelhorn ertönte. »Wie viele Minuten noch, bis wir ablegen?«, fragte Edward.

»Keine Ahnung«, sagte ich. »Ich weiß nicht, was diese Hornsignale bedeuten.«

Er rückte noch näher an mich heran. »Pete ... ich hoffe, na ja, dass zwischen uns nicht alles vorbei ist. Dass wir Freunde bleiben.« Er stand so nahe bei mir, dass ich seinen Atem auf meiner Wange spüren konnte. »Freunde – ein vieldeutiges Wort, ich weiß.« Und ich dachte: In der kommenden Woche habe ich eine Kabine ganz für mich allein. Endlich haben wir die Möglichkeit, das zu tun, was wir von Anfang an tun wollten: eine ganze Nacht miteinander verbringen, ohne früh am Morgen aufstehen zu müssen. Nur war ich mir jetzt nicht mehr sicher, ob ich eine ganze Nacht mit Edward verbringen wollte, geschweige denn, ob ich mit ihm ausschlafen wollte. Denn ich war es leid, morgens lange zu schlafen. Ich freute mich darauf, früh aufzustehen.

Ich rückte von ihm ab und sah auf meine Uhr. »Ich muss gehen«, sagte ich.

»Natürlich ... Ich nehme an, wir sehen uns beim Essen?«

»Ich weiß nicht. Ich bin müde. Vielleicht esse ich in der Kabine.«

»Oh, tu das nicht. Nicht am ersten Abend.«

»Wir werden sehen.«

»Pete ... Ich hoffe ... Ach, egal.« Doch im gleichen Moment, als er: »Ach, egal«, sagte, wusste ich, dass er insgeheim hoffte, ich würde ihn fragen, was er hoffe. Aber ich tat es nicht. Einmal hatte er mir gesagt, er fürchte nicht die Zukunft, sondern nur die Vergangenheit. Ich hingegen, das verstand ich jetzt, fürchtete die Gegenwart, ihre endlose Ausdehnung, Stunde um Stunde, Woche um Woche, Jahr um Jahr. Ein Landungssteg, eine Warteschleife, eine Durchgangsstation.

Wir gaben uns die Hand, und er ging. Ich blickte seinem breiten Kreuz hinterher, das sich langsam entfernte. Ich sah ihn nie wieder.

30

Was als Nächstes geschah, wäre vermutlich die Geschichte, die zu erzählen Georgina mir raten würde: wie ich spontan den Steward bat, mein Gepäck zu nehmen; wie ich, ohne mich umzusehen, die Gangway der *Manhattan* hinunterlief; wie ich zum Hotel Francfort zurückkehrte, an die Tür von Zimmer 111 klopfte und Dr. Gray nicht nur meinen Wagen, sondern auch meine Dienste als Fahrer anbot. Und dann, wie ich in den nächsten zwei Jahren, mit den Grays als Partner und Marseille als Stützpunkt, mitten in der Nacht mit meinem treuen Buick Flüchtlinge über die Pyrenäen brachte, bis die Deutschen die unbesetzte Zone besetzten und wir einmal mehr nach Lissabon flüchten mussten. Aber ich werde diese Geschichte nicht erzählen, weil sie schon viele Male erzählt worden ist und ich überdies nichts getan habe, was nicht auch ein anderer hätte tun können. Außerdem verachte ich Bücher, in denen sich alles um den Ruhm der Leute dreht, denen der Erzähler begegnet, oder denen er hilft, oder die er rettet. Solches Geschwätz überlasse ich Georgina. Ich habe für so etwas keine Geduld mehr.

Ich möchte vielmehr darüber schreiben, wie das Zimmer

der Grays an jenem Nachmittag aussah, das Licht der späten Nachmittagssonne von den Vorhängen gedämpft, sodass das Fliesenmuster des Fußbodens weniger streng wirkte. Auf dem Toilettentisch standen Flaschen mit Gin und Wermut statt Salben und Cremes. Wo sonst Patience-Karten ausgebreitet lagen, stapelten sich Zeitungen. Cornelia – sie beharrte darauf, dass ich sie fortan Cornelia nannte – löste schweigend ein Kreuzworträtsel. »Warum ziehst du nicht deine Schuhe aus und legst dich aufs Bett?«, sagte sie, und ich erwiderte, ja, das sei eine gute Idee; und dann legte ich mich auf das Bett, das sie mit ihrem Mann teilte, und schlief so tief, wie schon seit Wochen nicht mehr. Erst um sechs wurde ich wach und stellte fest, dass die *Manhattan* sich inzwischen auf hoher See befand. Dann sah ich zu Cornelia auf, die immer noch auf dem Stuhl vor dem Toilettentisch saß und ihr Kreuzworträtsel löste, und für einen Moment war es, als würde die Zukunft ihren Schatten über die Gegenwart werfen, oder als hätte ein Zug sein Ziel erreicht, der noch gar nicht losgefahren war. Und in dem Augenblick, ich schwöre es, konnte ich alle weiteren Ereignisse sehen: dass es in meiner Zukunft noch mehr Untreue und eine zweite gescheiterte Ehe geben würde, auch wenn es nicht meine wäre; und ich bedauerte, dass Julia, mit der Eingebung der Betrogenen, das Kommende vorausgesehen hatte, bevor ich es tat. Und ich wünschte, ihre letzten Wochen auf Erden wären glücklicher gewesen.

»Wie fühlst du dich?«, fragte Cornelia.

»Besser, vielen Dank.« Ich setzte mich auf und stellte die Füße auf den Boden. »Oh, ich habe vergessen, dir zu sagen, dass mir auf der Fahrt im Taxi hierher etwas Lustiges passiert ist. Ich sagte, ›Zum Hotel Francfort‹, und der Fahrer brachte mich zum Francfort Hotel.«

»Wie? Ich dachte, das hier wäre das Francfort Hotel.«

»Du kennst die Geschichte nicht?«

»Welche Geschichte?« Meine Frau hat es immer geärgert, wenn sie etwas nicht wusste, und so erzählte ich ihr die Geschichte, die Edward mir am Morgen unseres Kennenlernens erzählt hatte, wie die beiden Hotels zu dem gleichen Namen gekommen waren. Aber ich erzählte sie so, als hätte ich es selbst herausgefunden, und als hätte er keinen Anteil daran gehabt, nicht einmal an der Pointe, die er den Flüchtlingen zugeschrieben hatte, obwohl ich sie nie aus einem anderen Mund als seinem gehört hatte: »Welch bittere Ironie. Da flieht man vor den Deutschen, und dann landet man ausgerechnet in einem Hotel namens Francfort!«

Danksagung und Quellen

Bei meinen Recherchen zu *Späte Einsichten* habe ich zahlreiche Quellen konsultiert und die Hilfe vieler Freunde, Wissenschaftler und Experten in Anspruch genommen. Besonders zu Dank verpflichtet bin ich Mitchell Owens, Irene Flunser Pimentel und der inzwischen verstorbenen Sally Broido, die mich großzügig an ihrer Erfahrung und ihrem Wissen teilhaben ließen. Zu Dank verpflichtet bin ich ebenso Jill Ciment und Mark Mitchell für ihre genaue Durchsicht des Manuskripts.

Zu den wissenschaftlichen Werken, die ich mit großem Gewinn gelesen habe, zählen:

Hanna Diamond, *Fleeing Hitler. France 1940* (Oxford University Press, 2007); Ghanda Di Figlia, *Roots and Visions. The First Fifty Years of the Unitarian Universalist Service Committee* (UUSC, 1990); Neill Lochery, *Lisbon. War in the Shadows of the City of Light, 1939–1945* (PublicAffairs, 2011); Jeffrey Mehlman, *Émigré New York. French Intellectuals in Wartime Manhattan, 1940–1944* (Johns Hopkins University Press, 2000); Ellen W. Sapega, *Consensus and Debate in Salazar's Portugal* (Penn State University Press, 2008); Frederic Spotts, *The*

Shameful Peace. How French Artists and Intellectuals Survived the Nazi Occupation (Yale University Press, 2008); Susan Elisabeth Subak, *Rescue and Flight. American Relief Workers Who Defied the Nazis* (University of Nebraska Press, 2010); Ronald Weber, *The Lisbon Route. Entry and Escape in Nazi Europe* (Ivan R. Dee, 2011); und, vor allem, Irene Flunser Pimentel, *Judeus em Portugal durante a II Guerra Mundial* (A Esfera dos Livros, 2006).

In vielen Fällen führte die Lektüre der oben erwähnten Werke mich zu historischen Quellen, Memoiren, Tagebüchern, Artikeln, Briefen und Romanen, aus denen ich viel über das Lissabon des Sommers 1940 erfahren habe. Dazu zählen:

Jack Alexander, »The Nazi Offensive in Lisbon« (*The Saturday Evening Post*, March 6, 1943); Eugene Bagger, *For the Heathen Are Wrong* (Little, Brown, 1941) (genau wie Edward und Iris Freleng reisten Bagger und seine Frau in Begleitung eines Drahthaar-Foxterriers von Lissabon nach New York); Suzanne Blum, *Vivre sans la patrie. 1940–1945* (Plon, 1975); Ronald Bodley, *Flight into Portugal* (Jarrolds, 1941); Sylvain Bromberger, »Memoirs of a 1940 Family Flight from Antwerp, Belgium« (*Portuguese Studies Review*, Volume 4, Issue 1, 1995); Suzanne Chantal, *Dieu ne dort pas* (Plon, 1946); Alfred Döblin, *Destiny's Journey. Flight from the Nazis* (Paragon House, 1992); Rupert Downing, *If I Laugh* (Harrap, 1943); Julien Green, *La fin d'un monde. Juin 1940* (Éditions du Seuil, 1992); Peggy Guggenheim, *Out of This Century* (Dial Press, 1946); A.J. Liebling, *World War II Writings* (Library of America, 2008); Harvey Klemmer, »Lisbon. Gateway to Warring Europe« (*National Geographic*, August 1941); Lucie Matuzewitz, *Le cactus et l'ombrelle* (Guy Authier, 1977); Alice-Leone Moats, *No Passport for Paris* (Putnam, 1945); Lars Moen, *Under the Iron Heel* (Lippincott,

1941); Hugh Muir, *European Junction* (Harrap, 1942); Polly Peabody, *Occupied Territory* (Cresset, 1941); Denis de Rougemont, *Journal d'une époque. 1926–1946* (Gallimard, 1968); Maurice Sachs, *The Hunt* (Stein and Day, 1965); Antoine de Saint-Exupéry, *Wartime Writings. 1939–1944* (Harcourt, 1986); Elsa Schiaparelli, *Shocking Life* (Dent, 1954); Joseph Shadur, *A Drive to Survival. Belgium, France, Spain, Portugal 1940* (Kenneth Schoan, 1999); Sir Edward Spears, *Assignment to Catastrophe* (A. A. Wyn, 1954 und 1955); Tom Treanor, »Lisbon Fiddles ...« (*Vogue*, October 1940), »What Comes After War«, eine Serie in der *Los Angeles Times* vom August und September 1940 und Alexander Werth, *The Last Days of Paris* (Hamish Hamilton, 1940).

Mein Dank gebührt der University of Florida für die Gewährung eines Sabbatjahrs und die finanzielle Unterstützung; Michael Fishwick und Anton Mueller bei Bloomsbury; Jin Auh, Tracy Bohan, Jacqueline Ko und Andrew Wylie von der Literaturagentur Wylie; Jamie Fisher für das Bild des Wasserkäfers, der auf einem See landet; Will Palmer für sein ausgezeichnetes Lektorat; und den Angestellten der Biblioteca Central da Marinha (Lissabon), der Bibliothèque National de France, der Condé Nast Library, der Hemeroteca Municipal de Lisboa, der New York Historical Society, der New York Public Library, dem Rockefeller Archive Center und der University of Florida, besonders dem unübertrefflichen John Van Hook.

Anders als Pete Winters bin ich auf diesen Seiten gelegentlich dem Rat Georgina Kendalls gefolgt und habe mich über Fakten hinweggesetzt, die meiner Geschichte im Wege standen. Beispielsweise ist nicht belegt, ob es bereits 1940 Pfauen auf dem Gelände des Castello de São Jorge in Lissabon gab. Für diese und andere Verstöße gegen historische Tatsachen, Lokalkolorit oder gesunden Menschenverstand trage allein ich die volle Verantwortung.